U0091319

神農小倆口 1

文創風 849

安小橋 著

目錄

序

安小橘

近幾年來，種田文一直是一個不溫不火，卻也擁有部分固定讀者的小說類型，本文應該算是一本偏日常還算溫馨的種田文（笑）。

個人覺得，喜好種田文的讀者有的喜歡的是靠自己雙手發家致富的感覺；有的喜歡這種家長裡短、平平淡淡的生活；也有人是現實生活太辛苦，看種田文放鬆心情。以上，都是我寫種田文的原因。

自己寫文之後才明白，寫三、四十個人尚且不能面面俱到，不能完美地展現人物的多面性，更何況是動輒上百號人物？所以我一咬牙、一跺腳，乾脆就寫個小鎮小縣範圍的種田文得了！什麼官老爺貴夫人、什麼豪門大院，統統甩開！咱們男女主角就是兩個種地的，種糧食尚且這麼艱難，他們還能跟豪門大戶搭上干係？就算能，親媽的我也不會答應的（嚴肅臉）！

種田文主打溫馨，所以本文男女主角的戀情並沒有談得多轟轟烈烈、纏纏綿綿，兩個人穿越前就是剛領證的夫妻，穿到古代就是合法同居，只會感情再昇華，誰也不能拆散他們！

不過說實在的，小倆口齊穿古代，第一件事也絕對不會是什麼風花雪月、情情愛愛，而是活下去！所以身在農業社會，你得幹活啊，你得種地啊，你得放牛啊，起早貪黑絕不在話下啊！好在小倆口擁有優秀的品質，宋平生寵妻有擔當，姚三春拳拳愛夫之心還吃得了苦。就這優秀的小倆口，活該他們能發家致富！

除了男女主角，我對其他幾個角色也算沒少著墨，從三千年一遇的好大哥宋平東、命運最坎坷的田氏、生活教做人的宋婉兒，最後到讓人恨得牙癢癢的宋茂山……

寫文以來，一些讀者對我的意見非常中肯且有用，其中有些讀者就反應過，他們說我此前寫的人物性格扁平，幾乎就是工具人的用途，哪裡需要哪裡搬，可是性格從頭到尾幾乎沒有變化。所以，我在寫宋平東、宋婉兒他們時，他們的個性隨著劇情有了變化，於是就有了宋平東從委曲求全到反抗親爹，宋婉兒從天真單純到被迫成長懂事，還有田氏得知真相後的歇斯底里。

說起田氏，首先我對自己給她安排的悲慘遭遇感到歉疚，但是我寫這個角色的原因是我看膩了一些現實新聞裡頭的女性受害者，她們命運多舛、備受欺凌，可是有時候卻不一定能得到正義的眷顧。所以最後我要讓田氏站起來，哪怕拚上性命也要反抗，也要替自己的人生討回公道！我不能在自己創造的世界裡，還讓女人憋屈下去！

說回本文，也就是一個家庭的恩怨糾葛，順便種種田的故事，男女主角發家點子得有，談談戀愛得有，反派矛盾也得有！

不想說多深刻的人生道理，也不想寫多跌宕起伏、峰迴路轉的故事情節，平平淡淡的人生就很不錯。

相逢即是有緣，如果你（妳）恰巧看到這本書，恰巧喜歡某個人物、某個情節、某段文字、某些情感，又或者恰巧和作者有某些共鳴，我都會覺得無比開心。

感恩，感謝。

第一章

臨近春分，正是鶯飛草長、油菜花香的時節。

老槐樹村的村民開始忙碌起來，勤快的人家稻種早已浸上，或是在田地裡平整土地，為播穀做準備。

家家戶戶都在勞作，宋家的二兒子宋平生和二兒媳姚三春卻都躺在床上，安靜如病雞。

這兩日沒有宋平生和姚三春扯著嗓門互罵甚至打架的聲音，村裡人一時間還真有些不適應，畢竟這對夫妻可是從成親當晚就開始大打出手，並且每日一吵、兩天一架，從未消停過一日的狠人啊！

不只村裡人覺得奇怪，宋平生的娘田氏也存著幾分疑惑。

田氏端著兩碗稀粥，在宋平生屋前站了一會兒，裡頭靜悄悄的，只偶爾傳來兩道低低的言語聲，兩人說什麼聽不真切，不過全無往日劍拔弩張、一言不合就要揮拳打架的勢頭，倒終於有些普通夫妻日常相處的樣子了。這個情景太過稀罕，以至於田氏愣了神，若不是粥碗太燙，燙到她的手，她甚至忘了自己是來送吃的了。

田氏叫了一聲「平生」後，用身體擠開門進去，裡頭交談的聲音瞬間止住。

屋子門被完全打開後，融融的日光隨著田氏的腳步追了進來，瞬間照亮了略顯昏暗的屋內，姚三春夫妻臉上的憔悴之色更清晰了幾分。

就在兩日之前，姚三春和宋平生這對成親不過半年的夫妻例行地進行著兩日打一架的傳統，不過這次鬧得比較凶，只因夫妻倆打得太過投入，一時不慎，竟齊齊掉進河水裡了！

夫妻倆被撈上來後都沒了呼吸，有人就死馬當活馬醫，想盡辦法將夫妻倆肚子裡的水逼出來，沒想到兩人還真活了過來。

雖然人救回來了，但到底是在閻王爺眼下走了一遭，兩人差點丟了性命，能馬上生龍活虎那才怪呢！

田氏心疼二兒子，卻又對姚三春心存愧疚，一時間沒找到話頭，便悶著頭將碗放在床邊的矮櫃上，而後才道：「都餓了吧？快些吃吧。」

宋平生坐起來朝田氏笑笑，先給姚三春端了一碗，不忘叮囑道：「小心燙。」然後才端起自己那碗。

田氏這下越發覺得奇怪了！自己的兒子自己知，不是啥體貼人，對姚三春這個媳婦更是十分不喜，否則也不會天天吵個沒完還半點不讓了。所以……今天太陽是打西邊出來了？

姚三春敏銳地察覺到田氏眼中的異樣，瞬間冷下臉，橫眉豎眼地朝宋平生罵道：「宋平生，你別以為給我端碗粥就完事了！你對不起我在先，害我落水差點丟命在後，等我身體好了，一定好好跟你算算這筆帳！哼！」說完耷拉著唇角，撇過頭，完全不想多看宋平生一眼的表情，十足的嫌棄。

宋平生手中的筷子一頓，抬頭後臉上變回了田氏熟悉的無賴式表情，吊兒郎當還夾著嘲諷的笑。「老子稀罕？要不我倆再打一架？」

姚三春拿筷子指著宋平生，滿面怒容。「宋平生，你這個不要臉的東西！我姚三春是倒了八輩子楣才嫁給你！我——」

這些話田氏都聽爛了，早就無感，輕車熟路地上前勸架。「好了好了，每人少說一句吧，粥都快冷了。」

姚三春和宋平生互相翻了一個白眼，這才轉頭吃自己的粥去。

待田氏出去後，姚三春夫妻終於鬆了口氣，不是因為田氏有多厲害，而是他們倆已經不是原裝貨了——他們的靈魂來自另一個世界，現今占據了兩具並不屬於自己的身體。

這種事萬中無一，可卻真實且荒謬地發生了。

姚三春夫妻倆不久前經歷了一場慘烈的車禍，以至於丟了性命，現在幸運地得到活著的機會，自然求生慾爆棚，生怕被田氏發現端倪，然後綁住他們上火架。

他們才不想前一世被車壓成肉餅，睜眼後又成了烤肉，多油多膩多慘啊！

姚三春確實餓了，端碗「吸溜」了一口，碗裡的稀粥就少了一小半，露出藏在碗底、剝了殼的雞蛋。姚三春扭頭看向宋平生的碗，只見裡頭也靜靜躺著一個雞蛋，一時訝然。

不過她驚訝的不是宋家居然捨得一次煮兩個雞蛋，畢竟宋家的條件還算可以，而是宋平生他爹宋茂山，居然同意田氏給她和宋平生煮雞蛋？這簡直比見鬼還要見鬼啊！

要知道，在前兩日宋平生夫妻倆命懸一線的時刻，宋茂山只說了「活該！」一句話，一點都沒有父親對兒子的殷殷關切以及對兒媳的擔憂。

這事是宋平生的妹妹送飯來的時候玩笑似地告訴他們的，姚三春夫妻對此並無懷疑，因為他們翻遍原身的記憶，宋茂山對二兒子向來瞧不上眼，甚至恨不得沒有宋平生這個兒子，又怎麼會關心他的死活呢？至於姚三春，不過是宋家隨便花了幾個錢娶回來的便宜兒媳，平日撒潑、打架，沒少給宋家丟人，宋茂山早就厭惡至極。

可以說，宋平生兩口子就是宋茂山最厭惡的兩個人，讓他多給二房一粒米都捨不得了，還雞蛋？作夢呢！並且姚三春知道，如果田氏沒得到宋茂山的同意，她絕對沒膽子私自煮雞蛋的，因為宋茂山在宋家是絕對掌控者的存在，沒有一個人敢忤逆他的意思，就連宋家四歲的長孫都知道爺爺的話不能違背！所以，今天雞蛋這事還真有幾分詭異。

姚三春和宋平生對視一眼後，扭頭繼續吃自己的粥和雞蛋，吃完兩人便安心地閉眼繼續睡了。至於雞蛋、狠心爹什麼的，那都是浮雲，哪有睡覺養身體重要？

兩人睡沒多久，屋子的門突然被大力推開，門板撞到牆壁，砸了一堆灰塵下來，隨著風飄散到床上。姚三春和宋平生同時醒來，而後便是好一陣咳嗽。

宋平生抹掉臉上的土灰，瞪向眼前長相俏麗的小姑娘，眼神不善。「宋婉兒！妳搞什麼？」

宋婉兒訕訕一笑。「二哥，我忘了你這屋子掉灰，又不是故意的，你這麼凶巴巴的幹啥？」宋婉兒這話還真不是推託，畢竟宋家幾乎都是牆面乾淨的磚瓦房，只有宋平生這屋是做工粗糙的土屋，忘記也是常事。

宋平生懶得和宋婉兒多爭執，她沒理都能吵出三分理來，還愛跟宋茂山告狀，最後倒楣的總是宋平生，不過他眉眼間還是陡然添了幾分冷色。「有事就說！」

宋婉兒偷偷撇嘴，背著手道：「爹讓我把你和二嫂叫去堂屋，說有事要說。」

姚三春心頭一跳，從裡側探出頭。「婉兒，爹叫我們過去有啥事啊？」

宋婉兒往後退了一步，語氣有些誇張地說：「二嫂，妳早上是不是沒洗臉？這樣不行啊，妳本來就黑，嚇到我就算了，嚇到我二哥咋辦？妳還想不想和我二哥過日子了？咋都不知道捯飭捯飭自己？怪不得我二哥看上別人——」

「宋、婉、兒！」宋平生一字一字地喊她的名字，神色冷峻，沒有一絲笑意。「妳再廢話，信不信我起來收拾妳？」

在宋婉兒眼裡，她二哥就是個混不吝的，啥事都做得出來，這回肯定是氣她提起他的醜事，她一時心虛，吐了吐舌頭，一溜煙跑得沒影。

宋平生平復心情後，扭頭看向姚三春，神色頓時柔和下來，抬手拍掉姚三春頭頂的灰塵，安慰道：「別理那個宋婉兒，嘴巴毒，說話都不過腦子的。」

姚三春不氣反笑，無所謂道：「她說的又不是假話，我現在又黑又瘦，是長得挺砢磣的，不過總比沒命的好。」

宋平生撫摸著姚三春枯黃的髮梢，篤定道：「都是同一副容貌，補一補，再少曬點，肯定會恢復漂亮的。」

他們二人穿過來後能快速確認對方的身分，就是因為彼此的相貌沒有太大變化，宋平生是年輕了點、瘦了點，而姚三春則是瘦了很多、黑了更多，簡直就像被黑夜眷顧過的女子。

對此，姚三春只想抱頭痛哭。她的冰肌雪膚、她的前凸後翹、她的波濤洶湧，全沒了！

這兩日每每想起，姚三春都心痛得無以復加，只能軟軟地靠在宋平生懷裡乾流淚。她一手擰著宋平生腰上的軟肉，問：「說，你是不是嫌棄我的洗衣板身材跟非洲人膚色了？」

宋平生見姚三春苦著臉，遂笑著安慰道：「好了，往好處想，妳還年輕了七、八歲呢，而且有些東西補補總是有的，是妳賺了！」

宋平生這麼一開解，姚三春的心情頓時輕鬆許多。她伸出黑乎乎、跟雞爪子似的手，捧起宋平生的臉，露出一排大白牙，玩笑道：「我就知道我找你做老公是有用的！」

宋平生低聲笑著，過於出色的臉更漂亮了幾分。

宋平生夫妻倆穿戴好便去了堂屋，此時堂屋裡坐了不少人，宋家人全在不說，就連里正和村裡有名望的人也都來了，看起來陣勢不小。

宋茂山原本還在跟里正有說有笑地聊天，一見到宋平生立即皺起眉頭，一副不苟言笑的模樣。「磨磨蹭蹭到現在才來，讓我們這麼多人等你們兩個，像什麼樣子！」宋茂山的眉頭越皺越緊，隨即擺擺手道：「罷了，為你這個小畜生生氣不值當！咱們先把正事辦了，以後你們是好是歹我也管不著！分家吧！」

宋平生和姚三春暗中對視一眼，都沒想到宋茂山會突然提出分家一事，不過早上突然多出的兩個雞蛋或許就有了解釋。

宋家的其他人倒是一臉平靜，只有老大宋平東欲言又止，表情十分糾結。

作為老槐樹村出了名的二流子，宋平生自然不能規規矩矩地站著聽宋茂山說話，他一屁股坐在宋平東身邊，蹺著二郎腿抖來抖去，口吻隨意地說：「哦，分家啊？成啊！只要我分得跟大哥、三弟一樣就行，其他我不管！」

宋茂山頓時沈下臉，他最討厭的就是宋平生這副吊兒郎當的樣子了，根本上不得檯面。再加上宋平生男生女相，長得過於漂亮，害得他被村裡人恥笑多年，說他宋茂山生了個帶把的閨女！宋茂山一輩子要強，何時受過這種羞辱？而這份羞辱全都拜宋平生所賜，所以他對二兒子自然喜歡不起來。不過當下並不是找碴的時間，宋茂山忍下怒火，又道：「既然你同意了，里正也在，現在就把事情辦了吧！」說著從桌上拿起一張紅紙遞給里正。「里正，你幫忙看看，分給二房的東西都記在上頭了。」

里正跟宋茂山一樣，都識得幾個大字，寫字看信不在話下。

里正一邊看一邊讀道：「二房，村東頭的老屋三間、老屋後頭的菜園子四分地、大旺河上段水田三畝、山腳旱地兩畝、大米半袋、糙米半袋、麵粉五斤、一把鋤頭、一把鐵鍬、兩把鐮刀、兩個木箱、一個水缸、三個菜罈、六個粗瓷碗……」林林總總一堆東西。

里正讀完後舔舔唇，心裡想著，連不討喜的宋平生都能分到這麼些東西，可見宋家的日子過得不差。同時他也暗暗佩服宋茂山的老到，給最沒出息的二兒子分了這麼些東西，雖然非常不公平，但過日子足夠了，以後就算小兒子宋平文真有了功名，別人也不能說宋家苛待二兒子，家風不正，畢竟宋茂山對宋平生是仁至義盡了，是宋平生自己爛泥扶不上牆。

不過宋茂山沒想給宋平生哪怕一文錢，還是暴露了他對二兒子由衷的厭惡。

宋茂山聽完後點頭，跟著補充道：「老水牛還跟以前一樣，大房、二房還有我三家輪流放。稻種家裡還剩一些，全部給你們了！」

宋平生等了半晌沒等到大房跟老三分家的話，終於反應過來，搞半天分家是假，把二房掃地出門才是真！至於銀錢的事，宋茂山更是提都沒提？宋平生倒沒有過多的憤怒，畢竟他並不算宋茂山的親生兒子，沒有什麼父子之情，只不過有些唏噓罷了。

但是若他現在表現得很平靜就太怪異了，原主的性格行事推動著他必須憤怒起來，因此宋平生猛地站起，滿面不甘和嘲諷。「爹，我看你這不該叫分家，叫掃地出門才是！不說別的，家裡三十畝水田我才分三畝？家中銀錢我分文沒有？憑什麼？我也是你的親生兒子，就算你看不上我，但最起碼要做到分家公平，否則我死也不分家！」

姚三春原身是個咋咋呼呼的潑婦，此時自然不會坐以待斃，她偷偷做好心裡建設，然後瞪著顯得過大的眼睛，扯著大嗓門質問：「爹，你咋能這麼偏心呢？平生跟我不太會侍弄莊稼，所以水田少給點就算了，但你最起碼要給些銀子傍身啊！不然咱們倆眼看是活不下去了，你忍心嗎？」

宋茂山不怒反笑，他就知道這兩口子沒那麼好打發。「老子說分家那是不想丟人，你們還真當我在跟你們商量啊？宋平生，你就看你最近幹的醜事，丟人現眼！還有妳姚三春，就是一個只會打架罵街的無知蠢婦！我教訓過你們多少次了，你們兩個還是死不悔改，丟盡咱們宋家的臉面，既然如此，你們乾脆給老子滾出去過，省得在我眼前礙眼！」

宋平生的胸口劇烈起伏，索性耍起無賴。「我不管！除非大哥和平文都分出來過，或者你多給我些銀子，不然你就動手宰了我吧！反正沒人疼，我死了算了！」

宋平生本就是無賴二流子，堂屋眾人早就見怪不怪，所以一臉漠然，只有宋平東急得不行，旁邊的人拉都沒拉住他。

「爹，分家的事，要不您再想想？」宋平東小心翼翼地試探道。

宋茂山的眼神陰鷙得嚇人，一巴掌拍在方桌，「砰」的一聲狠狠敲在宋平東的心上。不僅宋平東的神色變得僵硬，在座不少人也都被宋茂山嚇到，宋平東的兒子二狗子直接嚇哭，好在被他娘及時捂住嘴抱了出去。

一時間，堂屋裡安靜得過分，眾人的心空前的緊繃。

宋茂山喝一口水潤潤嗓子後，沈著臉朝宋平生繼續道：「你還嫌禍害家裡禍害得不夠嗎？你弟弟是讀書人，是要考科舉的，有你這顆老鼠屎在，咱們宋家的名聲能好嗎？從前幹的蠢事我就不提了，你這次是為了什麼骯髒事掉進河裡的？現在你的醜事都傳到鎮上去了，甚至平文的夫子還親自上門質問，說平文這麼好的讀書苗子，怎麼家裡盡出齷齪事拖累他？」宋茂山拍了拍自己的臉。「你看看，你老子一把年紀，臉面都丟盡了，全都因為你這個畜生！我養你這麼大，你從沒孝順過老子一粥一飯，竟然還想繼續賴著老子一輩子，吃我的肉、喝我的血？宋平生，你有臉嗎？上不知孝順父母，下不知體恤親弟，我要是你，乾脆找個石頭撞死得了！」宋茂山越說越激動，黝黑的面孔呈現黑紅色。

幾位村中有名望的人不禁交頭接耳、竊竊私語。宋茂山說話是難聽了點，但是話糙理不糙，再留宋平生這個禍害在家中，遲早會毀了宋平文的科舉路，因為對於讀書人而言，家中名聲至關重要。就宋平生兩口子的德行，宋茂山還願意分他們幾畝田，已經是仁至義盡了。要是他們有這麼一個啥事都不會幹，只會吸父母血的廢物兒子，他們早就一棍子打死了，省得浪費家中糧食！

在座的人沒有一個幫宋平生夫妻說話的，反而端著看好戲的樣子，幸災樂禍。

眾人的表情全被宋平生盡收眼底，雖然他並不是原身，還是沒忍住臉一紅，甚至恨不得找個地縫鑽進去！因為宋茂山他們說的都是對的，宋平生原身不是什麼好貨，就是個整日遊手好閒還愛挑事的二流子，對宋家沒有一點貢獻，只知道吸父母兄弟的血，給家裡添麻煩，而且跟村裡人的關係也不好。這種人憎狗嫌的存在，誰會瞎了眼可憐他啊？宋平生有這個覺悟，所以更覺臉上燒得慌，偏偏原主是個皮厚的，他只能覥著臉繼續站在原地，一臉不服。

宋茂山可不會關心宋平生的感受，冷哼一聲，道：「總之，平文考科舉是咱們宋家最重要的事，誰影響他就是我的仇人！分家之事就這麼定了！誰想死，出門找個地兒再死，別髒了我家院子！」

在座沒人懷疑宋茂山這番話的真實性，因為他就是這種說到做到的人。

姚三春望著宋平生梗了許久的脖子，心裡替他覺得累。果然穿越也是個技術活，不是那麼容易糊弄過去的。他們倆目前只能按照原主的個性、行為做事，可接下來事件會發展成什麼樣，這就不是他們能左右的了。她只盼著時間過得再快一點，這樣她和宋平生性格上有所改變才不會顯得突兀。

在場眾人心思各異，就在場面一度凝滯時，向來寡言少語的田氏突然開口了。「老二，你同意了吧，你總不能一輩子靠父母兄弟。不離開家，你永遠不知道生活艱難，永遠長不大，分家對你未必是壞事……」

宋茂山有些意外地瞅了田氏一眼，而宋平東的目光中全是驚愕。

宋平生的餘光掃向身旁，見姚三春朝他眨眨眼，他的表情很快變成悲憤，像是承受不住打擊一般捂住胸口，情緒崩潰。「好啊，原來有了後爹就有了後娘是真的，大哥跟平文都是親生的，只有我是撿來的！罷了，分就分！我宋平生就不信，離了宋家我就活不下去！等我他日飛黃騰達了，你們千萬別後悔！」

在場的人個個憋笑憋得面皮扭曲，宋婉兒甚至用兩手死死捂住自己的嘴，才把笑聲忍了下去。

姚三春站到宋平生身旁，「呸」地啐了一聲，眼神不善地巡視周圍的人，插著腰叫囂道：「笑什麼笑？輪得到你們笑話他嗎？能笑話他的只有我！你們都給姑奶奶滾一邊去！」

周圍人紛紛變了臉色，不過姚三春出嫁前是惡女，嫁人後就是潑婦，若真要跟她計較個一二，恐怕自己會先被氣個半死。

來的幾個人都是村裡有名望的，跟姚三春一介婦人計較反而顯得自己粗俗，索性就當姚三春是身邊的蒼蠅，無視就好。

宋平生面上難掩屈辱，他捉住姚三春的胳膊往外拖，聲音陡然拔高。「還待在這兒廢話幹什麼？這裡已經不是咱們家了，咱們家是村東邊的牛棚！」

宋平生說得倒也沒錯，村東頭的老屋一直空著，所以宋家的水牛偶爾會拴在裡頭，一進去就能聞到好一股尿騷味兒，運氣好的話還能看到牛糞，確實是牛棚沒錯了。

姚三春假意掙扎兩下，而後便一路罵罵咧咧地被拖回屋子。

一關上門，姚三春和宋平生瞬間垮下肩膀，然後齊齊癱倒在床。

真是累！不是身體的累，而是心累。模仿別人本就不易，他們模仿的還是一對極品夫妻，若不厚著臉皮根本演不下去啊！

姚三春率先平復了心情，轉頭捏捏身邊人的臉，觸感……粗糙。姚三春收回手，抬眼望去。「平生，你覺不覺得……」

「嗯？」

「……世界欠我們兩座奧斯卡獎？」

宋平生目光幽怨。「小金人有什麼用？還不如一張打不穿的厚臉皮管用。」

「……」姚三春無言了。男默女淚，昔日X大的高嶺之花，如今只恨自己臉皮不夠厚！

宋平生還算樂觀，很快就調整好心情，站起身撣撣衣裳，然後在姚三春的屁股上拍了拍，語氣還挺愉悅的。「快起來，咱們要搬新家了！」

姚三春黝黑的臉蛋隱隱發紅，翻身拿眼瞪他，一字一字道：「不要臉！」

宋平生朗聲一笑。

才穿越過來沒幾天就被掃地出門，說實話真的挺慘，不過姚三春夫妻倆心態還算穩定。尤其姚三春從小記憶力就很好，以前閒時看的幾本農書還記得七七八八，如今終於有了用武之地。總之，他們夫妻倆不至於會餓死，不過若想再進一步的話，那就要好好謀劃一番了。

姚三春和宋平生開始收拾東西，過沒多久，宋平東也進來幫忙，本就沒多少東西，沒一會兒就全部收拾好了。

最後，宋平東自覺地搬起最重的木箱走進院子，就跟他此前做過無數次那樣，用不著宋平生求他幫忙，他便會自動擔起兄長照顧弟弟妹妹的職責。

不過現在的宋平生已經不是二流子原主，做不到心安理得地接受別人的好，他快步上前幫宋平東端著木箱。

宋平東的眼睛倏地睜大。「平生？你身體沒好全，別動手了，都交給我吧！」

宋平生昂著下巴吹口哨，走路姿勢沒什麼正形。「我心裡有譜，沒事。再說了，以後我家就我一個男人，大哥你幫我一次又怎麼樣？又不能幫我一輩子。」

宋平東聽到這句話差點猛漢落淚，放下木箱後不斷拍著宋平生的肩，進了屋他才感慨萬千地道：「你若是早些有這個覺悟，爹也不會……罷了，你也別怪爹，三弟是他一輩子的指望，誰妨礙了三弟就跟要他命一樣，他怎麼可能忍得了？還有娘，你別怪她，千萬別怪她，她就是想你快點懂事，娘心裡也苦啊……」可能今日發生太多變故，宋平東的聲音居然有一絲不易察覺的哽咽。

宋平生唇角抿直。「大哥，咱們能不能不說這個了？」

宋平東尷尬地吸了下鼻子。「……你跟弟妹先把衣裳、鞋子啥的拿過去，我讓你們大嫂過去幫忙打掃，至於大水缸、菜罈子這些都交給我。你們身體沒好全，幹些輕省的活兒就好。」

宋平生原主是個懶的，正常情況下是不可能跟宋平東搶活幹的，再加上他的身體確實沒好全，偶爾還有些頭暈，所以便點頭答應了。不過宋平東對他們夫妻倆的好，他們記下了。

宋平東幹活索利，姚三春夫妻倆才抱著東西出來，宋平東早就沒影了。

院子裡，宋茂山背著手站在堂屋門口前，雙唇抿出冷肅的弧度，眸色沈沈，看向宋平生的目光彷彿在看一個陌生人，沒有一絲波動。

宋家其他人均不在場，只有宋婉兒抱著廊簷下的木頭柱子，大而圓的杏仁眼一路追隨宋平生的身影，難得安靜。

夫妻倆一看到宋家人，瞬間戲精附體，昂首挺胸、目不斜視，鼻子不是鼻子、眼睛不是眼睛地從宋茂山眼前走過去。

可惜夫妻倆的得瑟樣沒能持續多久，出門還沒走一會兒，里正孫長貴突然冒出來攔住去路，冷臉看他們，神情跟方才在堂屋時大為不同。

姚三春一看便知他來者不善。

里正此刻不用太顧慮兩個小輩的感受，直接用不客氣的語氣對宋平生訓斥道：「宋平生，剛才看在你父親的面子上我才沒當場發作，現在我以月娘父親的身分警告你，不要再纏著月娘不放了！她已經為人妻，你也成了家，你要是敢再去找她，污了她的名聲，看我不打斷你的腿！我說到做到！還有妳姚三春，有本事就管好妳的男人，別把氣都撒到月娘頭上！月娘清清白白的，是他宋平生不知羞恥還死纏爛打，妳要教訓就教訓妳男人去！咱家月娘可跟妳不一樣，我跟她娘一直把她當寶，從不捨得動她一根手指頭，誰要是敢傷到她，我就跟誰拚命！」

里正嘴中的月娘，正是宋平生原身和姚三春原身吵架落水的根源。

原來，宋平生原身從小就喜歡里正的女兒孫月娘，可他就是個不著調的廢物二流子，孫月娘怎麼可能瞧得上他？後來孫月娘嫁了人，宋平生原身也被宋茂山逼著娶了姚三春，雖然如此，宋平生仍然對孫月娘舊情難忘。這不，這次孫月娘回娘家小住，宋平生又沒皮沒臉地黏了上去，完全不顧自己已經成親的事實。

後來有人將這事捅到姚三春那裡，姚三春自然不會善罷甘休，她找到孫月娘就要動手打人，卻被趕來的宋平生攔住。之後的事不用多說，自然又是一場夫妻惡戰，甚至打到最後，兩人把小命都搭上了。

姚三春夫妻回想自身原主幹的蠢事，臉色一同脹成了豬肝色，簡直不能看。可偏偏里正完全占理，而且還有里正的威嚴在，他倆無立場反駁，只能安靜如雞，任人唾沫橫飛地訓斥。

里正罵了好一會兒，直到口乾舌燥才終於消停了，臨走前將一支簪子扔在宋平生腳下，帶著恥笑說道：「這種表面鍍銀的東西咱家可不稀罕！」說完便如同一隻高傲的公雞般離去。

這簡直是赤裸裸的羞辱！

姚三春側過臉看宋平生。「平生，我好想揍他！」

宋平生的臉色比方才好了點，安慰道：「別往心裡去。這回他有理，咱們先忍他一回，以後他再這樣罵我們，我們就讓他嘗嘗跆拳道的滋味！」

是的，姚三春夫妻倆都是從跆拳道培訓班摸爬滾打出來的，可不是誰都能欺負的弱雞！

姚三春眼冒凶光，彷彿已經在腦海裡將里正揍得半死！其實她最想揍的還是宋茂山，可惜他是自己名義上的公公，眼看是沒機會了，想想還真是有點小失落呢！

姚三春收回思緒後，將地上的簪子撿起，吹了吹簪子上的灰。

宋平生目露驚訝。「姚姚，妳又不喜歡這支簪子……」現代的姚霜自小家境優渥，粗製濫造的首飾自然看不上，所以宋平生才會這麼說。

姚三春點點頭，嘴角的笑淡了下去。「我知道，可我總覺得，咱們倆在人家身上重生已經是占了天大的便宜，再說逝者已矣，咱們不好再非議他們的對與錯。這是原主的東西，咱們就拿回去放著吧，總歸也占不了多大地方，你說對吧？」

宋平生眸光微動，眼神軟了下來，嘴角勾著笑。「好，一切都聽妳的。」

因為半路殺出個孫長貴，姚三春夫妻去老屋自然慢了點，就見大嫂羅氏拉長著臉不太高興，不過宋平東在場，她不好直接落他們臉子，只能將怒氣全部轉為動力，拿著抹布在破凳子上抹得「吱吱」響，恨不得擦出個洞來。

姚三春看出羅氏不高興，可是吧，原身是個不識好歹的人，並且跟這個大嫂的關係還不咋滴，所以她若貿然好聲好氣的，羅氏恐怕會當她是黃鼠狼給雞拜年，所以她只能心中訕然，搓一把抹布便去擦窗戶了。她心中想著，要擦得比羅氏更快些，好讓人家少幹點，奈何她上一世不太幹家務活，幹活並不索利，所以只能是想法很美好，現實教她做人。

這邊妯娌倆關係不好沒話說，那邊宋平生兄弟則有一搭、沒一搭地說著話。

四人忙活了大半天，終於收拾出兩間屋子來，勉強能住人。至於最後一間屋子，裡面味兒太重，甚至還有一大坨半乾的牛糞，一時半會兒是清理不乾淨的。

宋平東看見宋平生夫妻倆臉上的表情，只覺得好笑，拿著鐵鍬將牛糞鏟進糞箕，挑起糞箕就準備走了。

宋平生隨他走到門口，而後跟沒骨頭似地倚靠著門框，沒啥誠意地道：「大哥慢走哈，回頭請你吃飯。」

宋平東知道他二弟的德行，沒有露出什麼不悅的表情，只道：「你和弟妹早點休息吧，先把身體養好。田裡的事我會幫忙，不過你可不能跟以前一樣偷懶了。其實平文也想過來的，不過你也知道，爹看他看得緊……」

「知道了、知道了！」宋平生有些不耐煩地揮手。

宋平東搖搖頭，跟羅氏一起回家了。

老屋裡，姚三春跟宋平生都覺得有些累，坐著休息一會兒後肚子就開始叫喚，夫妻倆便開始商量起家務活的事情。

現代時他們是剛領證的新婚夫妻，還沒有住在一起相處過，所以很多地方還需要磨合。

宋平生搬來凳子坐到姚三春對面，兩隻大手包裹住她的，四目相對，目光坦蕩又含著情意。

姚三春覺得鼻子有點癢，皺了皺鼻尖，然後瞪著無辜的眼。「平生，家務活我以前沒怎麼做過，不太會，不過我好好學，應該不難上手的，在此之前你可不許笑話我。」

宋平生低低笑了兩聲，隨後道：「姚姚，妳老公能幹，洗衣、做飯什麼都會，要不是這裡沒有馬桶，我還能給妳展示一下自己真正的實力。所以，就算妳學不會也沒關係，妳有老公就夠了。」

姚三春臉頰上兩個酒窩浮現，漾起笑，不過還是飛快搖頭。「那怎麼行？以前我們是有那個資本可以一輩子不幹活，現在一窮二白的，我還裝什麼白富美？黑窮矬還不會幹活，我活不活啦？」

宋平生聽姚三春裝作滿不在乎地說這些話，心裡不太好受，兩手握得更緊了一些。「姚姚，我只想妳過得自在些、舒心些。這些都是小事，我都——」

姚三春抽手捂住他的嘴，笑眼盈盈地望著他。「好了，我們夫妻同為一體，就該有福同享，有難同當。要是什麼事都由一個人做，怎麼可能走下去？」

宋平生眼角含笑，清潤的眼中滿是情意。「姚姚，有妳真好。」

到了傍晚，宋平生做飯，姚三春則磕磕絆絆地學會使用火鉗，學會燒鍋。有原主的記憶力加持，她覺得倒也不算難。

晚飯並不豐盛，分家時一個雞蛋都沒分到，所以只有白粥加爛蘿蔔。

經過一個冬天的消耗，去年醃製的鹹菜已吃得差不多，剩下的鹹菜也都爛了，不過鄉下人捨不得糟蹋東西，畢竟鹹菜也費了不少鹽呢！有時候掏出的鹹菜裡還有蛆，有的人心大，甚至會拿這開玩笑，說這蛆怪有營養的嘞！

而所謂的爛蘿蔔，外表發灰，口感綿軟，聞著味兒還有點臭。這東西沒什麼優點，就是醃得鹹，很下飯。果然，姚三春夫妻倆只分了小半片，就鹹得喝完白粥又喝下一大碗開水，這才覺得嘴裡的味道淡了些。

晚飯吃得比較早，洗好碗後天還亮著，不過現在他們連最下等的桐油燈都點不上，所以只能儘早洗洗睡了。

就在這時，院外的大門突然被人拍得「磅磅」作響。

「老宋！我跟鐵柱哥來看你了！哎呀，天還沒黑，關啥門啊這是？」

宋平生一聽是原主走得比較近的朋友孫吉祥和孫鐵柱來了，便前去開門。

開門後，就見兩人手裡都拿著東西。孫鐵柱拿著的籃子裡裝了八、九個雞蛋，還有小半條鹹肉，以及一碗鹹菜；孫吉祥則是手裡抓著一隻活著的鴿子，瞪著眼睛，還挺精神的。

宋平生愣了一瞬，很快反應過來，抖著腿，笑得沒個正經。「哎喲，鐵柱哥、吉祥，你們來看哥哥就算了，幹啥還帶這麼多東西？老子雖然分出來過，兩口飯還是吃得上的。這些我不要，你們拿回去！埋汰誰呢？」

孫鐵柱不接這話，只在宋平生的胸口捶了一拳，笑道：「去你的！在你鐵柱哥面前稱哥哥，沒大沒小！」說完就往院子裡鑽。

孫吉祥吊著眼跟進去，走起路來橫行霸道的，就跟鎮上來的有錢大爺一樣。

宋平生無奈之餘還有著欣慰，最起碼還有幾個人是真心對待宋平生的。

姚三春等孫鐵柱兩人在院子裡坐下，認真貫徹原主對這群「狐朋狗友」的態度，走過去狠狠翻了個白眼，做完任務後才頭也不回地進了裡屋。

宋平生「嘁」了一聲，然後道：「鐵柱哥、吉祥，你們別理這個瘋婆娘，否則遲早被氣死！」

孫吉祥渾不在意，反而朝他擠眉弄眼，貫穿左側臉頰的刀疤隨之抖動，他拉長尾音笑道：「我說老宋，你可以啊……」

宋平生不明所以。「啥？」

孫吉祥偷偷瞟一眼裡屋方向，再回頭幸災樂禍地道：「你家母大蟲都知曉你給孫月娘送簪子了，居然還讓你四肢健全地活到現在？簡直是大姑娘上花轎——頭一回啊！」

孫鐵柱那張看起來憨厚的臉上也掛著不厚道的笑，他一手撫過眉骨的黑色大痣，另一隻手肘戳了戳宋平生，促狹道：「說實話，衣服下面是不是藏了數不清的撓印啊？」

「嘿嘿嘿……」孫吉祥跟孫鐵柱兩人湊在一起，好一頓無情恥笑。

宋平生無語望天，什麼兄弟情，恐怕都是塑膠做的吧？

兄弟仨湊一起也沒啥正事，就是胡亂閒聊，眼見天徹底黑了，孫鐵柱兩人便急著要回家吃晚飯。

宋平生忙將兩人帶來的東西拎起來。「鐵柱哥、吉祥，這些東西你們帶回去，我目前還沒慘到這個分兒上。」

吉祥擺手，表情很嫌棄。「老宋你算了吧，平時看到肉，眼睛都放光了，我還不知道你啊？說這話的時候，你恐怕心都在滴血吧？哈哈哈……」

「……」宋平生很無言。

孫鐵柱則一臉不悅，聲音響若洪鐘。「不就幾個雞蛋鹹菜，你磨嘰個屁！再說一句廢話，就是瞧不起老子！」

宋平生生出想擦汗的衝動，其實不是他不願意承孫鐵柱這份情，而是孫鐵柱的老婆吳二妮這人比較愛計較，今天收了她家東西，明天人家用眼睛都能瞪死他！

宋平生知道這位老兄的倔脾性，看他臉色不豫，多餘的廢話也不多說了，萬一孫鐵柱真生氣了，將他揍一頓可咋辦？只能乖乖收下東西。

晚上夫妻倆相擁抱而眠，雖然屋裡那股味兒揮之不去，但兩人卻睡得很熟。

分家後的第一天。

早上姚三春和宋平生起得還算早，夫妻倆剛洗漱好，便見宋平東挑了一擔柴禾往院子裡一放，然後騰出手擦了一把額頭上的汗珠。

春季雨水多，這時候乾枯的柴禾非常不好找，可是宋平東一趟就挑來這麼多，也不知道他是什麼時候上的山？

姚三春偷偷打量宋平東，見他眼下隱隱發黑，精神也有些萎靡，明顯是睡眠不足的樣子。

不過宋平東本人倒是不覺得累，喘口氣的功夫，他又去廚房拿木桶，準備出去擔井水。

姚三春腦子飛快轉了一圈，忙上前拽住木桶，語氣硬邦邦的。「大哥，我家又不是沒男人，你把宋平生的活兒都幹完了，我要他幹啥？既然分了家，他就得拿出男人的樣子，該幹的活兒就得幹，不然我姚三春下半輩子指望誰去？還不如早點換個男人！」

姚三春這話著實難聽，連好脾氣的宋平東都氣得臉色發青，不過他知道這個弟媳就是這種嘴巴一點也不饒人的人，而且他二弟最近還幹了對不起人家的事，這使得宋平東挺不直腰桿子，有火也發不出。

姚三春還嫌不夠，又道：「再有，大哥你這麼一大早就起來忙活，大嫂看到肯定心疼，到時候又要給我臉色看了，我姚三春可不願意受這個窩囊氣！」

宋平東咬著牙，握著扁擔的手鬆了又緊、緊了又鬆，最終卻一句話也沒說，扛起扁擔氣沖沖地衝出院子。

姚三春呆了，心想這人都氣成這樣，居然還是去擔水，看來對弟弟是真愛無疑了。她心裡其實挺過意不去的，可原主就是這麼個不會好好說話的人，若她突然之間變得善解人意，只會招人懷疑，因此也只能以後對人家好點了。

宋平東將水缸裝滿便回去了。

宋平生熬了一鍋粥，還給姚三春煮了一個雞蛋，但姚三春不願意吃獨食，硬是分了宋平生一半。兩個成年人共用一個雞蛋，想想還真有些可憐。但是夫妻倆知道形式比人強，與其長吁短嘆，還不如把這份精力用在幹活上。

不過昨日孫鐵柱送來的今年新醃製的鹹菜味道倒是很好，還帶著綠色，吃起來也爽脆，比爛蘿蔔好吃多了。

宋平生熬粥捨得放米，所以這頓早飯是夫妻倆穿過來後吃得最舒心的一次，只可惜鹹菜並不多，再吃個三、四頓估計就沒了。

吃完早飯，姚三春夫妻倆決定開始忙活，春日不等人，稻種該準備準備了。

宋茂山給的稻種並不是挑選好的，所以他們第一件要做的事便是選種，簡而言之就是去掉雜株、雜穗，用以提高稻種的純度。

選種也不難，自然是粒大飽滿的種子最好，稻種飽滿證明胚乳或者子葉發達，胚乳是裝養料的「倉庫」，幼苗生長要從中吸取營養，自然是營養越多越好。

姚三春知道鹽水選種效果好，但是家中窮得叮噹響，哪裡還有錢專門買鹽來泡水選種啊？所以選種的方法就只剩下風選了。

老屋院外就有一片空地，可惜野草叢生，根本沒下腳的地方。與此相對應的是隔壁人家，門前平地被拾掇得平整乾淨，可見這戶人家是勤快人。

這戶人家倒也不是別人，正是宋平生的親二叔宋茂水一家子。只不過宋茂山及宋茂水兄弟倆的關係不好，已經很多年不打交道了，所以宋平生原主和宋茂水一家並不熟悉。

夫妻倆商量一會兒後，考慮到宋茂水可能不太想看到他大哥的崽，所以最後決定由姚三春出面去隔壁求個方便。

姚三春敲門前心中忐忑不定，原主雖沒得罪過宋茂水一家子，可就她這惡名遠播的名聲，人家借不借還真不好說。

郭氏出來後，一眼就見到姚三春，先是驚訝，繼而眉頭蹙到一起，一副老大不高興的樣子，凶巴巴地問道：「幹啥？」

姚三春見人家沒有讓她進去的意思，有些訕然，不過還是滿面笑容，語氣很客氣。「那個，二嬸，我想借您家打穀場用一下，不知道行不行？」

郭氏臉上沒有一絲笑，甚至帶著警惕。「妳要借我家打穀場？不行！我跟你們家又不熟！」

姚三春忙解釋道：「不是的二嬸，您也知道，我跟宋平生剛分出來過，現在莊稼要自己種。這不，我們倆今天準備選種，可是您看咱家門前，打穀場全是雜草，根本用不了啊！」

郭氏抱著胳膊，眼中含著嘲弄。「哎喲，沒地方選種啊？那妳找妳爹去啊！妳爹當年可是說了，以後兩家老死不相往來，誰也別求誰！妳跟宋平生敢來我家借打穀場，不怕妳爹知道了打斷你們的腿呀？」

姚三春頓時語塞，原主嫁到宋家才半年，對上一輩的事情知之甚少，而宋平生不關心家裡事，也不太清楚，所以她並沒想到兩家的關係已經僵到了這個分兒上，更不知道宋茂山根本不准小輩跟宋茂水一家打交道。

雖然姚三春並不怕宋茂山，可是看郭氏這副黑著臉的樣子，她不想自討沒趣，便朝郭氏點點頭，道：「好，謝謝二嬸提點，那我就不打擾了。」跟宋茂水家借場地，左不過是圖個方便，人家拒絕就拒絕吧。

待姚三春離去後，郭氏小聲「嗤」了一聲，心道，這橫行老槐樹村的潑婦姚三春也有好聲好氣說話的時候？真是活見鬼了！

不過人家好與歹都不關自家的事，還是繼續保持距離的好。他們家上頭那位，可不是什麼善茬。

姚三春夫妻倆最後還是挑著稻種去往孫鐵柱家，不過孫鐵柱家和里正家離得不遠，好巧不巧的，夫妻倆經過里正家時，剛好跟孫月娘迎頭碰上。

場面一度非常尷尬。

宋平生看都沒看一眼孫月娘，皺了皺長眉，朝扁擔另一頭的姚三春凶道：「走啊！發什麼呆？想累死老子啊？」

姚三春有些鬱悶，這就是出門的壞處，遇到誰他們倆都要表演一番極品夫妻的爭吵日常。

她先是極為不屑地冷笑一聲，而後一腳踹在宋平生的小腿上。「沒看到嗎？你稀罕得不得了的孫月娘就站在這兒呢！要不我閃一邊去，好讓你們敘敘舊，再續前緣？」

孫月娘的小臉白了白，急忙說道：「三春嫂子，我跟平生哥根本不是妳想的那樣！我早就嫁人了，請妳不要再誣衊我的名聲！」

姚三春面上笑嘻嘻，內心卻是苦哈哈。我知道妹子妳跟宋平生沒發生啥，可是我也有我的劇情要走啊！

一旁的宋平生破天荒的沒有一看到孫月娘就走不動路，而是冷著眉眼，嘴角勾起譏諷的弧度。「孫月娘，老子為了妳差點把命都丟了，妳卻都沒來我家看我一眼，回頭不但讓妳爹來罵我，現在還一副避之唯恐不及的樣子？呵，妳當老子稀罕啊？天底下的女人多了去，我看姚三春都比妳好上一百倍，最起碼她不會厚臉皮到隨便接受其他男人的簪子！」

宋平生原身纏著孫月娘並不對，但瓜田李下，孫月娘貪小便宜而接受宋平生送的各種小禮物也是不該！並且面對已婚男人宋平生的死纏爛打，孫月娘從沒有明確拒絕過。她心安理得地接受宋平生對她的好，吊著人家，卻又不用回饋一絲一毫，這筆生意真是穩賺不賠。

不過，天底下哪有這麼好的事情？

孫月娘的身子晃了晃，抖著唇，不敢置信地看向宋平生。他不是發誓會喜歡自己一輩子嗎？她是不喜歡他，可是那根簪子是他心甘情願給的，她又沒有求他送給自己！更何況，那根銀簪還是銅芯的！他又怎麼能拿這事來羞辱她？

孫月娘心中翻騰不寧，但她沒有辯解，眼中卻蓄起淚花，欲墜不墜的，好不可憐。

這也是對宋平生慣用的招數，只要她淚光盈盈地望著宋平生，他總是會心軟的。

不過這回她失策了，宋平生對姚三春以外的女人的眼淚根本無動於衷，可以說連看都懶得看一眼。

姚三春知道宋平生不會心疼孫月娘，可她還是忍不住冒酸水，因此凶巴巴還有些小委屈地道：「喂，這是我男人，不許妳這樣看他！」

宋平生眼底飛快劃過一絲柔軟的光，下一刻，他的下顎更加緊繃，神色冷然如罩冰霜。

「孫月娘，過去種種再爭辯也沒什麼意思，總之，從今天起我和妳就是陌生人。妳做妳的鎮上太太，我跟自己的媳婦好好過日子，其他沒什麼好說的！」宋平生強忍著不耐才將話說完，他沒那個興趣為原主的事扯出個一二三來，今天這樣做只是想盡快處理掉原主留下的問題，好讓他跟自己媳婦和好一事變得順理成章，以後就不用逢人便裝作仇人相見一般了。

孫月娘勉強掩飾憤怒，然而心裡還是難受得緊。她已經習慣了宋平生對她的好，可有一天這個男人突然說不再喜歡她，即使她根本不在乎他，卻還是生出了一股自己的東西被人搶走般的怒火。這股怒火差點燒光她的理智，緊要關頭她咬緊牙關，才沒讓自己失態，可她真的氣得說不出話來！

姚三春裝作沒看到孫月娘的異樣，高抬下巴，冷哼道：「宋平生，要不是女人嫁雞隨雞、嫁狗隨狗，我早就不跟你過了！現在你終於知道我的好了吧？我可告訴你，要是下次再發現你們私下見面，我就直接殺了你們這對狗男女！」

孫月娘對姚三春的「委曲求全」並不意外，畢竟在這個世道，男人就是女人的天，就算丈夫做得再過分，做妻子的最後還是得選擇原諒。

「知道了，死婆娘！」宋平生一副忍得很辛苦的模樣，語氣倒比從前好上了一些。「妳到底還去不去選種了？」

「廢話！你不先走我咋動？」

夫妻倆吵吵鬧鬧，一路邁著六親不認的步伐翩然離去。

只有孫月娘一人還怔怔地杵在原地，臉上一陣紅、一陣白。

第二章

姚三春夫妻倆走幾步路便到了孫鐵柱家的打穀場，孫鐵柱問了一句要不要幫忙，被宋平生拒絕了。

孫鐵柱也樂得輕鬆，心想關係好歸關係好，但實話說，一個大男人若啥都不幹成什麼樣子？不過從目前看來，宋老爺子把平生分出來或許真的是好事呢！

宋平生並不關心孫鐵柱在心裡怎麼編排他，現在他唯一的想法便是快把三畝地的稻種給折騰出來，這些可都是他跟姚姚的口糧！事關生存最基本的需求，重要性不言而喻。

他和姚三春各自拿著從孫鐵柱家借來的木鍁，站在上風口，鏟起稻穀就高高一撒，飽滿的稻穀很快落地，乾癟的稻穀則被風吹到稍遠處，以此區分稻穀的優劣。

選好稻種後還要再曬個幾天，一是防止病菌，二是提高胚的活力，有利於稻種發芽快。

將稻種鋪曬在打穀場後，宋平生又抽空去孫吉祥家，待了半個時辰才回家去。

曬稻種的幾天裡，村裡人一個個翹首以盼，就等著姚三春跟宋平生打架，有熱鬧看，然而這次他們的期望卻落空了，一連兩天，宋平生家都風平浪靜的，連一句拌嘴的話也沒傳出來！村裡人不免稀奇，這姚三春夫妻倆突然轉性了嗎？不可能啊！兩人吵吵鬧鬧了半年，宋平生日前又整出那件事來，就算宋平生心裡有愧不敢動手好了，姚三春能輕易放過他？那她還是老槐樹村潑婦界的第一人嗎？

就在村民們議論紛紛的時候，孫吉祥突然跳了出來，將那日宋平生夫妻跟孫月娘三人碰頭的情形原景重現，並且再三強調，宋平生浪子回頭，要跟姚三春好好過日子了，同時姚三春也答應再給他一次機會。總之，人家夫妻和好了。

這消息一出，村裡人又多了談資，一個個捧著飯碗湊到老槐樹下瞎扯，聊得不亦樂乎。村裡有小部分人不看好姚三春夫婦，覺得他們堅持不了多久肯定又要打架，因為江山易改，本性難移，這對夫妻兩個人都脾性不行，還五行犯沖。

不過大部分人都攤手表示：這不是正常的嗎？再吵吵鬧鬧那還是夫妻，能和離嗎？還有極少數幾個人表示不屑，什麼浪子回頭？什麼再給一次機會？不過就是兩人被趕出家門，終於知道好歹，兩個可憐蟲抱團取暖罷了。

不管眾人想法如何，總之宋平生跟姚三春和好的消息傳了出去，小夫妻倆終於不用整天逢人必吵，心情都輕鬆不少，現階段兩人只一心想把地種好。

他們分家時分了三畝水田，有兩畝在分家前已經耕得差不多了，只剩下一畝地需要耕。耕田用水牛和水田犁的效率最高，可是這兩樣東西得先緊著宋家用，然後才輪到他們，為此夫妻倆不免有些擔憂，不知道自家何時能用上。

其實沒有水牛的人家，都是兩人用木槓懸著犁鏵，一前一後推拉翻土來耕田，可是宋平生捨不得姚三春吃這種苦。他就算了，自己的老婆卻是一夜之間從十指不沾陽春水的白富美淪落成窮困農婦，現在又要她跟男人一樣幹粗重的農活，實在太難為人了。再說耕田這事要說也沒那麼急，只不過是早耕加多耕，更有利於莊稼長勢罷了。

夫妻倆正胡思亂想之際，宋平東突然肩扛水田犁過來了，跟在他身後的羅氏則牽著水牛，二狗子坐在水牛背上，咧嘴揮舞著長長的柳條，一副天真爛漫的傻樣。

姚三春夫妻先是驚喜，可當他們看到宋平東疲倦至極的神色，以及乾裂脫皮的嘴唇時，夫妻倆神色不禁一滯。

宋平生猶豫了一下，忍不住道：「大哥，你也太拚了！看你臉色這麼差，要是你累出啥事，爹娘跟大嫂豈不是要打死我？」更何況只是播種，並不是栽秧，一時間用不到那麼多田地，耕田慢點倒也不是什麼大事。

羅氏抬起微紅的眼睛望去，臉上的不豫之色絲毫不掩飾。

宋平東放下水田犁，勉強擠出一抹笑，嗓子啞得跟破銅鑼似的。「我回去睡一覺就好了，年輕頂得住！」隨即露出愧疚的神色來。「平生，爹有事交代我做，大哥這回沒時間幫你耕田了，你……你自己行嗎？」

宋平生扯起唇角，笑得不可一世。「大哥，分家那天我不是開玩笑的，我宋平生以前只是不願意幹罷了，只要我願意做，保證能做得比其他人都好！不就是耕田嘛，能難得倒我？我告訴你，大哥，我不僅要把耕田學會，以後還要把稻子種得比誰都好！還要賺很多錢！我遠了？

宋平東露出幾分一言難盡的表情，雖然二弟有衝勁是好事，但他的想法是不是太好高鶩

要讓爹他們後悔！」

宋平生只當沒看到宋平東的目光，臉不紅心不跳地抱下二狗子，從羅氏手中接過套在水牛身上的轡繩，準備牽牛去山腳下吃草。

宋平東操碎了老母心，跟在後頭千叮萬囑道：「平生，你可要仔細著老水牛，現在天氣冷暖不定，耕完田後牛會出汗，千萬別讓牠淋著雨……過了穀雨之後就不怕了……若傷著牛，爹肯定要找你麻煩……」

兄弟倆的聲音越來越小。

二狗子安分不住，拍拍屁股就溜出去玩了。

姚三春的目光一路追隨著二狗子的兩條小短腿，心都被萌化了。

「哼！」羅氏突然一聲冷哼。

姚三春笑嘻嘻道：「我跟平生和好了所以心情好，妳愛哼就哼吧！」

羅氏感覺自己一拳打到棉花上，心裡更不得勁了。「姚三春，誰跟妳嬉皮笑臉！」

姚三春眨眨眼。「既然大嫂不願意……」伸出食指指向自己。「那就我跟我自己呀！」

羅氏的呼吸重了兩分，看向姚三春的眼神彷彿帶著刀。「姚三春，我沒心情跟妳胡扯！我只有一句話告訴妳跟二弟，二狗子他爹待你們夫妻倆是掏心掏肺的好，我不要你們回報

啥，只求你們有點心，少折騰他兩回！他這幾天基本上就是在田裡過的，老水牛還有休息的時間，他過得比一頭畜牲還不如……」羅氏說著，再次紅了眼眶，不過她很快就恢復一副凶悍模樣。「嗤，我跟妳說這些幹啥？總之，我就是來警告你們的，二狗子他爹是兄長沒錯，但他更是我丈夫，是我娃兒的爹，請你們以後別什麼事都來麻煩他！要是二狗子他爹累出個三長兩短來，我跟你們沒完！別以為我不敢罵你們，我不過是看在二狗子他爹的面上才忍著你們罷了！」

羅氏已經很努力地表現出她的彪悍，可惜她長得較白皙圓潤，鼻梁兩側還有零星的小雀斑，又比姚三春矮了半個頭，這樣的羅氏在姚三春看來，根本有點可愛好嗎？姚三春很努力了，可她就是害怕不起來呀！姚三春並不想真的惹怒羅氏，因此臉上笑容擴大地道：「好吧，我今天心情好，大嫂說的我都答應了！」

「……」已經準備好一大堆說辭，甚至隨時準備捋袖子打架的羅氏瞬間愣住了。

姚三春笑得很欠扁。「大嫂運氣真好，要不是恰好遇上我跟平生和好，心情不錯，我肯定不會這麼容易答應妳，可能還會跟妳掐架，畢竟我姚三春可不是好說話的……」

羅氏磨了磨後槽牙，她就知道，姚三春始終還是那個姚三春，就會惹人厭！

雖然羅氏被氣得半死，但此行的目的已經達到，為了不讓自己男人難做，羅氏還是將快到嘴邊的罵人話語悉數吞進肚子，差點撐到肚疼。姚三春的家羅氏是一刻也不想多待了，她瞪了姚三春一眼後，轉身風風火火地離去。

姚三春掐著下巴笑咪咪的。嘖，年輕，真好！活著，真他媽的好！

雖然宋平東已經將水牛送過來，但考慮到水牛可能過度勞累，宋平生還是決定先讓水牛休息休息，順便帶牠一起去山間田野散散心，再吃吃草、沖沖澡，好好享受一把。

於是第二天一大早，太陽都沒出來，宋平生就被水牛遛了……不，遛水牛去了。

中午吃完飯後，姚三春夫妻倆上戰場一般地去往大旺河上段的水田，準備耕田。

臨走前，宋平生給姚三春戴上一頂草帽，並詢問姚三春要不要坐牛背上，被她笑著拒絕了。

到了地方，宋平生不急著下田，而是跟姚三春隨意坐在田埂上，先專心觀察別人是怎麼操作水田犁的。

這一幕落在別人眼裡，便成了「宋平生果然是身無長物的廢物，這麼大年紀了，竟然連耕田都不會」！

周圍有人三三兩兩地湊到一起，指著宋平生的方向跟身邊人嘀嘀咕咕，還時不時發出幾聲笑。

其中尤以孫本強笑得最為放肆，彷彿看到什麼天大的笑話似的。「……一個白得跟個娘兒們似的，一個黑得像老烏鴉……黑白無常……這都不會？窩囊廢……笑死老子了！」

孫本強的話斷斷續續傳過來，但是人家偏偏沒指名道姓，讓人找不到把柄罵回去。

聽見孫本強越說越過分，姚三春實在聽不下去了，站起來就想去找他理論，卻被宋平生握住手腕。

宋平生仰頭看她，嘴角帶著一抹笑，清潤的眼眸沒有一絲陰翳。「姚姚，別去對號入座，這種上不得檯面的貨色，不值得我們在意。」

姚三春的胸脯一起一伏，上挑的眼尾洩出一絲凶狠。「可他一直在罵你，我忍不了！你別攔著我，反正姚三春本來就是村裡的潑婦，我去教訓他，有種他就打回來！」

宋平生的唇角彎了彎，放軟聲音道：「姚姚，如果妳真的很想教訓他，那我們先把田耕了，完了我和妳一起去，不然我怕妳吃虧，嗯？」

聞言，姚三春胸口那股氣突然間就煙消雲散了。每當宋平生這般溫柔又專注地跟她說話，她的心臟就像是泡在春水裡似的，哪裡還記得起其他事？

於是周圍看好戲的人只看到宋平生隨意三言兩語便安撫好潑婦姚三春，甚至姚三春還露出類似羞澀的表情，簡直見了鬼！

宋平生安撫好姚三春後就脫掉鞋襪，將褲腿挽起，而後便下田，左手扶水田犁的把，右手握著柳條做的鞭子，開始翻土。

起初宋平生犁得很慢，甚至搞不定水牛，周圍的人發出好一陣哄笑。可隨著宋平生耕得越來越有模有樣，周圍的笑聲終於低了下去。

平心而論，就宋平生同齡人的耕田技術，最好的也就這樣了。倒不是說耕田很難，而是宋家二小子上手的速度也太快了，這點讓人不得不驚訝。

不只其他人，姚三春都沒想到宋平生能幹得這麼好。在上一世，雖然宋平生從小無父無母，生活艱難，但他不是在農村長大的孩子，所以並沒幹過農活。

宋平生耕田的速度漸入佳境，不過這活兒也累人，過了一會兒，宋平生的額頭已滲出一層薄汗，於是便站在田中央緩口氣。

姚三春見他停下，立刻光腳跳下去，準備將帶來的水給宋平生送過去喝兩口。

宋平生見狀想阻攔已來不及，只能不停地提醒她走慢一點，因為田地被翻得坑坑窪窪的，還有去年留下的稻樁，他生怕姚三春摔倒或是劃傷腳。

姚三春小心翼翼地走過去，將水遞給他，然後用袖子為宋平生擦掉汗。

宋平生很渴，可偏偏喝得不疾不徐，非要吞下一口才喝下一口。

姚三春被迫看著宋平生的喉結不停地翻滾，上上下下，看得她一陣血氣上湧。

偏偏喉結主人還一副無辜樣，揚起長眉笑道：「第一次光腳踩泥巴，感覺如何？」

姚三春一臉不以為意。「還好啊！」

宋平生「嗤」了一聲。「說實話。」

姚三春垮下瘦弱的肩膀，好看的眉也垂了下來。「好吧，有點難受。只要一想到田裡灌了數不清的豬糞、牛糞，我就有點渾身難受。」姚三春做了二十多年的白富美，家中企業蒸蒸日上，帳戶裡的錢都夠她揮霍幾輩子了，她作夢也沒想到自己會有下田踩泥巴的一天啊！

這麼大的落差，她一時不適應也很正常。

宋平生眉眼半垂，似是安慰又像是發誓。「姚姚，暫且忍耐一下，我會讓妳過上想要的生活。」

姚三春拽著他的袖口晃了晃，垂著頭，聲音輕柔似雲煙。「過不上大富大貴的生活也沒什麼，只要你一直陪著我就好了。」反正這個世界裡，只有他們是彼此的牽絆。

宋平生怔了一下，在姚三春看不到的地方，眼中的溫柔繾綣都快要溢出來了，嘴上卻凶狠地道：「姚姚，妳太容易滿足了，會讓為夫失去鬥志的！」

姚三春仰頭跟宋平生對視，好看的眉簡直要飛起來了。「好吧，其實我有一個夢想，希望有一天能住進金子做的屋子，桌子由寶石鑲嵌，還有一頂水晶王冠……」

「……」宋平生默了。

大半天時間過去，宋平生終於將一畝地翻了土。耕完地後便是耙地，一樣是累人的活兒。

姚三春則在田埂裡割了滿滿一背簍的草，打算回去後就給水牛餵上，生怕水牛餓著。

一連忙活幾日，宋平生便瘦了一圈，不僅是種田辛苦，還有營養不夠的原因。

天天只捨得煮稀飯，家中連一滴油都沒有，幾個雞蛋也早就吃完了，人不瘦才奇怪！

宋平生身上還有肉可消耗，姚三春卻是瘦無可瘦了，餓到後來胃都一陣一陣的疼，臉色也一天比一天差。

人不被餓狠了，是不會瞭解飢餓有多痛苦的，所以姚三春夫妻倆在耕完田，又將稻種浸上之後，便決定先想辦法賺些錢，最起碼要買一板豬油、割些豬肉，讓胃吸收點油水。

現今夫妻倆身無分文，無論想做什麼都沒有啟動資金，也只能賣苦力了。夫妻倆商量半天，最後決定跟孫吉祥去山上逛逛，運氣好的話說不定能碰見撞到樹上的傻兔子，運氣不好也能砍些柴禾送去鎮上賣。

這日一大早，姚三春夫妻倆早早起來，綁好褲腿、袖口，將烙好的餅和斧頭裝進背簍裡，鎖上門之後便去往孫吉祥家。

孫吉祥跟孫本強是堂兄弟，兩家屋子一前一後，去孫吉祥家必須經過孫本強家門口。

姚三春夫妻倆經過孫本強家時，孫本強剛從外面的茅廁出來，一邊走路一邊拉褲子繫腰帶，一副邋遢樣。

姚三春還沒看清孫本強在幹什麼，身邊男人便伸手擋住她的目光。

宋平生低聲道：「別看，小心長針眼。」

孫本強走近了才注意到他們，投過去的目光放肆且不懷好意。「喲，兩姊妹一起去踏青哪？好雅興啊！」

姚三春的火氣頓時就上來了，孫本強三番兩次的挑釁，她早就想教訓他一頓了！姚三春上前兩步，開口準備說話時，卻被宋平生抓住手腕。

宋平生朝她搖搖頭，示意讓他來處理。

姚三春憤憤地瞪了孫本強一眼，然後退到宋平生身後。

宋平生的處理辦法倒也簡單，薄唇抿著，下巴朝孫本強點了點，用偏冷的聲線說道：「找碴？是男人就用拳頭說話，誰輸誰給對方磕頭道歉。」宋平生原主向來喜歡用拳頭解決問題，此舉倒是不奇怪。

不過孫本強非但沒有害怕，反而笑容擴大。「宋平生，你打架從來就沒贏過我，今天哪來的勇氣？不過你上趕著來給我磕頭，我便勉為其難地答應了吧！」語氣彷彿是施捨一般。

宋平生眉眼平靜，對孫本強的挑釁絲毫不在意，只扯了一下唇角。「廢話太多，麻煩不要浪費我們的時間。」

宋平生囂張的態度成功激怒了孫本強，他臉上的笑消失了，取而代之的是一片陰狠。

孫本強之所以敢這麼囂張不是沒有依仗的，他老子孫二河年輕的時候就是周圍出了名的地痞，壞事幹了不少，狠起來連自己親哥都打，不過前年喝醉酒，不小心掉進糞坑，最後被大糞給淹死了。

孫二河死了，但是他的兒子在他的耳濡目染之下，也是個不安分、喜歡惹事的主兒，村裡同齡的就沒有他沒打過的人，連里正都不敢多管，導致村裡人對他存著幾分忌憚，沒事都不敢輕易招惹他，所以孫本強才會行事這麼囂張，處處挑釁別人。

今天面對宋平生這個曾經的手下敗將，孫本強壓根兒沒將他放在眼裡，一聲招呼都沒打，突然就提拳發難。

好在宋平生反應夠快，扭身躲過這一拳頭。

姚三春瞭解宋平生的水準，所以並不是很擔心，只揚起兩條濃淡適宜的眉，一眨也不眨地看著。

除了第一拳出手突然，宋平生有些猝不及防，後面孫本強再出手，全被宋平生躲了過去，反應快到連他的衣角都沒被碰到。

孫本強由開始的輕蔑，然後是不敢置信，最後越發的焦躁，因為宋平生就像泥鰍一樣滑不溜丟的，他碰都碰不到，簡直讓他氣極。孫本強心中氣惱，表面卻笑得更加放肆。「宋平生，你這個孬種，就知道躲我，有種像個男人打我啊——」

孫本強話音還未落，宋平生突然動作，扭腰抬腳踹過去，正中孫本強的下巴！

孫本強結結實實地受了這一腳，彷彿被人打了一記悶棍，頭重腳輕的感覺襲來，瞬間就一屁股坐到地上，眼睛都失了焦。

宋平生居高臨下地望著地上的人，眼中帶著嘲弄。「這一腳是想告訴你，我有種沒種，輪不到你置喙。」

就在宋平生和姚三春都覺得孫本強已經輸了的時刻，孫本強的眼中卻飛快劃過一抹厲光，電光石火之間，他抬腳狠狠踹向宋平生的小腿，然後趁宋平生吃痛時，一扭身飛快從地上爬起來。

姚三春被這一轉變嚇到，忙跑過去詢問宋平生有沒有事，見他沒有大礙之後，當即怒不可遏地瞪向孫本強。「你這個小人！」

孫本強被剛才那一腳踢得不輕，下巴已經青了，牙齒都有些鬆動，並且伴著鈍痛，然而他畢竟從小摸爬滾打長大的，抗揍！他摸了一把下巴，咧嘴笑道：「呵呵，我可是光明正大動的手，宋平生他自個兒不小心，怎能怪我呢？」說到這兒，他臉色陡然陰沈下來。「不過，這是我們男人之間的事，關妳一個臭娘兒們什麼事？閉上妳的臭嘴，給老子滾一邊去！」

這話一出，姚三春只覺得身旁的宋平生氣息陡變，她還沒來得及反駁孫本強，宋平生的身影便竄了出去。

兩個男人再次打了起來。

如果說剛才宋平生還留有餘地，這次便成了宋平生單方面的碾壓。橫踢、側踢、後旋踢，甚至是雙飛踢、旋風踢都使了出來，踢得孫本強簡直懷疑人生。

這他娘的是什麼野路子?!孫本強被踢得毫無還手之力，然而他在挨揍這方面很有經驗，知道蜷縮成一團，護住自己的關鍵部位。

不過饒是被打得跟龜孫似的，他的嘴巴還是不認慫，喋喋不休地譏笑道：「宋平生，你、你該不會真是為姚三春出頭吧？哈哈、哈……姚三春長得這麼砢……磣，你怎麼把她當個寶？難道，你們晚上睡、睡一起，不覺得噁心嗎？你們鰲孫配醜女，剛好湊一對！絕配啊！哈哈哈……」

姚三春早就忍不住了，咬著牙，提拳就往孫本強臉上招呼過去，揍得他滿地找牙！「你這嘴巴是糞坑裡泡過的吧？這麼臭！」姚三春到底是受過教育的人，罵不出更難聽的話，只能憋得臉通紅，然後手上打得更起勁。

宋平生見姚三春打人，便停下手，一心抓著孫本強送給姚三春揍。

不得不說，畢竟是夫妻倆，連揍人都配合得如此有默契。

孫本強原本還叫囂得厲害，經過姚三春夫妻倆身體力行的教育後，聲音終於弱了下來。

就在這時，孫吉祥突然轉個彎，出現在三人面前。

孫吉祥看到這個場景時先是驚了一下，隨後直接忽略掉孫本強，嬉皮笑臉地開玩笑道：「喲，老宋，你們夫妻倆才和好，現在靠合夥打架培養感情呢？」

「……」姚三春及宋平生皆無言。

被宋平生制住的孫本強見到孫吉祥，臉色變了變，又看到他手中有弓箭，囂張的氣勢很快偃旗息鼓，不復存在。

若說在老槐樹村裡，孫本強還有忌憚的人，那就非孫吉祥莫屬了。

他的這位堂弟可是不怕死的貨，當年為了奪回自家的屋子，十三歲的孫吉祥就敢跟孫二河打架，臉上被劃了好大一道口子，然而孫吉祥還是不要命似的跟孫二河纏鬥。

孫二河混歸混，可他也不敢真鬧出人命，便硬是被孫吉祥這副不要命的勁頭給唬住了！孫本強當年親眼目睹過孫吉祥的狠辣勁，所以一直畏他三分，現在哪裡還敢再嘴上沒個把門？

宋平生原本便只想教訓孫本強一頓而已，見教訓得差不多了，就隨便將他往地上一扔，不再管他，三人有說有笑地離開。

待三人的背影消失後，已經爬起來的孫本強目光陰沈。

接近山腳時，孫吉祥尋了個機會落在後頭，鬼鬼祟祟地湊到宋平生身邊，極小聲地問道：「老宋，你……」眼睛瞟向前方單薄的身影。「跟她真的和好了？真的不再想著孫月娘了？」

宋平生好看的眉頭皺成一團，一臉不耐煩的表情。「我已經看透，孫月娘沒什麼好的，以後咱們別提她了！」

孫吉祥的表情一鬆，勾起宋平生的肩膀咧嘴笑道：「哎喲我的娘喂，你可終於想通了！兄弟我從前勸過你多少回，你就是不聽！」

宋平生長眉微揚。「好在為時未晚。現在我才知道，姚姚比孫月娘好多了，她黑是黑了點，但是多獨特啊！她潑是潑了點，但是以後打架可以護著我，還能幫我一起打，多好？」

說完，露出一抹蜜汁微笑。

「……」孫吉祥無語。怎麼辦？他已經開始懷念宋平生喜歡孫月娘的日子了，最起碼腦袋瓜子還是正常的！

兩個大男人在嘻嘻哈哈的功夫，走在最前頭的姚三春已經摘了不少野山筍、薺菜之類的野菜，轉眼間就裝了半背簍。

孫吉祥看到後多嘴了一句，道：「弟妹，咱們還要往山裡面去，裡面東西更多，妳別這麼急啊，而且揹著還累人。」

姚三春直起腰，愣了一瞬，隨即望向宋平生。「我們還要往裡面去？」

宋平生頷首。「吉祥說裡面的東西多，周邊這兒獵物不常出沒。」

姚三春忙拉住宋平生走到一邊，一雙酒窩盛著的笑意淡去，壓著嗓子小聲道：「我不想再往裡面走了。」

宋平生眼中劃過一絲意外。「為什麼？」

姚三春上挑的眼角垂下，頓了頓，這才說道：「深山老林的，太危險了，我們倆好不容易白撿了一條命，還是小心為好。再說了，日子苦是苦了點，但還沒到那個分兒上，我們就在山的周邊轉轉，摘一些野菜，再撿一些柴禾就行了！」

宋平生垂下眼瞼，望向姚三春握著自己的手，以及她略顯侷促緊張的肢體動作，眉頭不由得一皺。是他考慮不周，沒考慮到經過那樣的慘事後，姚姚的心中已經有了陰影，所以對有危險的事才會直覺地排斥。想通這一點後，宋平生只覺胸口有些悶痛，面上卻看不出來，只聲音輕緩地道：「好。」

姚三春見他同意，不由得鬆口氣，臉上再次漾起酒窩，語氣輕鬆地道：「感謝之前下載過的一款手機軟體，它可以識別各種植物及動物，我靠它可是長了不少知識呢！希望今天能找到有用的草藥之類，賣給藥鋪也是好的。」

宋平生跟著笑起來。「那我等著了。」

這方夫妻倆有商有量，有說有笑，有情有愛，那方孫吉祥則蹲在地上，目光幽怨。

「老宋、弟妹，你們是不是把我給忘了？」

姚三春頓覺有些尷尬，只得拉開距離，目光轉向別處，自欺欺人地裝作看風景的樣子。

宋平生不著痕跡地彎唇笑了一下，然後大搖大擺地走過去蹲下，和孫吉祥勾肩搭背，又低聲說了兩句。

沒有遲疑地，孫吉祥立即同意了宋平生的請求。其實他也不是很想帶兩人去往深山，老宋便罷了，那姚三春不過一介瘦弱婦人，萬一真遇到猛獸，只有送死的分兒！所以當宋平生提出不再往裡面去之後，他心底反倒暗暗鬆了口氣。孫吉祥正胡思亂想之際，前頭傳來了姚三春的聲音——

「平生，幫我挖這種草！」說是草並不貼切，準確來說應該是小樹苗，只是長得不夠粗壯。

宋平生走過去，一句話都沒問，抽出小鏟子就挖了起來。

孫吉祥晃著腦袋看，只在心裡偷偷「嘖」了一聲，這老宋，人家讓他挖他就挖，都不問問是啥嗎？孫吉祥走近兩步道：「弟妹，你們挖的這個是啥？看起來也沒什麼特別的嘛！」

姚三春挖得正歡，頭也沒抬地說：「是五加，一種草藥！」

孫吉祥見姚三春態度還不錯，便又問了一句。「值錢不？」

姚三春想了想，搖頭。「這不是什麼珍稀藥材，應該不是很值錢。」

孫吉祥頓時沒了興致，一屁股坐到地上，隨意拔一根草磨牙，含糊不清地道：「既然不值錢，那妳挖這個幹啥？」

姚三春半晌才抬起頭，彎唇笑了一下。「我自然有用。」

孫吉祥偷偷打量著姚三春，嬉皮笑臉地問道：「弟妹，我怎麼覺得妳今天的脾氣特別的好？我問一句，妳答一句，從前妳只會朝我翻白眼呢！」

姚三春聽完斂去笑容，冷著臉對他翻了一個熟悉的大白眼，冷哼一聲。「要不是我家家庭和睦心情好，我才懶得搭理你。你可千萬別自作多情想太多，真以為自己人見人愛花見花開呢！」

宋平生專心致志地挖著五加，可他微抖的雙肩還是暴露了他的幸災樂禍。

孫吉祥默然不語。「……」我為什麼要自取其辱？

原來不是潑婦變溫柔了，只是潑婦暫時休息了，他的確想太多！

五加適宜生長在偏西南的方向，所以這個地方的五加並不高，再加上還沒到五加生長最茂盛的季節，所以他們挖的五加並不粗壯。

五加有用的部分是根部和皮，但由於這陣子沒有下雨，泥土板實，導致挖掘之事進行得十分緩慢。

姚三春夫妻倆挖五加的空檔，孫吉祥也沒閒著，一個人跑去找兔子洞，因為他剛才差點坐到兔子糞便上去了！

夫妻倆挖了半背簍後，姚三春終於停手，朝宋平生道：「差不多了，下次有空我們再來挖吧！」

宋平生聞言點頭，起身將裝得滿滿當當的背簍揹在身後。

姚三春只能揹上另一個沒裝東西的背簍，她站到宋平生跟前，仰頭看他，道：「重不重？你分我一點吧，反正我背簍裡也沒什麼東西。」

宋平生含笑搖頭，抬手將姚三春額間的一縷碎髮挽至耳後。

姚三春情不自禁地彎起唇。

夫妻倆正鬧得歡，孫吉祥卻殺風景地跳了出來大喊，胳膊都快揮斷了。

「老宋，快來幫忙！我找到兔子洞了！」

兔子洞一般都藏在草木豐茂的地方，食物充足還容易躲藏，不過今天牠們的好日子算是到頭了，有了姚三春兩夫妻的幫助，孫吉祥費了一番功夫便將三隻肥兔從洞裡逼了出來。

孫吉祥掂一下肥兔的重量，不由得吹了一聲口哨。「肥！真肥！老宋，正好三隻，我們一人一隻剛剛好！」

宋平生和姚三春對視一眼，隨後挑眉笑道：「兔子洞是你找到的，我和姚姚又沒出什麼力，拿兩隻豈不是占你便宜？我宋平生是這種占兄弟便宜的人嗎？」

孫吉祥就知道宋平生會這麼說，所以也沒強求，畢竟他是靠打獵吃飯的，便道：「那行，你們拿一隻，我拿兩隻。」說完將最肥的那隻兔子交給宋平生。

姚三春看了一眼，又看了一眼，最終還是沒忍住，一把將肥兔抱在自己懷裡，在肥兔肥軟的身軀上一陣撫摸，嘴邊還掛著一抹蜜汁微笑。

宋平生一點也沒覺得意外，因為姚三春向來喜愛小動物，尤其是那些體型圓潤的。

然而宋平生不知道的是，肚子素了多天的姚三春此刻想的卻是紅燒兔肉、紅燒兔丁、麻辣兔頭、冷吃兔……

雖然沒發現體型大一些的獵物，但是能抓到三隻肥兔，也算不枉此行，三人各自收拾好便準備往山下走，沿途再撿一些乾柴禾，便可以回家了。

三人走了幾步，孫吉祥突然停下，姚三春還未反應過來，孫吉祥手中的箭便射了出去！

姚三春夫妻順著箭矢射出的方向看去，便見有兩隻鹿正在不遠處的小溪邊喝水。

那兩隻鹿警覺得很，一下子躲過致命攻擊，然後撒起蹄子，很快便消失在濃翠綠蔭之中，甚至孫吉祥的第二枝箭才搭上，根本還沒來得及射出去。

孫吉祥錯過獵到鹿的機會，不免惱怒，皺著濃眉看向手中的弓箭，連眉骨上的疤痕都猙獰了幾分。「這破弓，我要你有何用！」

宋平生望著弓箭思索，不過片刻，他突然開口問道：「吉祥，難道鎮上沒有那種射程遠一些，或者能連發的弓弩？」

孫吉祥沈著臉搖頭。「鎮上賣弓弩的鋪子我都去看過了，沒有你說的這種弓弩，否則我早就買了，畢竟是我吃飯的傢伙！」

宋平生若有所思，沒再說話。

姚三春大概猜到宋平生在想什麼，因為上一世宋平生看了許多紀錄片，尤其是關於冷兵器這類的，他甚至還為此買過模型。

三個人回到村子的時候已經接近飯點。

夫妻倆回到家中，姚三春摸了摸被困在背簍裡的肥兔子，朝宋平生笑道：「平生，你剛才是不是在想給孫吉祥改善弓弩結構的事？」

宋平生怔了一下，隨即笑了，手搭上姚三春的肩膀。「被妳猜中了。」

姚三春笑得酒窩深深。「我就知道！」

宋平生的視線轉向廊簷下的背簍，道：「姚姚，我們明早去鎮上，再買些豬油回來，還可以順便逛逛。最近是不是悶壞了？」姚三春上一世喜歡逛街，喜歡旅遊，喜歡熱鬧，還喜歡打遊戲，這個時代交通不發達，娛樂項目更是少到令人髮指，所以宋平生有些擔心姚三春會被悶壞。

姚三春收回摸兔子的手，哈哈笑道：「每天忙得暈頭轉向的，哪有時間想這些？你呢，平生？」

宋平生直勾勾地望著姚三春，語氣平靜坦然地道：「有妳在，並不會。」

姚三春不爭氣地紅了臉。一本正經說情話什麼的，誰能阻擋得了啊？

宋平生去做飯的時候，姚三春便開始處理野菜和五加。

野山筍剝掉筍皮，再洗淨晾乾就行。

五加處理起來就麻煩得多，先要洗淨，然後再將根皮都給扒下來，很費功夫。

姚三春將五加皮處理好後，將其平攤在篩子裡晾曬，宋平生也將粥煮好了，照樣沒有一點油腥，只是粥裡撒了些切碎的薺菜末。

薺菜粥的口感和顏色都不太好，不過總算是加了點蔬菜。要知道，大米這東西熱量不低，但其實營養價值並不高，只能飽腹，並不養人。

兩人便這麼又度過了一個飢腸轆轆的夜晚。

第二日早晨，吃完水一般的稀飯後，姚三春揹上背簍，宋平生挑起兩捆柴禾，夫妻倆準備用雙腿走去鎮上。

老槐樹村距離瓦溝鎮不算很遠，也就半個時辰不到的路程，饒是如此，姚三春夫妻還是累得不輕。

宋平生原身好吃懶做，基本沒幹過什麼重活，所以現在挑這麼久的柴禾就有些受不住。路上姚三春數次提出幫宋平生挑一會兒，都被他以鍛鍊身體為由給拒絕了。

終於到了鎮上後，姚三春夫妻先在街道上找了個蔭涼的地方坐下，稍微喘口氣。

宋平生擔心姚三春臉皮薄，將草帽給她戴上後，緩聲道：「姚姚，在這兒還不知道要待多久，妳先去周圍逛一逛吧，不要離得太遠，賣完了我去找妳。」

姚三春搖頭，偷偷拉著宋平生的手，有些氣餒地癟了一下嘴。「平生，我怎麼覺得你還是把我看作姚家的千金大小姐，不能受苦不能受累的，什麼都不讓我幹？可我現在是姚三春，我不想什麼事都交給你一個人扛，我也可以替你分擔！」

宋平生抿起唇角，頓了一下，而後在姚三春前所未有的認真目光下敗下陣來，緩緩點頭。「好吧。」說完捏了幾下肩膀，扭頭開始吆喝起來。

宋平生上一世是從孤兒院出來的，他能從一無所有到創建自己的公司、身價飛漲，其中經歷的辛酸必定是別人的幾倍，甚至幾十倍，擺攤吆喝這種事，他從初中起就駕輕就熟了，所以他現在絲毫不在意別人的目光，只專心推銷自己的貨品。

今天恰逢開集，道路兩邊都是小攤販，大部分都是賣自家攢的雞蛋，或者新挖的野菜，還有竹製品之類的。

吆喝聲、討價還價聲、兒童的歡笑聲等等，環繞著這條街，非常熱鬧。

夫妻倆並未坐下多久，便有人來問他們柴禾怎麼賣。

因為春季的乾柴禾沒有秋冬季節的多，所以還是挺好賣的，只不過賣不了多少錢，兩捆也就五文錢，能買兩個肉包和一個素包而已。

相較而言，野兔這東西並不是很好賣，一是油水少，花同樣的錢還不如割一斤豬肉打打牙祭；二是這周圍賣野味人家的沒有五個也有三個，根本不稀罕。

夫妻倆又耗了差不多半個多時辰，終於遇上一家富戶家的小廝來採買野味，一把將這條街的野味都包圓了，姚三春他們得了六十文錢。

東西都賣完後，姚三春夫妻終於有時間在鎮上逛一逛了，不過首要的還是去買豬板油和鹽。

豬板油比豬肉便宜不少，才五文錢一斤，宋平生一口氣要了十斤，這一下就花掉五十文了。

剩下的十五文再買一些鹽和調味品什麼的，姚三春口袋裡的錢一下子就跑個精光，只在她手上留下幾絲銅臭味，著實冷酷無情。

但姚三春夫妻倆卻都挺高興的，畢竟他們在今天之前，還是連豬油都吃不上的人呢！

東西買好後，宋平生便陪著姚三春在街道上四處逛逛。

瓦溝鎮雖然是個小地方，可是地理位置好，距離縣城也不過幾十里地，所以還是挺熱鬧的，這一點從賣吃食的小攤上就可以看得出來。

糯米粉加白糖炒，再用豬油煮的沙壅；糯米和粳米混在一起炒成粉，再用印模定形的白餅；還有將浸泡好的大米加入粳米飯中舂成粉，再加豬油做成外皮，摻加荼蘼露、鵝膏、肉粒等作餡的粉果……還有酥蜜餅、薄脆、雞舂餅、閣老餅等等各種米粉做的吃食。除卻這些，還有很多麵食、燒餅、火燒、春餅、饅頭、餃子、油糕、烙饃、蝴蝶麵……真真是種類繁多，讓人目不暇接。

姚三春正癡望著一碟桃花燒賣時，宋平生突然抓住她的手，聲音有些不穩。

「姚姚，快走！」

姚三春嚇一跳，跟著緊張起來。「怎麼了？」

宋平生的眼神投向某處，表情一言難盡。「姚大志在那邊，我們還是盡快走的好。」

姚三春順著他的目光看去，便看到一個穿著邋遢、頭髮油膩、臉頰凹陷、留著八字鬍的中年男人，正是原身親爹姚大志。

此時姚大志正杵在一個賣雞蛋的小攤子前，瞇著眼睛，嬉皮笑臉地跟一個婦人調笑。

雖然姚大志的體型偏瘦，穿著打扮也邋遢，不過他長得還算高大俊朗，又能說會道，所以那個婦人沒見煩，反而被姚大志哄得格格直笑，兩人聊得好不投機！

姚三春的親娘，姚大志的媳婦還沒死呢，他就在大街上跟別的女人有說有笑，全然不顧他人異樣的目光，此人品行可見一斑。

姚三春有原身的記憶，知道姚大志是什麼貨色，這人就是個潑皮無賴！不僅好吃懶做，還貪財好色，在姚莊村的名聲早就臭了，沒人願意搭理他，這也導致姚三春原身一直沒人願意娶。

什麼鍋配什麼蓋，姚三春的娘范氏同樣不是什麼好貨，掐尖要強、罵人撒潑，是姚莊村潑婦界的翹楚。

在這樣的極品堆裡長大，姚三春原身會長歪也就不奇怪了，畢竟父母言傳身教了嘛！岳父岳母是這個德行，也不怪宋平生見之色變。

姚三春回想起姚大志夫婦曾經坑害原身的那些數不清的糟心事，頓時嬌軀一震，心裡一萬個不想見到他。若真的跟姚大志碰上，他們剛買的豬板油必定要慘遭搶奪！姚三春當機立斷，握住宋平生的手就往反方向跑，一刻也不願多留。

姚大志抬眼看過去的時候，只看到兩道模糊的影子，他沒放在心上，轉頭繼續對那婦人笑道：「大妹子，我看妳今年最多也就雙十年華，妳說我猜得準不準？」

芳齡三十多的婦人開心地捂著嘴，笑得像個傻孩子。

回去的路上，姚三春態度堅決，非要挑擔，宋平生拗不過她，最後只能妥協答應。

雖然挑擔裡也就裝了十斤豬板油和一些鹽，回到家中後，姚三春還是覺得肩膀很疼，不過她並沒有抱怨，因為兩捆柴禾遠不止十斤，宋平生卻一句話都沒說。

因為回來得晚，午飯只能隨意解決一下，到了下午，姚三春兩夫妻一人切豬板油，一人燒鍋，將十斤豬板油全部煉出來，最後得了一罐豬油和一大碗油渣。

宋平生將油渣裝出小半碗來，沒有糖，只能撒了些鹽，讓姚三春先嚐嚐味道。

姚三春此前從沒吃過這東西，但是她很清楚今時不同往日，有得吃就不錯了，哪還有挑剔的分兒？她挾了一個放進嘴裡，嚼了幾下後覺得有點膩，但是對油脂的渴望可以掩蓋一切，她越嚼越覺得香！這種心理，大概就是十年沒見過女人，所以看到母豬都覺得眉清目秀賽貂蟬吧？

作為農家人，春天就沒有閒下來的時候，不僅僅是播種、插秧這些，還有菜園子裡的蔬菜、瓜果都要在春天種，如此到了夏天就能吃到新鮮青翠的蔬果啦！

如果是早熟或者生長期短的品種，那收穫時間就更早了。

村裡人家該撒種的撒種，該育苗的育苗，菜園子裡點點青翠，只有姚三春家，菜園子裡一片荒蕪、雜草叢生，根本認不出來它是個菜園子。

下午申時，姚三春在屋後菜園子裡彎腰割野草，她忍不住亂想，他宋茂山是不是早就準備將二房打發出去，否則他為什麼沒打理這四分菜地，連一個菜種都沒撒？

想到這兒，姚三春不禁要為宋平生原主掬把淚，他混歸混，宋茂山也不是什麼好東西，對自己兒子就跟對待仇人似的，根本不像親爹。

臨近傍晚，殘陽西沈映河水，倦鳥歸巢入山林，裊裊炊煙飄向上空，一派安寧平靜的景象。

勞累一天的姚三春跟宋平生，終於將四分菜園子給拾掇出來，算是了了一件事。

不過尷尬的是，他們沒有菜種，也沒有多餘的錢買菜種！果然貧窮使人頭禿！

就在夫妻倆正面面相覷時，與他家相鄰的菜園子裡走出一個四十多歲的黑瘦漢子。

來人板著張臉，彎腰將手中一把帶著土的小菜苗放在地上，聲音沙啞地道：「多出來的菜秧，種不種隨你們！」言簡意賅說完後，他看都沒看姚三春夫妻一眼，轉身就走了。

宋平生在後頭叫了兩聲「二叔」，人家理都沒理，全當沒聽見。

這人正是宋茂山的親兄弟，宋茂水。

宋平生見宋茂水不願意搭理他們，也沒多糾結，轉頭蹲下和姚三春收拾菜秧。

宋平生原主對菜秧這些一竅不通，好在姚三春原主是幹慣農活的，對於這些才長出嫩芽的菜秧並不陌生，沒一會兒便都收拾出來了。

冬瓜秧、黃瓜秧、葫蘆秧、茄子秧、辣椒秧……一數還真不少！

這下就算是傻子也能看出來，宋茂水絕對不是隨隨便便拔了幾株菜秧，而是用了心選的！想通這一點，宋茂水在夫妻二人心中的形象就變了，一下子從冷面嚴肅的陌生人變成了面冷心熱的可愛大叔，不像宋茂山，面冷心更冷！

夫妻二人將菜秧種下後，天已經快黑了，姚三春和宋平生回家將木糞桶挑出來，摻水後挑到菜園子，在每一株秧苗根部灌溉。直到天際歸於黑暗，夜風吹過菜園子，夫妻倆終於做完所有的事情。至於絕大部分仍是空下的菜園子……這事還是留著明天以後再想吧。

夫妻倆摸黑回到院子，這才記起家中沒有照明工具，最後無法，只能用手摸索著進了廚房，直到宋平生在灶膛內點燃乾草，漆黑的夜終於被撕開一道口子，透出隱約的光亮。

夫妻倆就在這樣昏暗不明的火光中吃晚飯、洗碗、燒水、洗澡……

春陽東升，葉子上還掛著露水，外頭颳的風不冷也不熱，十分舒爽宜人。

姚三春和宋平生各自扛著鋤頭，沿著小路一路向上，沒多久便到了山腳下的旱地。

兩畝旱地裡種的是油菜，此時油菜花將近落盡，只留有些許殘破小黃花在風中搖曳凋零。走近一看，地裡野草一片，油菜植株間稀稀疏疏，新結的小角果也偏少，看起來比別人家的油菜田差得多。

姚三春夫妻倆放下鋤頭，心裡真是一點也不意外呢！

油菜疏於管理，缺少肥料，又有野草爭奪營養，能長得好才奇怪呢！

夫妻二人沒多說什麼，提起鋤頭踏進成人腰高的油菜田，彎腰開始鋤草。

其間偶有蜜蜂飛過，地上有灰色小蛙跳來跳去地撒歡，還要擔心野草濃密處會不會有蛇，這些使得姚三春的心一直懸著，著實有些磨人。

好在鋤草算是輕省的活兒，夫妻兩個用一個多時辰便鋤完了，順便還拔了兩大把小野蒜，回去洗淨醃製兩天，可以當下飯菜。

快到村子的時候，夫妻倆在河邊恰巧碰上孫鐵柱。

孫鐵柱跟宋平生先嘮了一會兒嗑，後來見著宋平生背簍裡捆著兩把野蒜，便拍著他的肩膀，調侃道：「老宋，醃野蒜呢？不是我說，你們會醃嗎？」

宋平生絲毫不見臉紅，坦然答道：「都不會。」

孫鐵柱大笑，眉骨上的大黑痣隨著眉毛抽動，當即爽快地道：「走，去我家！你嫂子最會醃菜了，讓她幫你醃，保證好吃還下飯！」

宋平生沒拗過孫鐵柱，再加上吳二妮醃製的鹹菜確實很不錯，便半推半就地從了。

第三章

宋平生夫妻倆隨著孫鐵柱到了他家，此時吳二妮正坐在院子裡挑揀手指長的嫩青菜，她看到姚三春夫妻倆也沒個笑臉，可見是多不待見他們了。

姚三春和宋平生面色坦然，不見生氣，反正他們在老槐樹村就這個名聲了，也怪不得人家不待見，吳二妮沒將他們轟出去就不錯了。

孫鐵柱見宋平生沒有責怪，心裡卻更不得勁了，兩步跨進屋子，沒一會兒，屋子裡頭隱隱傳來幾聲爭吵。

姚三春拽住宋平生的袖子，小聲嘀咕道：「早知道就不來了，到哪裡都招人煩。」

宋平生笑了一聲，輕聲安撫她。「沒事，我不煩，並且喜歡得很。」

一句話，就成功地將姚三春的心思帶偏了。

既然都來了，便沒有不告而別的道理，宋平生只能讓姚三春再等待一會兒。

過了片刻，孫鐵柱先出來，跟宋平生說了兩句，讓夫妻倆等一下之後，便挑起木桶出去擔水了。

又過了一會兒，吳二妮終於從屋子裡出來，臉上帶著笑，眼睛裡卻沒有溫度。

「喲，我當是什麼天大的事呢，大毛他爹還跟我嚷嚷上了！搞半天，就是醃製野蒜啊？」吳二妮不陰不陽地瞅著姚三春，薄薄的眼皮底下藏著刻薄。

「三春啊，要我說，醃菜的手藝妳可得好好學學！我六、七歲的時候也醃不好，後來我娘對我說，這做女人的如果連這點小事都做不好，那不就是個廢物點心，以後哪有人娶？後來呢，我就真的把醃菜的手藝給學會了。所以說，世上無難事，只怕有心人，好吃懶做可過不了日子！三春，妳說呢？」

姚三春眉頭輕皺，臉色不太好看。就算她原身品行不太行，但是她又沒得罪過吳二妮，吳二妮憑什麼對她陰陽怪氣、指桑罵槐的？「吳嫂子，妳——」

姚三春剛開口，宋平生便拉住她，朝她眨了眨眼，轉回頭後就變成了一副懶散無賴的損樣。「吳嫂子，瞧妳這話說的！醃菜誰不會呢？只是我好不容易娶了個媳婦，平時巴不得她少幹點活，哪還捨得讓她幹這些啊？再說，年輕姑娘家都愛俏，把手泡爛了，我可得心疼死！」宋平生說著，捲起袖子，笑道：「這樣吧，吳嫂子妳教教我，咱家有一個人會醃菜就夠了！」

吳二妮被懟得啞口無言，不過她也不是個軟性子的，當即硬邦邦地道：「你一個大男人，還學醃菜？也不怕被別人恥笑！」

宋平生一副無所謂的態度。「我宋平生還怕人恥笑？反正只要姚姚開心，我樂意，別人管不著！誰要是笑話我，是男人就是嫉妒我長得好，是女人就是嫉妒我寵媳婦，因為自個兒男人不疼她！」

吳二妮手裡的野蒜都給捏爛了。瞧這宋平生說的，話裡話外都是她吳二妮嫉妒他媳婦有人寵，別人家的媳婦是根草！去他老娘的！什麼臭龜玩意兒！

吳二妮很快整理好表情，語氣十足的真誠。「平生兄弟啊，大話說多了小心閃了舌！瞧你們之前打架互罵的樣子，你現在說這話，誰信啊？咱們做人還是多點真誠，少點虛偽比較好！就比如說，上次大毛他爹給你們送去的雞蛋、鹹肉，這就叫真；有人表面跟大毛他爹稱兄道弟的，實際只知道占咱家便宜，一毛不拔，這就叫虛偽！」

宋平生臉上沒了笑，聲音冷了兩分。「吳嫂子是在說我嗎？」

吳二妮冷哼。「我說的是誰，他自己心裡有數！」

「既然如此……」宋平生從吳二妮手中拿回背簍，面無表情地道：「那就不麻煩吳嫂子了。至於雞蛋、鹹肉這些，兩個月之內必定連本帶利還給妳。」

吳二妮望著空出來的手，愣了一瞬，而後很快恢復表情，有些輕蔑地笑了一聲。「我等著！」就他宋平生？老槐樹村最好吃懶做的男人，分家都身無分文，而她姚三春就是一個沒本事的潑婦！就這麼兩個人，還想兩個月內有肉、有雞蛋？偷去吧！

有了這一個插曲，宋平生的心情自然好不了，回去的路上一直冷著張臉。

姚三春小跑著追上他的腳步，一把抱住他的胳膊，含著秋水似的眼睛眨了眨，酒窩淡了些，有些擔憂地喚道：「平生……」

宋平生拉回了思緒，目光落在姚三春的臉上時，彷彿雪後初霽，泛起點點暖意。「怎麼了？」

姚三春咬了咬唇。「其實，咱們點到為止就行了，沒必要跟吳二妮鬧成這樣，到時候反而讓鐵柱哥難做。再說，她對我們來說只是無關緊要的陌生人，她說什麼，咱們無視就好。」畢竟在老槐樹村可有一堆人討厭他們夫妻倆，若是他們對每一個人的態度都這般在意，還要不要過日子了？還不如放寬心，認真過好自己的日子。

宋平生安靜地聽她說完，臉上沒有露出任何意外的表情。「我知道的，姚姚，但是她罵了妳，我不會忍，無論是誰都一樣。至於鐵柱哥那兒妳放心，他是他，吳二妮是吳二妮，我分得清……」

宋平生用他偏冷的聲線說著話，姚三春卻什麼都沒聽見了，因為她滿腦子都是宋平生方才說的前幾句話。這話並不陌生，上一世她和他確定關係的時候，他也曾說過。

無論時間與空間如何變換，他對她的心，從未變過。

她亦然。

夫妻倆快到自家門口時，遠遠地看見大門外站了一個人。

宋婉兒靠在老屋外的老樹幹上，拿著槐花餅正啃得歡，連宋平生走到她跟前都沒回神。

「婉兒，妳來我家有事？」

宋婉兒吃掉最後一塊槐花餅，意猶未盡地吮了一下手指頭，然後有些不樂意地噘嘴。

「哼，難道我沒事就不能來你家嗎？」

宋平生眉眼紋絲未動。「到底是有什麼事？」

宋婉兒氣得鼓著腮幫子，氣呼呼地道：「今天爹生辰，大姊和姊夫都來了，爹讓我叫你跟二嫂去吃中飯！」

宋平生心中一哂，宋茂山都把二兒子掃地出門了，還要在外人面前表演家庭和睦、父慈子孝的戲碼，為宋平文的未來鋪路，也真是難為他了！

宋平生和姚三春將背簍跟農具拿進院子後，便準備直接去宋家。

宋婉兒掃一眼宋平生空空如也的雙手，擰著秀眉不悅地道：「二哥，今天爹生辰欸，你難道都不拿一點東西去嗎？」

宋平生甩掉手上的水珠，語調帶著原主慣常的漫不經心。「妳二哥我現在身無分文，連鹽都吃不起，拿啥送啊？再說了，爹他向來看不上我，想來也不稀罕我那仨瓜倆棗的！」

宋婉兒沒想到會聽見這個答案，紅紅的小嘴一下子抿住，走了一段路後，小聲地嘟囔著。「有這麼誇張嗎？誰家會連鹽都吃不上啊？我才不信！」

宋家在村裡是數一數二的人家，日子過得極好，宋婉兒自小又是父母寵愛的，哪裡知道貧苦人家的困難？

宋平生和姚三春都懶得搭理這位天真的小姑娘，夫妻倆並排走，很快就到了宋家。

宋家還是老樣子，磚瓦房、大院子，敞亮的堂屋、石板鋪的地面，院子裡的棗樹枝椏新嫩，角落的農具被去了土，擺得整整齊齊，長條几被擦得纖塵不染……總之，是一戶乾淨整潔的農家小院。

與乾淨舒適的環境相反，堂屋裡的氣氛有幾分凝滯和尷尬。

宋茂山一人坐在方桌上首，宋平東和高大壯面對面坐下，大眼瞪小眼，就是沒人開口說話。

宋茂山是端著長輩的架子，自然不用費心招呼；宋平東則是和高大壯沒話說；至於高大壯，他差不多就是半個啞巴，平日裡三棍子敲不出一個屁，悶得很！

宋平生一看堂屋裡是這個氣氛，懶得多看一眼，乾脆就在院子裡的木墩坐下，百無聊賴地看著二狗子跟高大壯的兒子虎娃玩螞蟻。

至於姚三春，她自覺地進廚房幫忙，她原身雖然潑辣，但是在幹活方面從不敢懈怠，這和原主在娘家過的生活有直接的關係——在姚家她若是敢不幹活，她連一口米湯都喝不上。

姚三春進廚房後，走到一個微胖的婦人身邊，幫忙一起收拾香椿等一干野菜，這婦人正是宋平生的大姊宋巧雲。

宋巧雲看到姚三春，笑得一團和氣，沒有一點攻擊性。「三春啊，野菜沒多少，我一個人收拾就好，妳去一旁休息會兒吧，看妳最近又瘦了。」

宋巧雲是自姚三春穿越以來，第一個對她和顏悅色的女性，就算是田氏，其實也不是很喜歡她這個兒媳婦，所以她一時之間還是挺感慨的，臉上的表情都不由得柔和了些。「就是搭把手的事，沒啥！」

宋巧雲愣了一下，隨即笑意更深了些，眼角都透著愉悅。「三春，我看妳最近好像白了些？」

「是嗎？」姚三春摸自己的臉，眉開眼笑的。「我看大姊最近好像瘦了點……」

兩個女人聊得不亦樂乎，反倒是羅氏被晾在一旁，面無表情。

至於田氏，她在姚三春進來後便擦手出去了。

院子裡，宋平生坐在矮木墩上，兩條腿曲著，有幾分長腿無處安放的意思。

他正出神，眼前的陽光突然被一個人影擋住，抬眼望去，卻見來人是田氏。他望著田氏，田氏也望著他，兩人都沒有開口說話。

最後田氏率先開口，語氣有些艱澀。「平生，你最近過得咋樣？」說著捋了捋落下的鬢髮，神態有一絲不自在。「你爹在，我不好去找你，過陣子我再去看你。」

平心而論，宋平生對這個婦人沒有一絲惡感，更何況田氏又不是他真正的母親，所以他做不到原主動輒對親生母親惡語相向的地步。但他又不能表現得太親熱，所以只能用客氣而疏離的語氣說道：「我過得還不錯。我知道，您不必自責，我能照顧好自己。」

田氏聞言，神色一震，瞬間紅了眼眶，卻還得強壓著嗓子說道：「平生，你在娘面前不用裝，娘知道你受了不少苦，看你瘦的，身上哪裡還有多餘的肉？你若還在家裡……」她神情激動，沒說完就突然拽起圍裙裙襬覆面，肩膀又細微的抖動，偏偏她不敢哭出聲，看起來真是壓抑又可憐。

宋平生眼底藏著不解。「娘，您之前不是讓我分出來過的嗎？現在又這麼難過做什麼？」

這話落在田氏耳中，就成了宋平生對她的諷刺。她靜了好一會兒，堪堪把眼淚忍下來，聲音有些啞。「平生，我也不想把你分出去，可是你爹他——」

這時宋平生突然抓住她的手腕，冷著眉眼，一副不悅至極的暴怒樣，聲音裡帶著毫不掩飾的嘲弄。「娘，妳看到我現如今的慘樣了嗎？妳的心為啥這麼狠？妳對大哥和平文那樣好，為啥到我這兒就是掃地出門？妳好狠的心！妳和爹對我做的一切，我宋平生都記下了！總有一天，我會讓你們後悔的！」宋平生一邊說，一邊偷偷使眼色。

田氏愣了一下，明白過來後慌亂了一陣，隨後用顫抖卻又決絕的聲音說道：「平生，你別怪我和你爹，我們都是為了你好。你看，自從分出去後，你勤快了許多，會幹農活了，也不出去瞎混，比以前穩重多了。」

宋平生冷呵一聲，聲音刺耳。「是啊，平文和婉兒還在睡覺的時候，我早就起來幹活了，他們吃肉喝湯的時候，我在啃爛蘿蔔，你們真是會為我好啊！」

直到牆角後的人影消失，宋平生終於可以放鬆緊繃的神經。有宋茂山這樣的丈夫，田氏已經夠難的了，他不想再給人家的生活添麻煩。

田氏忙不迭地擦擦眼角，沒留一句話，一刻都不敢耽誤地回廚房做飯去了。

宋平生幽幽地嘆了口氣。誰都不容易啊！

中午開飯，宋家除去小孩還有十個人，十個人擠滿了桌子，說說笑笑，熱熱鬧鬧，倒是有點像一家子。

然而，好氣氛沒持續多久，宋茂山就開始找碴了。他挾了一塊紅燒肉放進嘴裡，沒嚼兩下就突然吐出來，筷子狠狠摔在桌上，臉色瞬間陰沈。

其他人被他嚇得不輕，哪裡還敢動筷子？都跟木樁似地杵在那裡。

他陰冷的目光在桌上掃視了一圈，半天後才吐出幾個字。「今天紅燒肉誰做的？」

宋巧雲看見田氏瞬間蒼白的臉色，硬著頭皮道：「爹……是我，我做的。」

她話音剛落，宋茂山便搶過田氏手中的筷子，毫不客氣地扔在宋巧雲頭上。

「妳做的紅燒肉？妳看看妳做的什麼玩意兒，味道跟糞坑裡的屎一樣！作為一個女人，妳連一道菜都做不好，妳是吃屎長大的嗎？啊？老子養妳有個屁用？養妳還不如養一條狗算了！狗還知道搖尾巴，妳呢？就知道浪費老子的銀子！」

宋茂山這話惡毒至極，宋巧雲幾乎是瞬間就落下淚來，可最應該維護她的高大壯卻垂眼看著碗，彷彿什麼都沒聽見一樣。

其實高大壯除了是宋家女婿外，他還有一個身分——他娘宋氏是宋茂山的親妹，所以宋茂山是他親舅舅。當年宋氏年紀輕輕就守了寡，又帶了兩個兒子，若不是依靠宋茂山的救濟，她早就活不下去了。宋茂山養活了宋氏和她兩個兒子，差不多就是半個父親的存在，加之宋茂山強勢的性格，高大壯壓根兒不敢生出一絲反抗宋茂山的心思。

宋巧雲就如同犯了錯的孩童，脖頸垂著，緊張地絞著手，一派手足無措的模樣，甚至擦淚的動作都帶著提心吊膽。無他，只因宋茂山在宋家的地位說一不二，除了二流子宋平生，無人敢跟他叫板。

宋茂山卻猶嫌不夠，語氣很衝地罵道：「哭什麼哭！老子是打妳了還是怎麼妳了？老子把妳養這麼大，罵妳兩句咋了？妳當自己是千金小姐啊，打不得罵不得？也不看看自己那樣，胖得跟豬一樣！要不是有妳老子，看誰願意娶妳！」

這話就過了，宋巧雲雖然豐腴了些，但是田氏的基因非常好，宋巧雲的長相雖沒有兄弟和妹妹出色，但也算清秀，遠沒到嫁不出去的地步。

可是這話宋巧雲從小聽到大，導致她真的覺得自己長得醜，從小到大都沒什麼自信，覺得很自卑，更沒有那個勇氣去反駁宋茂山。

田氏不忍心大女兒受責罵，軟著腿腳站起來，臉上沒有一點血色，氣息有些不穩。「他爹，紅燒肉是我做的，巧雲這孩子就是幫我翻炒兩下而已，你別罵她了，是我沒做好這道菜。」

宋茂山轉過鷹隼似的利眼，眼底劃過一抹暗芒，語氣卻很固執。「他娘，知道妳心疼巧雲，但是這碗紅燒肉做得跟豬食一樣，咋可能是妳做的？」隨即轉回目光，又道：「咱們宋家是沒窮到捨不得一碗肉的分上，但規矩還是得有。巧雲，雖然妳已經嫁了人，但還姓宋，咱宋家的家規妳得遵守。該怎麼辦，妳心裡有數吧？」

宋巧雲的瞳孔猛地一縮，甚至身體沒忍住地抖了抖。

宋家的家規？宋家往上十八代都是泥腿子，大字不識一個，能有什麼家規？宋茂山所指的不過就是一根棍子，這根棍子他在幾個孩子身上使過無數遍，甚至表面都給磨光了！

宋茂山對孩子下手特別狠，除了宋平文和宋婉兒沒嘗過被毒打的滋味，其他三個，小時候差點都被打廢了。這簡直就是他們一輩子都抹不去的童年陰影，現在回想起來仍是心有餘悸，所以宋巧雲才會怕成這樣。

姚三春看宋巧雲怕成這樣，不懂其中門道，宋平生在她耳旁低語幾句，她才知道緣由。搞半天，宋茂山不但是個狠心偏心的專制爹，竟然還家暴？簡直不是個東西！

田氏急得不知該如何是好。

田氏的五官長得很出色，可眼神中總含著化不開的愁苦，再加上生活的搓磨，使得她如今看起來比大她五歲的宋茂山都蒼老，甚至已經生出白髮，可她今年才三十六歲啊！

「他爹，是我，真是我做的！」田氏捶自己胸口，苦苦哀求道：「我可以跟你發誓！這不關巧雲的事情，你要罰就罰我！反正我……我不怕疼！」

宋茂山瞅了田氏一眼，慢悠悠地道：「哦？原來真是妳做的？我倒是沒吃出來。」

田氏想抓宋茂山的衣角，快觸碰到的時候卻又猛地縮了回來，神情徬徨不安。「是……是我做的，今天炒菜時分了神，才做得不好。」

宋茂山的神情似有緩和，語氣緩而重地說：「他娘，妳也是當奶奶的人了，怎麼連一碗紅燒肉都做不好？雖說咱家沒那麼困難，可家中哪怕一根筷子、一粒米，那也是我宋茂山千辛萬苦掙來的！妳沒出力就算了，連個菜都做不好，妳說妳有啥用？唉，也就是我看在妳為我生兒育女的分上養著妳，換作旁人，說不準早就把妳給休了！」

宋茂山這話字字誅心，就差沒把「廢物」兩字說出來了，將田氏羞辱個徹底。

田氏連嘴唇上那點血色都褪了乾淨，搖搖欲墜，差點站不穩。在這麼多小輩面前被羞辱，她以後還有什麼臉面出來見人？

姚三春差點把手中的筷子捏斷，她作為一個旁觀者看得清清楚楚，宋茂山恐怕早知紅燒肉是田氏做的，他就是故意找碴，先將田氏耍得團團轉，最後再狠狠羞辱她一番。這到底是什麼垃圾男人啊？對自己老婆和親生女兒千般羞辱，噁心得跟茅坑裡的蛆蟲一樣！

在座不止姚三春一人心生憤慨，可只要宋茂山一個眼神掃過去，那幾人瞬間都不敢動作。

宋茂山在宋家的絕對霸主地位，姚三春此刻終於有了切身體會。

但是姚三春可不怕宋茂山，在周圍氣氛幾近凝滯時，她神態自若地挾起一塊紅燒肉放進嘴中，嚼幾口後嚥下，然後一臉疑惑地道：「這紅燒肉和娘以前做的一樣啊！好吃得很，我甚至饞得都想把舌頭吞掉了！爹，你再嚐一塊啊，可別冤枉娘了！」

宋平東他們的目光齊齊轉向姚三春，臉色各異。

就連田氏都沒想到姚三春竟會為她說話！

不過姚三春說完便又連挾幾塊肉，看她吃得滿嘴油的樣子，跟餓死鬼投胎似的，哪裡像是專門為田氏說話？

宋平生愣了一瞬，跟著也挾肉吃起來，完全無懼宋茂山像要吃人一般的眼神。「這怎麼可能是豬食呢？娘做的紅燒肉一直是這個味兒，要是今天這肉是豬食，那我們前十幾二十年吃的豈不都是豬食？嗤，我們家啥時候改姓豬了？」宋平生以他慣常吊兒郎當的態度說著，邊說邊抖腿，樣子很欠扁。

又是宋平生這個不肖子忤逆他，今天還加上二兒媳姚三春！宋茂山怎能忍受家中有兩個人來質疑他的權威？當即一巴掌重重拍在桌上，一旁的空碗都被掀翻！

「飯都堵不上你們的嘴！我對你娘說話，有你們說話的分嗎？叫你們來吃飯是抬舉你們，別不知好歹！別忘了，你們已經不是我家人，閉上你們的嘴！」

宋平生也站起來拍桌子，和宋茂山呈對峙之勢，臉上掛著濃濃的譏諷。「你罵的是我娘，我為什麼不能管？更何況，我看你就是故意找碴！你能做，我就能說！」

父子倆針鋒相對，眾人大氣都不敢喘一下，個個臉色凝重，彷彿天快要塌下來似的。

只有姚三春，她在桌底下握緊宋平生的手，默默給他加油鼓氣。

在場沒人敢說話，情勢緊張得讓人呼吸都困難。就在爭吵即將一觸即發的時刻，從頭到尾沒說話的宋平文突然站起來，緊緊擰著眉頭，尚有些稚嫩的臉龐上全是不悅。

「吵得我煩死了，我下午還怎麼看書？不吃了！」他一甩衣袖，招呼也沒打，轉身回了西屋。

令姚三春沒想到的是，方才還一臉暴怒的宋茂山瞬間換了臉色，加快腳步跟了上去，又很快折返回來，冷著臉朝田氏道：「發什麼呆，還不去給平文盛飯？餓著兒子我跟妳沒完！」

宋茂山的語氣就像在使喚下人，可田氏不敢耽擱，擦擦臉就小跑著去廚房盛飯。

姚三春收回目光，心中感慨，田氏到底在宋茂山手上吃了多少苦頭，才會活得這般戰戰兢兢、委曲求全？

沒了宋茂山這尊大佛，堂屋中的氣氛頓時一變，彷彿空氣都清新了。

可憐二狗子和虎娃這兩個娃兒剛才被嚇壞了，即使宋茂山走了，他們都不敢說話，只各自有氣無力地靠在母親身上尋求安慰。

經過這事，眾人哪還有什麼胃口？

宋平東拿著筷子也不見挾菜，忍了半晌，還是沒忍住，最後壓著聲音道：「平生，你會擔心娘，大哥很欣慰，可是下次千萬別再這樣衝動了！」

宋平生挑眉。「大哥，你往常最孝順娘，怎麼娘被爹罵成這樣，你反而一句話不說？你不幫就算了，竟然還不讓我幫，這是什麼道理？」

宋婉兒咬著筷子，和宋巧雲同時將目光投向宋平東。

宋平東的情緒陡然激動起來。「你以為我不想幫嗎？可是你也不想想，你跟爹對著幹這麼多年，爹有妥協的時候嗎？不，他只會打你打得更狠！同樣地，你維護娘是孝順沒錯，可是爹沒處撒氣，最後倒楣的總是娘！」說到最後，他的聲音更加低沈。「你關心娘，就要設身處地為娘著想，否則只會讓娘難做。」

意外地，宋巧雲竟然也跟著點頭。「是啊平生，這都多少年了，爹就是這種脾氣，這輩子都改不了的。咱們多順著他點，他發完火就沒事了。」

從頭到尾透明人的高大壯也難得開口。「順著大舅比較好。」

宋婉兒還在咬著筷子，目露迷茫。

宋平生和姚三春對視，都看到彼此眼中的震驚及不敢置信。

明明是宋茂山有錯在先，結果他們不爭執對與錯，反而覺得順著宋茂山是最好的辦法？

這他媽是什麼扯蛋的想法？

不過待姚三春夫妻冷靜下來後，卻又能理解宋平東等人的想法。他們都是在宋茂山的專制和壓迫之下長大的，在潛移默化之中，已經習慣了妥協和委曲求全，不敢生出反抗宋茂山的想法。所以，攤上宋茂山這樣的家人，其實他們活得很可悲。

堂屋徹底陷入沈默，難得的家庭團圓日，最後以這種方式結束。

吃完飯後，宋巧雲和高大壯跟宋茂山打招呼後便回去了。

姚三春也準備離開宋家的時候，宋平生卻拉住她。

「姚姚，咱們待會兒再走，我準備去找平文。」

姚三春臉上雖是笑的，神情卻似是嘲弄。「你找他幹什麼？他可是宋家的寶貝疙瘩，要是耽誤他看書，他爹豈不是要殺了我們？」

宋平生輕嗤。「不過是借筆墨畫一張結構圖罷了，應該不會害他考不上吧？」

姚三春眉梢抬了抬，知道宋平生是辦正事，便沒再說話。

宋平生敲西屋的門時，宋平文正在書案上溫書。

宋平文看到宋平生也沒個笑臉，臉上的表情有些不耐。「二哥，你找我幹啥？我看書呢！」

宋平文向來看不上自己這位人憎狗嫌的二流子二哥，而宋平生原主則覺得宋平文目中無人討人嫌，兄弟倆相看兩厭，關係向來不親近，所以才沒什麼好臉色。

宋平生不是來敘兄弟情的，原主和宋平文的齟齬他也不想理會，直接就道：「沒什麼大事，就是想跟你借紙和筆一用，很快就好，行不行？」

宋平文詫異了一瞬，似是沒想到他二哥居然也會客套了，不過做兄長的都開口了，他一時間想不到理由拒絕，站在原地磨蹭了一會兒後，有些心不甘情不願地挪開位置。「喏，筆跟紙都在這裡，你快些吧，別耽誤我溫書。」

宋平生剛坐下來動筆，就聽見宋平文在他身後小聲抱怨——

「大字不識一個，還裝得跟真的一樣……」

宋平生用毛筆不太順手，第一張圖不小心畫錯了，只能再換一張。

這時宋平文又站了出來，埋怨道：「二哥，我的紙張就那麼多，你再浪費，我拿什麼寫去？」

宋平生聽著冒火，猛然從凳子上站起。

宋平文嚇得往後一跳，以為宋平生要打他，後背緊繃著，一副隨時反撲上去的樣子。

宋平生被宋平文的反應逗樂了，他拿起剛才畫錯的紙張，不緊不慢地道：「既然紙張不夠用，那我就還用這一張吧。」說完便拿著紙，推開門出去了。

姚三春在院子裡和二狗子玩了一會兒，可能是孩子年紀小不記事，倒也沒太怕姚三春，沒一會兒一大一小就玩熟了。

羅氏起初不太樂意姚三春逗她兒子，但礙於宋平東在旁邊看著，她不好出口阻攔，不過最後看二狗子跟姚三春玩得那麼開心，她倒是真意外了。

從前也沒看姚三春這麼喜歡小孩子啊，難道她是想給二弟生個娃兒了？不過她這麼黑，也不知道生的娃兒會不會跟塊黑炭似的……羅氏正胡思亂想之際，宋平生從西屋出來了。

姚三春見他面色如常，便沒多想，起身摸了摸二狗子「光芒萬丈」的腦殼，準備回家。

倒是宋平東神色微變，他忙朝父母所在的屋子看了一眼，隨後小聲道：「平生，你咋跑進平文屋裡去了？要是被爹看到，少不得又要教訓你一頓，說你耽誤平文看書！下次可別這樣了。」

姚三春夫妻無言以對，看看他們的反應，宋平文可不就是宋家的寶貝疙瘩？碰不得、摸不得，連多看一眼都有罪。

宋平生「嗤」了一聲，滿不在乎地說道：「放心吧大哥，沒事我不會招惹平文，省得以後萬一沒考好，爹把一切怪罪到我頭上來。」

見宋平生這樣說了，宋平東這才微放下心來，畢竟家和萬事興，他沒別的期望，就希望家中安寧些。

宋平生和姚三春到自家門口時，卻見宋巧雲突然從兩棵樹中間走出來，看到人後朝他們倆笑了笑。

宋平生露出一絲意外的表情。「大姊，有事？去院子裡說吧。」說著打開門鎖，推開破爛的木門。

宋巧雲連忙擺手，有些不好意思地道：「不了，我跟虎娃他爹說丟了東西，再耽擱就晚了。」

宋平生笑了笑。「那妳說吧。」

宋巧雲跟做賊似的左右環顧一周，確定沒人後，飛快將一個打著補丁的袋子塞到宋平生手中，緊張兮兮地道：「這是我跟娘拿給你的，你緊著用，別亂花。」

手中的觸感告訴宋平生，這是一袋銅錢。只是無功不受祿，他繼承了原主的身體，這不意味著他能心安理得地繼承原主的親情，更何況宋巧雲跟田氏的境遇實際上不比他好多少。

宋巧雲的婆婆，也就是他們的姑母宋氏，並不是好相與的，對家中銀錢抓得很緊，絕對不會同意宋巧雲給宋平生送錢。

而田氏，若是她拿錢接濟二兒子的事情被宋茂山知道，少不了又是一番腥風血雨，田氏還不知道會被宋茂山怎麼搓磨！

姚三春猜到宋巧雲塞的是銅錢，心下有些驚訝，卻又絲毫不覺得意外。宋巧雲很像她的母親，個性軟弱，可又總會為別人著想。

宋平生沈著臉將宋巧雲拽進院子，而後將錢袋子還給宋巧雲。「大姊，這錢我不要。」

宋巧雲眼睛溜圓，配上她圓乎的臉頰，瞪著宋平生也沒有絲毫威懾力。

「你是不是傻？為啥不要？娘都告訴我了，你分出去沒得一文錢。」宋巧雲急得臉頰泛紅。小時候爹娘要幹活，宋平生幾乎是她一手帶大的，所以即使宋平生長大成了二流子，她還是心疼這個弟弟。

宋平生表情不耐。「妳和娘管好自己就行了，我一個大男人，難道還會餓死不成？」

宋巧雲的臉色突然軟了幾分，好聲好氣道：「我知道，你是擔心我跟娘被人為難是不是？你不用擔心，這錢是借的，爹跟大姑不會知道，肯定沒事。」見宋平生沒說話，宋巧雲瞥向在廊簷下擺弄五加皮的姚三春，不經意說了一句。「唉，看三春這陣子又瘦了，人家跟了你，你就要好好待人家，別跟咱爹一樣……」後面的話說不出來了。

不過她這話剛好說到了點子上，宋平生比任何人都不想姚三春受苦。他靜默了片刻，而後道：「大姊，這錢算我借的，我會盡快還妳。」

宋巧雲不知道宋平生為什麼突然改變想法，不過總之是好事，她臉上終於有了笑，連連點頭。「好、好！」宋巧雲將錢袋子塞給宋平生以後又說了兩句，勸他跟姚三春好好過日子，然後便腳步匆忙地離開了。

宋平生在姚三春身邊站了一會兒，看著她將一篩子的五加皮全部翻個遍，驀地笑了。「姚姚。」

姚三春抬眼，黑白分明的眼中倒映著眼前人修長的身影。「嗯？」

宋平生將錢袋子放在她手裡，還有心情笑。「恭喜妳我夫妻，成功解鎖借錢背債的日子！新不新鮮？刺不刺激？」

姚三春。「……」

就在宋平生覺得姚三春要動手揍他的時候，姚三春卻幽幽嘆口氣，拍拍他的肩以示安慰。

「放心吧，就算你負債累累，我也會養你的。」

宋平生眸光輕轉，滿是興味道：「哦？」

姚三春指著五加皮，一派豪氣干雲。「有了它，咱們的饅頭夾鹹菜就有了！」

「……我能換個口味嗎？」

春日的早晨還有些冷，大旺河河邊卻熱鬧得很。

七、八個婦人及大姑娘在水邊搥衣裳，還沒走近就能聽到棒槌搥衣裳的聲音，待細聽，還有婦人和姑娘的閒聊嬉笑聲，以及三兩個孩童的打鬧聲。

姚三春抱著木盆靠在腰上，在河邊找了一塊平整些的石頭，蹲下後準備搓洗衣裳。蹲在她左右的兩個婦人一看到姚三春，話說到一半就停下了，兩人對視一眼，然後同時將未洗完的衣裳扔進木盆，「哼」了一聲後，換了個地方洗衣服，用實際行動表明自己對姚三春的厭惡。

周圍其他婦人搥衣裳的動作紛紛慢下來，視線在三人之間來回，均是一副看好戲的神情，其中也包括吳二妮。

姚三春的餘光掃了這兩個婦人一眼，其中一個正是孫本強的媳婦，叫朱桂花；另一個則是小蔡氏，姚三春原身的一生之敵，兩人罵街掐架的本領各有千秋，之前切磋過不少回。兩人都跟姚三春有過節，怪不得表現出這麼大的敵意，不過姚三春心大，覺得不必為無關緊要的人影響一大早的心情，索性直接無視，繼續自己的搥衣之旅。

姚三春這般淡然，朱桂花著實有些吃驚，這事若是放在之前，姚三春恐怕早就插腰噴唾沫星子跟她罵上了！姚三春淡然，朱桂花卻沒忍住，當即陰陽怪氣地道：「三春啊，三、四天早上沒看到妳來河邊了，妳跟妳男人多久換一次衣裳啊？別是十天半個月才洗一次吧？到時候把河裡的水都給洗臭咯！」說著還嫌棄地在鼻下搧了搧，一副嫌棄的模樣。

朱桂花明顯是主動挑事，動機不純，奈何姚三春在村裡不招人待見，因此即使她是無辜的那方，其他人也不想為她說公道話。不是村裡人心壞，而是姚三春不值得！更有甚者，這裡頭有兩個婦人曾經被姚三春欺負過，現在看姚三春吃癟，心裡別提有多高興了。

小蔡氏作為姚三春的對頭，此時自然要落井下石一番，因此便跟朱桂花一唱一和地道：「就是！而且妳看妳，身上本來就沒幾個優點，嘴巴毒、脾氣不行，還長得又黑又不好看，現在又添了個懶？」小蔡氏攤手道：「嘖，我要是妳男人，我也喜歡孫月娘啊！所以啊，妳男人跟孫月娘的事，妳還真不能怪人家，誰讓妳處處不如人家呢？」

姚三春面向水面，撈起衣裳，放回石塊上繼續搥打，只不過搥打的力度重了幾分。

周圍的人認為姚三春是被懟得啞口無言了，只覺得朱桂花她們替自己出了口惡氣，一時間心裡十分痛快。

朱桂花難得在姚三春身上得到便宜，笑得更得意了，她不陰不陽地瞅著姚三春，繼續道：「姚三春，妳怎麼不說話了？是不是也覺得自己比不上孫月娘？不過就算妳再生氣也沒有用，反正妳嫁給宋平生這個二流子，又從宋家分出來，這輩子也就這樣了，不會再有翻身的指望的！」

小蔡氏假模假樣地扯了一下朱桂花，道：「桂花嫂子，咱們少說兩句吧！人家其實也怪可憐的，娘家窮得叮噹響不說，爹娘又狠心，那麼點彩禮錢就把她嫁給咱村的二流子了，結果呢，丈夫遊手好閒不幹活，而且心裡還有別的女人，現在竟然又被掃地出門出來單過，每天吃糠嚥菜的，可憐啊！要換成是我，我恐怕直接一頭撞牆上得了，省得活著受罪，還礙別人的眼呢！」

朱桂花跟小蔡氏一唱一和，越懟越有勁，只覺得渾身充滿了鬥志！

姚三春一邊洗衣，一邊將她們的話聽個七七八八，越聽越覺得乏味。這年頭的婦人也就這個懟人水平嗎？跟她那個時候的網路酸民相較，完全沒得比啊！

朱桂花跟小蔡氏還在唾沫橫飛地說著，姚三春的衣服已經洗完了。她起身，再次將木盆靠在腰上，目光掠過波光粼粼的水面，飄向更遠方，臉上表情感慨萬分。「今天的狗，真他娘的多啊！」

朱桂花及小蔡氏的臉色頓時青白交加。

朱桂花的男人孫本強在村裡是沒人敢招惹的存在，所以朱桂花也是橫慣了的，怎麼會怕姚三春？當即將木盆往地上一扔，氣勢洶洶地道：「姚三春！妳罵誰呢？」

姚三春目光悠然，不緊不慢地道：「誰氣得跳腳，不就是誰咯？」她是不太喜歡跟人吵架，但是人家都懟到臉上來了，她還要當個忍者神龜嗎？

小蔡氏也不甘示弱，走到朱桂花身旁，兩人同時捋袖子，一臉橫氣，準備跟姚三春打個天昏地暗，反正也不是第一回了。

圍觀群眾興奮地搓起小手，消失了一陣子的老槐樹村潑婦界第一人姚三春，終於要重新為自己正名了嗎？安靜了幾天的老槐樹村，又將颳起什麼樣的血雨腥風？

圍觀群眾正望眼欲穿之時，姚三春跟朱、蔡二人正劍拔弩張之時，東方的朝陽突然從山頭冒出，縷縷金光穿破薄薄霧靄，灑了姚三春一臉！

姚三春萬分驚悚地「啊」了一聲，忙用一隻胳膊擋住臉，然後飛快抱起木盆，一句話沒留便慌不擇路地跑遠了。外面這麼曬，她這麼黑，還是防曬比吵架重要啊！

其他人一時面面相覷。

朱桂花也是摸不著頭腦，姚三春那麼黑，總不可能是怕太陽曬吧？於是她大手一揮，道：「我單方面宣佈，姚三春是被我們嚇跑了！從此以後，她便是我朱桂花和蔡嫂子的手下敗將！」

「……」眾人無語。

姚三春用百米衝刺的勁頭趕回家，剛喘口氣，宋平生也到家了，夫妻倆一碰頭，表情都有些微妙。

姚三春的眼睛轉了一圈，靠近他狡黠一笑。「讓我猜猜，你出去時被人明裡暗裡地罵了，還有人看你笑話，幸災樂禍，是不是？」

宋平生扯唇。「妳不也是？我經過河邊時都聽人說了。」

姚三春。「……」

夫妻倆同時沈默了。誰想穿成極品夫妻？出門就會被人扔臭雞蛋群毆的那種！

幸好姚三春夫妻倆心態好，吃個早飯的功夫，便將早上的不愉快忘記得差不多，轉而下地幹活去了。

播完種，下午時間夫妻倆手裡沒別的事情，便手牽著手一起上山，到了半山腰，將牛拴在松樹下吃草，夫妻倆甩起鋤頭挖五加，一個地方挖完便換到另一個地方，一下午的時間挖得真不少，能將水牛身上兩個大竹筐裝得滿滿當當，甚至兩人身上的背簍也滿了。

挖五加的同時，夫妻倆還找了些菌子和野菜，晚上的菜便有著落了，就是吧，這些野菜和菌子的口感都不太好，也就能飽肚子而已。

眼見太陽漸漸西沈，水牛的肚子也不可同日而語，鼓得跟懷了小崽子似的。

姚三春直起腰，朝另一頭樹叢中的宋平生喊道：「平生，咱們回去吧！」

樹叢裡隱約傳來宋平生的應聲，可姚三春等了片刻，還是不見宋平生的人影，她隱隱有些急，拿著鋤頭便往那邊走去，撥開草叢時卻看宋平生站在那兒，正低頭撥弄著一棵還帶著泥的人高的小杜鵑花樹。

樹上杜鵑花開得正盛，花團錦簇的，鮮豔的顏色與宋平生白玉般的容貌相襯，越發顯得宋平生清俊逼人。

宋平生聽到動靜抬首，看到姚三春的瞬間展顏輕笑，將杜鵑花樹帶至姚三春眼前，朝她眨眨眼。「本來想摘一捧給妳，可是這棵杜鵑樹品相還行，種在院子裡好像也不錯。妳覺得呢？」宋平生一瞬也不瞬地望著她，黑白分明的眼清潤有神。

姚三春的臉頰微熱，忙將目光轉向簇簇桃粉色的杜鵑花，靠近輕輕嗅了一下，臉上的酒窩彷彿都泛著甜。「好。」她握住宋平生的手，聲音分外輕柔地道：「都聽你的。」

宋平生輕笑出聲。「不敢，我人都是妳的，一切由妳作主。」

姚三春笑得更羞澀了，卻道：「你知道就好。」

宋平生。「……」

忙活一天，雖說夫妻倆今天沒幹什麼重活，可是天色一黑，夫妻倆身上的倦累便湧了上來。

身體很累，可宋平生還是硬將姚三春翻了個身，然後給她捏肩揉背。宋平生的理由是——他怕兩人日日彎腰幹活，會容易駝背。

其實宋平生的擔憂不算沒有道理，幹農活真的非常費身體，長年累月的勞作對腰部損傷很大，所以年老的農民經常腰疼胳膊疼的，一到陰雨天，膝蓋就難受，老了一身毛病。

宋平生給姚三春揉了一會兒後，姚三春沒了睡意，便換她給宋平生捏肩膀。

宋平生舒服得眯上眼，脖子微往後，喉結的形狀便凸顯出來，好看又誘惑。

就在姚三春覺得宋平生已經睡著的時候，宋平生用略沙啞的聲音道：「姚姚，大姊她借來的錢，我想找木匠做連發弩，或者射程更長的弓箭。」

姚三春很快意會過來。「你是想投資吉祥啊？」

宋平生彎唇一笑，頭往後仰去，食指輕輕地刮了一下姚三春的下巴，眼中盛滿笑意。

春天的早晨總讓人覺得清新又宜人，姚三春洗漱好，將洗臉水澆在院中杜鵑花樹下後，被清晨的微風吹過臉頰，聞著似有若無的花香，舒服得眯上眼。

今天夫妻倆準備先上山多砍一些乾柴禾，去鎮上找木匠的時候順便賣掉，就當賺幾個菜籽錢。

隔壁宋茂水家的菜園子裡一片綠色，姚三春家的菜園子卻幾乎是空的，看起來實在不像樣子，總要再種一些才好，更何況夫妻倆吃野菜吃得快吐了！

另外，宋平生還想將門前的打穀場收拾出來，再過陣子收割油菜就能派上用場了。

除了這兩件事，最後一件便是去找孫吉祥，跟他商討兩家合作的事宜。

所以宋平生和姚三春今天的行程非常滿，夫妻倆計劃好之後，一刻都不耽擱，俐落地關門落鎖，老屋重新歸於安靜。

郭氏聽到隔壁的關門聲，撒雞食的動作頓了一下，隨即笑得有幾分古怪，扭頭朝身後正鏟鍋灰的宋茂水道：「老頭子，你瞧隔壁夫妻倆，天天起得比我們還早，搬來十來天了也沒聽他們吵過架，甚至連一句拌嘴都沒聽過。我本來還以為會被他們吵死，沒想到他們還真的轉性了？」

宋茂水提溜著鐵鍋晃了晃，晃掉鏟下來的鍋灰，眼皮子都沒抬一下。「妳管人家呢，左右跟咱家沒關係。而且妳別高興得太早，他們能安分多久還不好說，瞧他們夫妻以前打架的架勢，差點把小命都搭上了，能是啥懂事人嗎？」

郭氏放下葫蘆瓢，好笑道：「哎，你這個老頭子非要跟我槓是不是？那我就非要說他們改性了！不改也得改，生活教會他們做人，誰叫他們親爹，你那個好大哥，連自己親兒子都給掃地出門了！而且我聽人說，他可是一個子兒都沒給二兒子！」郭氏一邊說一邊搖頭。「他家二房一分錢都沒有，就分了那麼點糧食，能吃幾天？現在不勤快些，過陣子連麩皮都沒得吃呢，哪裡還有時間吵架？嘁！要我看啊，這小夫妻倆有得累嘍！唉，作孽喔！」

宋茂水的嘴角抿出很深的紋路，眼角也有皺紋，不過他幹活時眼神總是格外認真，聽到郭氏提起宋茂山，他也完全無動於衷，直到將鐵鍋背面鏟乾淨了，他才直起腰，道：「咱們當年過得還不如他們，不也過來了？」

提到往昔，郭氏的神色一滯，臉上的笑也沒了，眼底的情緒叫人看不懂。「呵，說得也是，你哥可真狠得下心，咱們當年差點餓死呢！相比而言，他對自個兒的親兒子倒算得上是有心了！」郭氏的語氣中是濃濃的嘲諷。

第四章

宋平生和姚三春直接找孫吉祥去了。

孫吉祥這人算得上是老槐樹村最慘的年輕人，十來歲時父母先後過世，田地跟屋子都被不要臉的二叔孫二河給占了，他拚上性命才好不容易把屋子搶回來，可家中那幾畝地卻被孫二河轉手給賣了，所以他便成了老槐樹村唯一一個沒地的人家。他能一個人活到這麼大，靠的全是在山上用性命拚來的那點獵物。

不過他打獵的技術全是自己瞎摸索來的，並不算老到，再加上打獵的不穩定性，導致他的生活水平時高時低，富時能吃肉喝酒，窮時連稀粥都喝不上。

所以當宋平生告訴他，可以提供一種連發的弩時，孫吉祥甚至都沒問宋平生有什麼條件，一口就答應了。

姚三春沒想到他答應得這麼乾脆爽快，連他們為什麼會有這種弩，是不是真的有用，這些問題都沒有考慮。

宋平生臉上卻沒什麼意外的神色，只分外鄭重地道：「吉祥，這事你得想好，咱們親兄弟明算帳，我們提供這弩，肯定得分一部分好處。」

孫吉祥一臉的不以為意。「廢話！若是我真的能多賺些，難道我還會讓兄弟吃虧嗎？」

他說完沒忍住，賊兮兮地笑了兩聲，勾著宋平生的肩，又道：「說實話，你跟鐵柱哥都成了家，只有我一個人還孤苦伶仃的，咱羨慕啊！咱也好想娶個媳婦過日子！如果你真的能做出那啥連發弩，讓我能多賺點錢娶上媳婦，別說分一部分，就算是分一半我也認了！誰讓咱想媳婦想得晚上都睡不著覺呢？」

宋平生幾乎是瞬間就捂上他的嘴，黑著臉道：「給老子好好說話！」

姚三春擺擺手，露出一抹老實人的笑容。咱啥也不知道，啥也不敢問。

孫吉祥終於老實了些，不過神色之間總有那麼點「心馳神往」的意思，不用猜都知道他在想女人，可把姚三春給整無語了。

不過幻想的女人終究是幻想，孫吉祥很快回過神來，一邊搓手一邊道：「老宋，你說的那個連發弩啥時候能用上啊？我都有點迫不及待了！」

宋平生從姚三春臉上挪開目光，唇邊的笑意還未散去，回道：「我明天去鎮上找木匠，具體得問他們。」

孫吉祥瞅了宋平生一眼，然後拍著胸脯，道：「老宋，你家現在什麼情況我知道，剛好，我身上還有點銀子，這做連發弩的錢就由我來出吧！」

姚三春把目光投向身側，卻見宋平生沈思了片刻，抬首時點頭道：「我原本準備了銀子，既然你想幫忙，那這樣吧，你的錢做連發弩，我的錢去做窩弩。」

孫吉祥咧開嘴，笑得吊兒郎當。「老宋，這窩弩又是啥？不過我就一個人，只用一個就夠了啊！」

宋平生笑得也不那麼正經。「我說的這種弩無須人力，只需將它裝在山中野獸出沒處，拉上引線，野獸只要碰到便會自動射出，殺傷力很不錯。不過既然你不要，那就算了吧。」

孫吉祥一蹦三尺高，急得抓耳撓腮，忙不迭地道：「要！要！怎麼不要？不要的是孫子！」

姚三春一下子被他的滑稽樣給逗笑了，就連宋平生都在忍笑。

「行吧。」宋平生拍拍孫吉祥的肩。「等一陣子都會有。」

孫吉祥先是點頭，繼而又催促道：「那你可得給我搞快點，別耽誤老子娶媳婦，晚娶幾天就會晚當爹，我孩子就會晚幾天出生，這可是事關咱老孫家繼承香火的大事啊！」

宋平生及姚三春無言。「……」說得跟真的一樣！

正事說完，姚三春夫妻倆便不再停留，將扁擔扛在肩頭，轉身便上山砍柴去了。

又是夫妻倆賣苦力的一天。

待太陽西沈，夫妻倆肩挑柴禾，落了滿身餘暉，從山間小道回到村莊。

經過老槐樹時，樹下或坐或站，有不少人在那兒瞎扯淡。

看到宋平生夫妻倆挑著柴禾，滿頭汗水的樣子，眾人不免都想調侃兩句。

「喲，這不是平生跟平生媳婦嗎？從山上砍柴禾下來呢？」

「最近都沒看你們吵架，看來是真和好啦？」

「豁！突然這麼勤快，老天開眼啦？」

「老宋頭還是有頭腦啊，看他把二房分出來後，夫妻倆架不吵了，也不偷懶了，天天起早摸晚的，簡直跟變了個人一樣！」

「……早些日子若這麼勤快，不就不會被分出來了嗎？看來啊，兒不打不成材還是有道理的！」

眾人七嘴八舌地說著話，議論得很開心。

可話題當事人姚三春和宋平生就沒那麼開心了，他們剛剛被掏空了身體，結果一下山又如同被掏空了腦袋，慘啊！

夫妻倆誰都沒理會，抓緊時間溜遠了，看在其他人眼裡，差不多就是落荒而逃啊！

明日老槐樹村的新話題又有了——宋平生夫妻在村裡人用心良苦的勸說下，終於意識到自己從前有多可惡，羞愧之下，最後如同喪家之犬般落荒而逃了。

第二日早晨，宋平生在家洗衣裳，倒是沒能在河邊感受一把被同村人「特別關愛」的舉動。

夫妻倆一個洗衣裳、一個煮早飯，忙活完便趁著陽光還不太大時出了門，出門之前姚三春沒忘記給自己戴上草帽。

今天並不是開集的日子，鎮上人流不算多，宋平生跟姚三春待了不短的時間，才將柴禾都賣了，總共也就得了十六文錢。

賣掉柴禾後，兩人找到一家賣種子的鋪子，其實這個時間種菜已經有點晚，鋪子裡的種子早就賣完了，只剩下一些沒人要的陳年種子，鋪子老闆想著擱著也是浪費，便將種子便宜賣給他們。

陳年種子成活率沒有新種子成活率高，不過勝在數量多，總能種出點東西。夫妻倆這樣想著，便又將累了一天的十六文錢花了出去。

接著夫妻倆找了兩家木匠鋪，將連發弩和窩弩拆分後的零件圖紙交由木匠鋪，又付了一部分訂金出去，錢袋子便瞬間癟了。

回去的路上，姚三春摸著自己平坦的胸口長吁短嘆。

「怎麼了這是？」宋平生摸著姚三春的頭髮，好笑地問。

「我只是想到了一句有點噁心又暗藏哲理的話。」

「什麼？」

「錢難掙屎難吃啊！」多麼痛的領悟！

新的一天，依舊春光明媚，柔風千里，不管是田野裡，還是山腳下，到處都是彎腰勞作的莊稼人。

姚三春家也不例外，早飯隨意對付了兩口，然後兩口子又到屋後的菜園子裡種菜去了。

忙完屋後忙屋前，下午夫妻倆又去打穀場上忙活，主要是拿著鋤頭和鐮刀除草，這塊地真的太久沒用，幾乎看不出打穀場原來的模樣，上頭許多野草根莖粗壯，甚至還長出小樹，所以整理的時候少不得要多費些功夫。

就這樣，夫妻倆好不容易將打穀場的野草連同根部一起剷除，再將土翻整一遍，一下午的時間又過去了。

不過打穀場光除草翻土是不夠的，還要再灑些水，趁泥土有些濕潤的時候用水牛拉著石滾滾上幾遍，將泥土壓實、壓光，最後再曬上幾天，這樣才算是合格的打穀場。

眼看忙得差不多了，姚三春和宋平生直起腰歇口氣，這才恍然，原來一天的時間又過去了啊！

人總是這樣，幹活的時候覺得時間格外的漫長，可是睡一覺又覺得時間過得太快，所以說，痛苦總比快樂來得深刻。

不過唯一值得欣慰的是，生活雖然辛苦，可是他們夫妻誰都沒有抱怨。宋平生是上一世投胎太差，辛勞慣了；姚三春則是死過一回，深刻瞭解生命的可貴，所以心態好。

就夫妻倆現在這個努力的勁頭，簡直就像是脫韁的野狗，一去不復返了！

眼見時間不早，太陽已經落山，宋平生和姚三春收拾好農具，最後將割除的野草攤在一旁晾曬，等曬乾了可以用來燒鍋。

今晚月色籠罩，微風柔和，姚三春家院外一棵樹，新抽的嫩葉被風颳得「簌簌」地響，悅耳又靈動。

沈睡中的姚三春卻突然醒來，她感受到自己正靠在宋平生結實又溫暖的懷抱，對方緊緊抱住她，甚至有些過於用力了，她被箍得有些喘不過氣來，所以才會難受得醒來。

姚三春不想打擾宋平生好眠，試圖推開他一些，然而對方的胳膊如同鐵壁，根本紋絲不動。與此同時，姚三春發現了一絲異樣——宋平生的吐息落在她一側臉頰上，卻不知為何越來越急促，越來越灼熱，甚至姚三春都以為他醒過來了。「平生，你醒了嗎？」

屋內一片安靜。

姚三春伸手摸上他的臉頰，卻摸到滿手的汗，順著臉頰繼續往下，在宋平生的脖頸裡又摸到一片汗水，宋平生整個人就如同從水裡剛撈出來一樣。

這個情形姚三春並不是第一次見，在剛穿越過來的幾晚，宋平生白天看不出異樣，可每到晚上就會作噩夢，連續幾晚都是這樣。當時姚三春很擔心他，宋平生則開玩笑道，只要老婆陪在身邊就好了。後來宋平生慢慢不再作噩夢了，姚三春才終於放下心，以為宋平生沒事了，沒想到今晚又犯了。

姚三春準備和之前一樣叫醒宋平生，然而推了兩下，對方仍然沒醒，他嘴中不知道在念叨著什麼，語氣有些痛苦。姚三春豎耳屏息去聽，便聽見宋平生斷斷續續地道——

「姚姚！姚姚……妳……我會……」

宋平生的聲音太小，又說得含混不清，姚三春除了聽出自己的名字外，其他什麼都沒聽清，簡直氣死人。姚三春再沒猶豫，往宋平生腰上軟肉用力掐下去！

宋平生如同彈簧一般坐了起來，大口大口地喘著粗氣，如果此時屋中有光，便會看到宋平生一臉的驚恐和絕望。

屋中漆黑如墨，姚三春並不知道宋平生臉上此刻的表情，只順著發出聲響的方位，摸到他的手握住，關心道：「平生，你怎麼又作噩夢了？這陣子不都好好的嗎？」

宋平生摸黑下床，找到木架上的洗臉巾，擦去身上的汗，這才輕鬆了些，只是嗓子有些啞。「沒事，應該是這幾天有些疲了，晚上睡覺之前又在想事情，這才作噩夢。」宋平生重新在姚三春身側躺下，故作輕鬆地笑道：「看來下次睡覺前不能動腦子了，否則容易思慮過多。」

姚三春不信他的插科打諢，虛張聲勢地在宋平生腰上掐了一下。「又說胡話！今天我非要知道你到底作了什麼夢，才會被嚇成這樣？」

宋平生將姚三春摟進懷裡，鬆口氣似地喟嘆一聲，語氣輕鬆，沒有半點被噩夢影響的樣子。「我就是夢到我們遭遇車禍時的情形，除了這個，還能有什麼這麼可怕？」

姚三春靠在宋平生的頸窩沈默著，片刻後才輕聲安慰道：「都過去了，我們現在還活得好好的，這才是最重要的，過去的事情就別想了。你看我，每天吃嘛嘛香，身體啵兒棒！」

宋平生低低笑了兩聲，親了親姚三春的額頭，緩聲道：「知道了，睡吧。」
姚三春合上眼，耳畔是宋平生有力的心跳，慢慢睡了過去。
不知過了多久，黑暗中飄出一句夢囈般的聲音——
「妳別怕，我會一直陪著妳的……」

新一天的早晨，夫妻倆又開啟了一天的忙碌生活。
宋平生做早飯、掃掃地，姚三春去河邊洗衣裳。
每日的早晨都是這般的流程，只是今天早晨似乎有些不同。
宋平生掃院子的時候，姚三春抱著一盆衣裳回來了，她一邊晾衣裳一邊道：「平生，我剛在河邊洗衣裳的時候碰到娘了。」姚三春現在喊宋茂山夫婦「爹娘」已經順口多了。
宋平生拿著竹條紮的舊掃帚掃院子，聞言動作停了一下。「有不對勁的地方？」
姚三春抖著濕衣裳，搖搖頭，但表情有些苦惱。「看起來一切正常，就是我總覺得哪裡怪怪的，但是又說不上來。她還跟我說了一會兒話，讓我們踏實過日子什麼的。」
宋平生便又繼續掃院子。「妳別多心，這話她上次也跟我說了，做母親的都這樣。」
姚三春點點頭沒再說話。其實田氏的語氣及神態都沒什麼問題，就是姚三春覺得她臉色好像不太好，可能是最近累壞了吧。
吃完早飯便意味著一天的勞作又要開始了。

上午壓打穀場，到了下午，夫妻倆打算上山繼續挖五加，他們的目標，是先挖個五百斤再說。

至於五加皮的用途，它和其他幾種藥物按照特定比例混合加工後，可以製出農藥，這種農藥是經過多次實驗檢驗過的，效果特別好，殺蟲率百分之百，而且還能殺好幾種害蟲。

在這個時代，農民都有自己的土方子殺蟲，但是效果麼，就像是痔瘡一樣，反反覆覆發作，沒有痊癒的時候。無論是古代還是現代，莊稼就是農民的命根子，如果有農藥能高效除蟲，他們絕對會買！

所以姚三春和宋平生一致覺得這種農藥很有前景，只不過它所需要的其他幾種藥物也是要錢的，他們還得積攢一筆啟動資金才行。

除此之外，他們還有好幾種土法製作農藥的方子，但是所需要的植物大多是夏秋採摘比較好，他們還得靜待一段時間。

鄉下日子總是忙忙碌碌，時間過得飛快，轉眼間幾天就過去了。

這日宋平生和姚三春去鎮上賣柴禾時，順便取回連發弩和窩弩的部位零件，回來後宋平生在堂屋裡鼓搗半天，終於將連發弩和窩弩安裝好。

晚上吃完飯，等到天色漸暗，村裡小路上沒什麼人的時候，宋平生帶著連發弩和窩弩，直接去了孫吉祥家。

他和姚三春商量過了，不管這個時代到底有沒有連發弩跟窩弩這東西，他們都不想表現得太扎眼，所以並不準備將連發弩和窩弩當商品賣出去，只要靠這個賺點生活費就夠了。

到了孫吉祥家，孫吉祥看到連發弩和窩弩，當即眼前一亮。窩弩不好試，他便上手試用連發弩。

連發弩好操作，所以比弓箭的準頭精準多了，孫吉祥幾乎是箭無虛發，試完之後，他臉上的表情是又驚又喜。

雖然他相信宋平生不會信口開河，但是真將連發弩拿到手，他有些被從天而降的驚喜砸到頭的感覺，有點不太真實。

「這東西也太好用了吧？以後山上的兔崽子看到老子恐怕都要抖三抖了！嘿嘿嘿！」孫吉祥忍不住連連誇讚，將連發弩翻來覆去看了好幾遍，臉上的長疤都變得柔和了些。「老宋啊，有這種好東西，你咋不早點拿出來？早點拿出來，說不定我家娃兒都有兩個了！」

宋平生搭著孫吉祥的肩，正抖著腿沒個正形，聞言扯了扯唇。「你嘴皮子上下一碰，說得倒是輕巧，我要是早知道這東西，日子還會過得這麼慘巴巴？嗤！」

孫吉祥的眼睛溜溜地轉了幾圈，怪笑道：「老宋，跟兄弟說說唄！這連發弩你是從哪兒知道的？」

宋平生停下抖腿的動作，臉色難得嚴肅起來。「吉祥，兄弟我跟你交個底，之前我在鎮上撿到一個連發弩，上頭還鑲嵌了寶石，一看就是富貴人家才會有的東西，我怕惹禍，不敢私藏，拿了兩天還是上交官府了。你現在手裡拿的，是我按照那一件連發弩仿製的，所以這東西你可保管好了，尤其不要帶到人多的地方，不然被有心人看到，小心引得那個富貴人家不高興，到時候有咱們好果子吃。」

宋平生將事先想好的託辭說出來，一來是解釋連發弩的由來，二來是堵住孫吉祥的嘴，讓他不要亂說。宋平生不想因為這事將自己和姚姚置於危險當中，哪怕可能性很低。

果然，孫吉祥一聽說這連發弩竟跟有錢有權的人家扯上關係，臉色都收斂了些，不過到底是想娶媳婦的心戰勝了恐懼，他握緊連發弩，鄭重點頭道：「你放心，我心裡有數！」

宋平生點頭，視線落在窩弩上，又道：「這東西殺傷力大，但是得找到一個野獸經常出沒的地方才能發揮最大的作用，你安裝的時候一定要注意安全，人命最重要。」

孫吉祥不耐地擺手。「那些地方我每天都要去，你還不知道我？我要是一點都不惜命，早就死透透的了！再說了，我幹的不就是這種腦袋掛褲腰帶上的買賣嗎？要是前怕狼後怕虎的，老子能活到這麼大？」

孫吉祥這話也沒錯，獵戶難當，他能養活自己，就不知道幹了多少危險的事情，打獵就是他安身立命的資本。

宋平生拍拍孫吉祥的肩，又叮囑兩句便回去了。

姚三春和宋平生都以為孫吉祥用連發弩打獵最起碼還要過個四、五天，沒想到孫吉祥第二天中午就來到他們家。

他背上一次揹了六、七隻死兔子，連衣服都被兔子血染紅了，然而他絲毫不在意，反而嘴角都快咧到耳後根了。

孫吉祥將三隻兔子往廊簷下一放，進堂屋也不坐下，而是插著腰仰天大笑。「乖乖，老宋啊，你看老子一上午打了多少兔子？」伸手比了個手勢。「七隻啊！老子以前不是沒打過，就是從來沒有這麼輕鬆過！一個字，爽！哈哈哈……老子今晚要喝酒吃肉！」

宋平生正在堂屋修桌腳，聞言揶揄地笑了。「喲，這就要吃肉喝酒啦？看來你是不準備娶媳婦了？」

孫吉祥至今沒娶上媳婦，獵戶的身分是一個原因，臉上的疤是另一個，還有一點就是手太鬆，存不住錢！姑娘家有幾個願意跟這種人過日子的？

孫吉祥當即扶著堂屋裡的柱子，一臉憂傷。「那好吧，先娶媳婦，再喝酒。」

「……」宋平生將最後一根鐵釘敲進去，才道：「得了，兔子你留下一隻就行，其他的你自己賣掉吧，畢竟你還要攢錢娶媳婦。」

「哎，這怎麼行？」

宋平生直起腰，不以為意道：「做弩的錢有你的一半，出力的也是你，老子能收你三隻兔子？那老子成什麼人了？」見孫吉祥還想再說，宋平生搶先道：「以後的日子還長著呢，你要是第一回就給我們這麼多，下回我可不好意思要了，是兄弟咱們就別計較這麼多。」他提供連發弩是沒錯，但是若每次都分掉孫吉祥一半的收穫，未免胃口太大。

孫吉祥想想覺得也是，猶豫了一下後道：「你不怕你媳婦罵你？」不是他小人之心，在他眼裡，姚三春是個不折不扣的潑婦，啥事都能掐起來。

宋平生極神氣地一揮手。「怕？那是肯定怕的！」

孫吉祥。「……」

宋平生話音一轉。「但是這事我跟姚姚商量過，她同意我的做法。再說了，姚姚其實脾氣很好，是你們對她有誤解！」

「……」兄弟啊，你怕不是對「脾氣好」有什麼誤解吧？

宋平生看他表情就大概猜到他在想什麼，搖搖頭，又道：「你去鎮上吧，順便幫我多買一些乾辣椒，還有其他調料也都帶一些。」

孫吉祥眼中滿含同情，點頭後撿起兩隻兔子，然後便大步流星地離開院子。

姚三春進堂屋看到地上的兔子，不禁面有難色。她以前只吃過兔子，可沒處理過這東西啊，上次的兔子也不是她收拾的。

宋平生故意逗她。「姚姚，光會熬粥不行，妳該學著炒菜了！不如從這隻兔子開始？」

姚三春搓手，可憐巴巴地瞪著眼。「兔兔這麼可愛，怎麼可以吃兔兔……」

宋平生眉梢輕挑。「所以，想吃麻辣的還是紅燒的？」

姚三春想都沒想就道：「麻辣的！」

宋平生清潤的眼劃過笑意，答案彷彿早已了然於胸。

都說清明時節雨紛紛，然而清明已過，天上雨水驀然多了起來。

這日天剛破曉，屋子外頭一片暗沈沈的，這場半夜開始的春雨就像是從天上掉下的豆子，噼哩啪啦砸個不停。

姚三春家的屋頂是一堆稻草蓋的，下雨雨水就會滲漏進去，沒一會兒屋內也是雨水綿綿不絕了，半夜過後，屋內地上的水已然達到腳踝。

宋平生跟姚三春在半夜被冷冷的春雨拍醒，醒來就發現半條被子都濕了，哪裡還能睡覺？夫妻倆只能捲起被子被褥，在床上不漏雨的角落裡相偎依，半睡半醒地撐到天亮。

好不容易熬到天大亮，外頭的雨勢終於減弱，然而姚三春夫妻倆的臥房已經泡在一灘渾黃的泥水裡，連一塊落腳的地方都沒有。也幸虧他們夫妻窮得叮噹響，臥房裡沒什麼東西，否則損失還真不好說。

雖說屋裡全是水，但是人還得起來，宋平生果斷地赤腳，眼睛都沒眨一下就踩進泥水裡，然後將正在做心理建設的姚三春打橫抱住，蹚過渾水出了臥房。

宋平生將姚三春安置好之後，轉身就去拿糞瓢，然後開始舀水，將臥房地上的水一瓢一瓢往外倒。

看著宋平生來來回回彷彿不知疲倦的樣子，姚三春心想自己怎麼能這樣喪下去？於是隨意將頭髮一紮，跳下長凳便去拿鐵鍬舀水。

宋平生扭頭看到姚三春過來，臉上卻沒有多少開心的神色，反而皺起兩道好看的長眉，道：「姚姚，這種小事我一人就能弄好，妳不需要動手幫忙。昨晚沒休息好，妳去旁邊坐著瞇一會兒。」

姚三春黑白分明的眼眨了眨。「可是我想幫你的忙啊！我們一起，速度更快！」

宋平生神色一頹，眉眼間有些難過的意味，他垂下眼，自嘲道：「可是讓妳每天這麼辛苦勞累，我會難過，會自責……」

「為什麼？」

「我覺得自己沒能照顧好妳。」宋平生突然垂下肩膀，失了精神的他就像一條需要主人安慰的小狗。

或許是因為漏雨的事情刺激到他，又或者是穿越後一連串遭遇的累積，總之宋平生突然感到有些挫敗。若是穿越的只有他一人，他定能做到心平氣和地接受這一切，因為更糟糕的情況他都經歷過了，可現在姚三春也在，他怎麼捨得讓她吃苦？

姚三春盯著宋平生看了許久，突然一伸手，摟住宋平生的脖子，讓他靠在自己的肩頭，然後輕柔地撫摸他的髮梢。

「平生，在這裡沒有姚霜，只有姚三春。我不是一點苦都不能吃的千金小姐，你不要總是這樣給自己壓力，想什麼事情都自己扛，我會心疼……」

環住姚三春腰肢的大手驀然收緊。

姚三春用歡快的語調繼續不疾不徐地說道：「而且我們才穿來多久？現在吃點苦又算什麼呢？我們夫妻的日子總會越過越好，以後吃香喝辣、豪宅錦衣都會有，你說是不是？」

過了良久，埋在姚三春頸窩的宋平生才點點頭，只是抬起臉時眼睛似乎有些泛紅。

這回換宋平生盯著姚三春看了許久，漂亮的眉眼動也不動，看得姚三春一陣芳心亂跳。

「你這麼看我幹麼？」

宋平生沒有回答，而是將姚三春摟進懷中，在她的額頭落下一吻，聲音微啞。「為什麼妳永遠這麼好？從來不會責怪我什麼……」

姚三春衝他挑眉，狂妄驕傲地回道：「廢話，當然因為我是仙女啊！」

宋平生再也繃不住，「嗤」的一聲笑了出來。

轉眼間，小夫妻倆又歡歡喜喜地舀水去咯！

第二天天空徹底放晴，姚三春家屋後的菜園子裡終於有了綠意，菜畦裡的一茬小青菜冒出短短一截，嫩綠的顏色比碧玉還要瑩綠，實在清爽宜人。

姚三春不顧腳底的泥，在菜園子裡拔了一會兒野草，直起腰後輕嗅，微風中混合著青草和泥土的味道，倒是也不難聞。

上午太陽出來了，姚三春夫妻便將被褥和衣裳等都拿出來曬，完了又拿叉子將院外草堆叉散開，平鋪在地上晾曬。

春日雨水多，要是長久不管草堆，這些稻草就會發霉腐爛，也就沒法燒鍋了。

夫妻倆正忙忙碌碌的時候，孫吉祥突然滿頭大汗地跑到他們家院子，還沒站穩，便伸出大拇指往身後指著。

「老宋！走，上我家看野豬去！」

正坐在廊簷下修補農具的宋平生抬頭問：「什麼野豬？」

孫吉祥的嘴巴都快咧到耳後根了，激動地搓手道：「老宋啊，窩弩射到一頭野豬啦！還是頭大野豬！」誇張地比劃了一下。「這麼大，恐怕得三百多斤哪！我孫吉祥可從來沒獵到過這麼大的傢伙！豁！這回酒肉都有了！我跟鐵柱哥剛剛把野豬拖回來，村裡人都在看熱鬧哪！」

姚三春從臥房探出頭來，眼角上挑的眼睛眨巴眨巴的，有些震驚地道：「三百多斤的野豬？那得多大呀？」

孫吉祥得意地揚起下巴。「那可不？我看了下，絕對有三百多斤！」轉向宋平生時，又變成諂媚的嘴臉，小聲道：「不過多虧老宋的窩弩，不然就算我看到野豬，那也只有被拱的分兒，咋可能殺得死？嘿嘿嘿……」

宋平生擺擺手，臉上染上喜色，朝姚三春道：「走，姚姚，咱們一起看看去。」

姚三春擦擦手，跟上前頭勾肩搭背的兄弟倆，三人大步流星地往孫吉祥家走去。

此時孫吉祥家院子裡正中央放著一頭黑毛野豬，野豬肚子上還插著一枝箭，箭矢插得很深。

院子裡擠了一堆人，都指著野豬你一言、我一語地聊著，還有幾個小孩子沒事就踢一腳野豬，嘻嘻哈哈、吵吵鬧鬧，整個院子裡非常熱鬧。

孫鐵柱見孫吉祥回來了，走過去猛拍他後背，大黑痣往上一抬。「可以啊吉祥，這麼大的野豬都被你射死了！你咋做到的？」

其他人早就按捺不住，也七嘴八舌地問他。

「是啊吉祥，這麼大的野豬，平常人被拱到兩下恐怕就非死即殘了！要我說，恐怕十個人都不一定能抓住牠，你一個人竟就殺了一頭野豬？厲害啊！」

「我看你身上也沒傷啊，難不成是撿了個便宜？不然咋可能一點傷都沒有？」

「嘖嘖，三百多斤錯不了，最起碼能賣五、六兩銀子啊！吉祥這回發了！」

「我早就說過，吉祥這小子不簡單，看他耳垂這麼大，額頭飽滿，鼻梁又挺，一看就是有福的！」

「還真是欸，吉祥的耳垂比咱們都大！」

「……」

孫吉祥一下子變成話題中心，所有人都目光灼灼地看著他，期盼能從他嘴裡聽到一個驚天動地的殺豬故事。

然而，這回村民的期望注定要落空了。孫吉祥偷偷跟宋平生對視一眼，而後嘻嘻哈哈地笑道：「也沒啥，就是最近新設了幾個陷阱，沒想到運氣這般好，這麼快就射死了一頭野豬，哈哈哈！」

「……」眾人愣住。娘的，什麼狗屎運氣？真是羨慕哭了！

孫吉祥沒想細說，所以眾人心中多少有些不滿，不過這是人家吃飯的本領，憑什麼跟他們講？所以眾人除了羨慕嫉妒之外，也沒有其他想法。

孫吉祥見眾人又將注意力轉移到野豬能賣多少銀子上去，終於鬆了口氣。

此時要是有老獵戶在場，肯定會心生疑惑，因為野豬喜歡在樹幹或者石頭上蹭肚子，所以野豬的肚皮非常結實，能一箭射穿野豬的肚子，且射得這麼深，這弓箭得有多厲害啊！

其他人正聊得熱火朝天的時候，姚三春靠在宋平生身邊，一雙眼睛帶著好奇，在野豬身上來回巡視。那長長的吻部、猙獰的獠牙、鋼針般的毛刺、壯實的腿部，看起來就攻擊性十足，普通一個壯年男人絕對不是牠的對手！姚三春不自覺地加重手中力道。

宋平生轉過頭來，溫聲笑道：「怎麼了？被野豬的樣子嚇到了？」

姚三春橫他一眼。「怎麼會？我看到野豬只會想把牠做成烤肉！我只是覺得，不讓你去深山裡是對的！」

宋平生聞言一笑，食指指向野豬，在姚三春耳邊慢吞吞地道：「妳確定？現在這頭野豬咱們只能分一半，若是窩弩我們自己留著，那這整頭野豬就都是咱們的了。」

這是宋平生和孫吉祥事先談好的，用連發弩打獵是孫吉祥自己的本事，宋平生只能少分點，但是窩弩不同，東西是宋平生提供的，孫吉祥只需打獵時順便看看有沒有獵物中招，以及把獵物拖下山而已，並不需要出多大力氣。可就這樣，孫吉祥就要分走所得的一半。

姚三春卻毫不猶豫地搖頭，抬眼看宋平生，眼神無比鄭重。「沒有什麼東西能比你的安全更重要，一半的野豬又算得了什麼？」她經歷過死亡，所以才會更加珍惜現在，同時更加畏懼各種危險。

宋平生低頭靜靜望著姚三春，眼底的情緒彷彿快溢了出來。

來孫吉祥家看野豬的村民一茬接著一茬，過了好一段時間，來看熱鬧的人才終於走得七七八八，剩下的便是孫吉祥和姚三春夫妻，以及孫鐵柱一家子。

孫鐵柱在一旁催促道：「吉祥，你也別耽擱了，還是快把野豬送去鎮上賣掉吧！野豬瘦肉多，估計普通人不愛吃，你乾脆送酒樓去，或者賣給哪個大戶人家得了！」

孫吉祥揉了揉快笑僵的臉，故作輕鬆地擺手。「鐵柱哥你就放心吧，我打獵這麼多年了，認識不少人，處理一頭野豬還不容易嗎？」

孫鐵柱看他又吹上了，當場給孫吉祥一個白眼。

孫吉祥哈哈大笑，笑完卻又捏著下巴，道：「可是這野豬太重了，我還得找人借板車……」

孫吉祥話音剛落，一直沒開口的吳二妮突然站出來，異常和顏悅色地道：「吉祥，你要板車找什麼別人啊？咱家不就有？嫂子這就給你拿去！」說完不等孫吉祥說話，她便一路小跑著回家拿板車去了。

孫鐵柱滿意地點點頭，覺得自個兒媳婦今天特別懂事，特別給他面子，他臉上的笑意不禁更深了。「吉祥，你等會兒，你嫂子馬上就過來！」

孫吉祥受寵若驚，不過難得吳二妮對他有個好臉色，他還是挺高興的。

吳二妮這回辦事效率特別高，轉眼間就拉著板車過來了，還在板車上鋪了一層稻草。三個大男人合力將野豬搬上板車。

孫吉祥關上門便準備去鎮上，走之前宋平生跟他嘀嘀咕咕了一陣子，也不知道在說啥。待孫吉祥離開後，孫鐵柱靠過去，沒忍住地問道：「老宋，你跟吉祥剛才說啥呢？神神秘秘的。」

吳二妮也將目光投過去。

宋平生清潤的眼眸一動，扯唇道：「沒啥，就是吉祥這回賺了點銀子，想問他什麼時候請我們兩家吃個飯……」

到了下午申時，孫吉祥終於拉著板車從鎮上回來。他先將板車還了，然後便拎著一個籃子去敲宋平生家的門。

宋平生剛一開門，孫吉祥便大搖大擺地走進去，嘴上還不滿地抱怨道：「不是我說，老宋，你大白天的關啥門哪？不知道的該以為你跟你媳婦在家幹啥事呢！」

宋平生一腳踹向他的小腿。「再廢話老子廢了你！」

孫吉祥敏捷地躲開，一路哈哈大笑地跑進堂屋。

不過孫吉祥說得也是，他們現代人普遍戒備心都很強，再說住一棟樓的人都不認識，所以家門總是緊閉的，不可能跟這邊一樣，大白天還敞著門，所以他跟姚姚才一時半會兒沒適應過來。

孫吉祥進堂屋後，將籃子往堂屋方桌一放，坐下便道：「老宋，你讓我買的二十個雞蛋、兩斤豬肉，還有成衣及鞋子，都在這兒了。」

宋平生坐到方桌的另一邊，手扶著桌面，問：「花了多少錢？」

「豬肉四十文，雞蛋三十文，衣服和鞋子就花了將近兩百文。」孫吉祥說著，「嘶」了一聲，感嘆道：「女人的衣裳和鞋子可真夠貴的！要我說，有這個錢，你還不如給你媳婦買幾身粗布的，結實又耐用，還能換洗著穿，何必多花冤枉錢買細布的呢？」

宋平生翻開籃子看了兩眼，而後嘆氣道：「你是不知道，姚姚她至今還是不相信我跟孫月娘沒關係了，這不，我就想著買點女人喜歡的衣裳、鞋子啥的，討她歡心！」

孫吉祥聞言，嘴角抽了抽，心想：我要是姚三春，我也不信你這麼快就把孫月娘給忘了，畢竟狗改不了吃屎啊！

不過他眼看著自己曾經意氣風發、縱橫老槐樹村的兄弟變成現在這個慫樣，居然還要靠送禮來討女人歡心，並且這個女人長得還砢磣得要死，他只想說……活該啊！

誰讓你一個有婦之夫，居然稀罕另一個有夫之婦？

就算他孫吉祥再偏袒兄弟，也知道這事情宋平生做得不地道。

宋平生的餘光掃過孫吉祥幸災樂禍的表情，嘴角抽了抽，又道：「再說了，我答應人家要好好待她，買件衣裳又咋了？算了，懶得跟你說，你這種沒媳婦的人不會懂的！」

孫吉祥沒話說了。「……」這話太傷人了啊兄弟！

宋平生視若無睹，轉而道：「一共二百七十文錢，你直接從我的那份裡扣。」

孫吉祥點點頭，而後從兜裡掏出一堆碎銀和銅錢，一邊數一邊道：「我把野豬賣給鎮上一戶有錢人家，人家直接給了跟豬肉一樣的價格，二十文一斤。這野豬秤了，是三百三十四斤，所以共賣了六兩並六百八十文錢。」孫吉祥說著又搓手，道：「這六兩多銀子，我拿三兩就行，除去花掉的二百七十文，還有三兩並四百一十文，你數數？」

宋平生沒有反駁，也沒有數錢，直接道：「咱們兄弟之間，就不用數了。」要是孫吉祥真在這上頭偷奸耍滑，自己也就沒幫他的必要，再說他也不是這種人。

孫吉祥一聽這話，覺得宋平生是真的把他當自己人，心裡覺得舒坦，嘴角又咧上去了。

兩人又聊了一會兒，孫吉祥便回去了。

姚三春從菜園子裡回來，進臥房的時候一眼看到凳子上的嫩黃色細布春衫，眸光瞬間一亮，立刻拿起來在身上比著，然而沒一會兒，她的臉便垮了下來。

宋平生看到後一臉懵，猶豫了一下才問道：「姚姚，從前妳不是說過，如果能再年輕個幾歲，一定要多穿嫩黃色的衣服嗎？」

姚三春滿眼熱淚，委屈巴巴地伸出胳膊。「……可是，你看我現在黑成什麼樣，怎麼能穿嫩黃色？出門人家還以為我被雷劈過呢！」這對比明顯的！

「……」怪他，看姚姚的時候都是自帶美顏濾鏡的！

姚三春拿著新衣裳，難受了好一會兒。好在新鞋子能穿，換上新鞋之後，她再看看之前穿的舊鞋……呸！那沒資格叫鞋子，最多就是裝豬蹄的容器，簡直傷眼睛！

姚三春的視線移向宋平生的腳，很快反應過來，問道：「平生，你怎麼沒給自己買？」

宋平生輕笑。「我一個大男人，不講究這些。」

姚三春兩道好看的眉頓時蹙了起來。「生活就是穿衣吃飯，既然賺了錢，當然是要拿來花的！不行，我們明天就去鎮上買！」

宋平生想說話，卻被姚三春強硬地打斷。

「就這樣決定了！你說過的，我是一家之主！」

宋平生無奈。「我只是想多攢點錢買藥石做農藥……」

姚三春卻不聽他解釋，板著臉擺手，轉身便出去了。

宋平生目送她的身影消失，心中突然湧出幾分難言的感受。他從記事以來，一直就是一個人，早就習慣了被人忽視、被人遺忘的滋味，直到姚姚的出現，他灰暗的人生才重新有了色彩，有了希望。

姚三春在院子裡擺弄了一會兒五加皮，因為春日雨水多，她怕五加皮發霉，只能每日都抖兩下篩子。

姚三春做完這些，回過頭來卻見宋平生不知何時抱臂斜靠在廊簷下的門柱上，正一瞬也不瞬地看著自己。

宋平生見姚三春回頭，衝她輕輕一笑，笑得既無辜又有幾分赧意，過了一會兒才道：「姚姚，咱們去鐵柱哥家一趟。我先把鐵柱哥叫出來，妳乘機把東西還給吳二妮，省得鐵柱哥看到尷尬。」

姚三春想了想，拍拍手後點點頭。「好！快點把東西還給吳二妮，省得她每次看到我們就眼睛不是眼睛、鼻子不是鼻子，好像我們欠了她幾億一樣！」

宋平生捏捏姚三春的臉頰，溫聲道：「好。」

姚三春拍開宋平生的手，瞪著他。「幹麼捏我的臉？」

宋平生左看右看，這才說：「妳好像胖了一點。」

姚三春瞪大眼睛。「真的？」

「真的。」

姚三春突然一臉惆悵，幽幽道：「理智告訴我，我胖了是好事，可是情感上，我作為一個女人，實在不想聽到跟『胖』有關的字眼，所以以後請你直接說我變得更漂亮了，好嗎？」

宋平生欣然應允。

姚三春頓時眉開眼笑。「我就喜歡你這種會睜眼說瞎話的！」

宋平生失笑。

夫妻倆按照計劃來到孫鐵柱家的院子外，姚三春在外頭站了一會兒，見宋平生和孫鐵柱出門，這才拎著東西進去。

姚三春前腳剛踏進院子，耳邊就傳來吳二妮罵罵咧咧的聲音——

「……惹人嫌的二流子，肯定又來我家打秋風！自己沒啥本事，臉皮倒是厚得沒邊！」

姚三春將籃子往孫家廊簷下一放，朝正在剝蠶豆的吳二妮笑道：「吳嫂子，妳這是在罵誰呢？」

吳二妮的眼睛滴溜溜地亂轉，一眼就看到廊簷下的籃子，她冷哼一聲，好整以暇道：「我罵誰，關妳什麼事？」

姚三春冷睨著吳二妮，硬邦邦地道：「吳嫂子，上次答應還妳的東西，妳看看吧。除了沒有鹹菜，其他都只多不少！」

吳二妮不陰不陽地瞅她一眼，兩步走過去，不客氣地搶過籃子，就在姚三春的眼皮子底下一個一個地數著雞蛋，好像生怕被他們糊弄似的。

姚三春等她數完才道：「好了，從今天開始，我們便不欠你們什麼了。也請妳不用擔心，我跟平生就算餓死，也絕對不會來你們家打秋風的，妳放一百個心！」姚三春說完，不等吳二妮回應，立即轉身，腳下生風地跑出院子。

回到家後，姚三春並沒有將這事跟宋平生說，左不過是件糟心事。

其實不用姚三春說，宋平生自己都知道吳二妮討厭他，試問在老槐樹村，除了和他親近的那幾人，其他還有不討厭他的人嗎？

不過宋平生也不在乎，除了自己在意的人，其他無關緊要之人的看法他根本懶得管。

第五章

昨天晚上睡覺時，宋平生和姚三春將三兩碎銀放好，然後又商量著要將欠田氏和宋巧雲的一百文錢再添一些還回去，於是夫妻倆決定，今天早上就到田氏洗衣必經之路等著她。

雖說田氏是婆婆，但是她也不好意思指使羅氏洗一家人的衣服，畢竟家中還有宋茂山跟宋平文兩個男人的衣裳要洗，所以田氏每天都要出門洗衣裳。

今早田氏和往常一樣去了河邊洗衣，回來時就碰上宋平生夫妻倆在樹下說話，小夫妻倆有說有笑的，感情很不錯的樣子。

田氏回想從分家後，二兒子跟二兒媳好像就再沒吵過架，心中寬慰，臉上不覺地帶了笑。「平生、三春，你們小倆口一大早在這兒幹啥呢？早飯可吃了？」

宋平生抬首，笑了笑，就是神情多少還有點吊兒郎當的。「娘啊，您可來了，我跟三春在這兒等您好一會兒了！」

田氏見宋平生還是有些不正經的樣子，但是比從前要穩重許多，臉上笑意更真切了幾分。「等我幹啥呢？」

宋平生搖頭晃腦，笑嘻嘻地道：「找娘那自然是正經事。」

母子倆說話的空檔，姚三春偷偷打量田氏，見她臉色不錯，神情也很放鬆，看起來比上一次好了不少，她只能將上一次的疑慮歸咎於自己想太多。

母子倆說了一會子話，宋平生才切入正題，有些得意地道：「娘，最近我跟三春賺了點錢，就把上次跟您借的錢還給您吧！多添的幾文，就當是兒子孝敬您的。」說著，不容置疑地將一把串好的銅錢塞到田氏手中。

田氏面上難掩震驚，差不多跟見了鬼一樣，好半天才回過神來，突然緊張地抓住宋平生的胳膊，苦口婆心地道：「兒啊，聽娘的，做人最重要的是腳踏實地，千萬不能走上歪路啊！」田氏沒臉大到覺得宋平生是從牙縫裡擠出錢還她的，畢竟她瞭解自己的二兒子，不是那種捨己為人的人，所以他身上肯定是真的有兩個錢。

宋平生懵了一下，皺著眉問：「娘您說啥呢？」

田氏手中力道收緊，湊近他低聲道：「你跟三春天天都在地裡忙活，這些錢又是從哪兒來的？我告訴你宋平生，你混歸混，要真是幹了啥傷天害理的事情，我……我第一個饒不了你！」

宋平生跟姚三春對視一眼，彼此眼中都含著無奈。

姚三春一把摟住宋平生的胳膊，一臉不樂意地道：「娘，您怎麼能這樣想咱們？這錢是咱們夫妻倆光明正大掙來的，沒偷沒搶，更沒幹啥傷天害理的事。」

田氏仍舊沒有全然相信，把目光投向宋平生，執拗地看著他。「那你們告訴我，這錢是從哪兒來的？」

宋平生眉頭一擰，臉色不悅。「娘妳問這麼多幹啥？反正妳就是不相信我，是不是？難道在妳眼裡，妳二兒子就是沒一點本事的人，這點錢都賺不到？」

田氏見宋平生急了，怕他真發起火來六親不認的，哪裡還敢火上澆油？忙安撫道：「好了，娘不是這個意思。我就是怕你年輕不懂事，被人騙了走上歪路。」

宋平生「哼哼」兩聲。「娘，分家那天我就說過，我會發大財的，妳就等著吧！」

姚三春眨巴眨巴著眼睛望向宋平生，嘴角掛著蜜汁微笑。「我相信你，平生！咱們一定會出人頭地的。」

田氏一臉擔憂，這兩個孩子之前做人不可靠，現在則是腦子不可靠，整天不想著踏實過日子，淨作發大財的白日夢！這下可咋辦啊？真是愁死人了！

宋平生還想跟田氏再聊幾句，田氏卻突然想到什麼，雖然竭力掩飾，可還是微微變了臉色。

姚三春敏銳地發覺她的異樣，咋咋呼呼地問道：「娘，妳咋了啊？」

田氏謹慎地看了一眼周圍，同時不動聲色地用汗巾將銅錢緊緊包住，飛快塞進兜裡，最後拍了拍衣裳，話說得都比平時快了兩分。「這錢我還要還給別人，就收了。好了，我得馬上回去，再耽擱下去，你們爹又得盤問我了。」一說完便腳下生風地離開。

站在原地的夫妻倆差點石化，他宋茂山連田氏洗衣服會花多長時間都要管？真是變態的掌控慾，這個糟老頭子果然壞得很！

還掉田氏的錢和吳二妮的東西後，夫妻倆只剩下宋巧雲這個債主了。夫妻倆今天去鎮上剛好會途經宋巧雲所在的高老莊，到時可以順便把錢送過去，還完之後，他們便可以無債一身輕了。

高老莊位於老槐樹村到鎮上的半途中，而宋巧雲家就是高老莊的第一戶人家，非常好找。

姚三春和宋平生到高家的時候，宋巧雲恰巧出去忙活了，家中只有宋氏跟虎娃祖孫倆。

宋氏一看到宋平生兩口子，沒有大姑見到姪子的喜悅，反而拉長著臉，陰陽怪氣地道：「你們來這兒幹啥？」

宋氏對宋平生沒個好臉色，一來是宋氏的個性有點像她大哥宋茂山，對宋平生這個二流子看不上眼；二來則是宋平生得罪過她。宋平生小時候跟她小兒子高小壯打架，後來竟然把高小壯的耳朵都給咬掉一小塊，所以她記恨至今。

因為這兩點，加上宋平生又不討她大哥宋茂山的喜歡，她便裝都懶得裝，直接甩臉色給他們看。

宋平生知道宋氏跟宋茂山一樣不好相處，也懶得虛與委蛇，直接就說道：「我找我大姊！」

宋氏冷哼一聲，眼睛在姚三春夫妻倆身上打量。「巧雲現在不在家，有事直接跟我說，回頭我轉告她。」

宋平生不接這個茬兒。「我就是來看看我大姊的！不然妳告訴我大姊在哪兒，我自己找她去！」

宋氏向來討厭這個二姪子目中無人的性子，聽他這麼說，乾脆杵在門口，就是不接話，看他們能耗多久。

姑姪兩人僵持不下，姚三春一雙眼睛則滴溜溜地往院子裡掃。

宋氏看到後更加不悅了，嚷嚷道：「瞎看啥呢？跟個做賊的似的！」

姚三春收回目光，「呵呵」兩聲。「大姑，妳可誤會我了，我就怕妳跟上次一樣看錯了，大姊明明在家，妳卻當她出去了，最後鬧了好大一個烏龍呢！」

「……」宋氏一時被噎得啞口無言。最後，宋氏索性不管他們，甩袖子就去幹自己的事情了，也沒招呼姚三春夫妻坐坐什麼的。

結果這一等就是一個多時辰，直到隔壁人家的煙囪飄出縷縷炊煙，宋巧雲和高大壯兄弟倆才扛著農具回來。

宋巧雲洗把手，然後便拉著宋平生夫妻去自己屋裡。「你們倆啥時候來的？怎麼不去田裡叫我？」

姚三春夫妻倆對視一眼。他們該怎麼說？說宋氏就是不告訴他們，宋巧雲在哪兒？

宋平生眼見時間不早，擺擺手，直接示意姚三春拿錢，同時說道：「這是妳上次拿的錢，現在我們手頭寬裕了些，剛好去鎮上路過這邊，便給妳送過來了。」

宋巧雲圓潤的臉龐上神色一滯，半晌才吶吶地道：「其實晚點還也沒關係……」

宋平生眼中劃過了然。「其實這錢是妳跟別人借的吧？有大姑在，妳身上一文錢都存不了——」

宋巧雲赧然，微紅著臉打斷他。「不許編排長輩！大姑是我婆婆，咱家又沒分家，我當然不能私藏銀子！」

宋平生冷嗤。「那妳當初陪嫁的東西還在嗎？」

宋巧雲囁嚅兩下，說不出話來。

可能是有田氏那樣個性軟弱的母親，再加上父親宋茂山的性格極度強勢，這導致宋巧雲的個性也很綿軟，同時對個性強勢的人會很畏懼。

姚三春對宋巧雲挺有好感的，便在一旁勸道：「大姊，咱們做事只求無愧於心就好，但同時也要為自己考慮考慮……」

三人說著話，沒注意窗戶邊一閃而過的身影。

還沒聊一會兒，院子裡便傳來宋氏的催促聲——

「巧雲啊，你們還沒說完哪？虎娃跟我喊餓呢！」

一聽宋氏叫她，宋巧雲便急忙出去做飯，走到門口突然止住腳步，回身問他們。「都大中午了，你們留下吃頓飯吧？」

姚三春想都沒想就搖頭。跟宋氏在一張桌子吃飯？小心吃得心肌梗塞！

到了鎮上，姚三春夫妻倆先去吃了兩碗冷淘麵，吃完便去賣成衣的鋪子，給宋平生選好一套衣裳，夫妻倆才歡歡喜喜地回村了。

待夫妻倆回到村子已經是下午申時三刻，兩人到家便坐下歇口氣，沒一會兒孫吉祥又背著手，大搖大擺地來了。

姚三春被他的活寶樣給逗樂了，笑道：「吉祥，你再這樣走下去，不怕閃著腰嗎？」

孫吉祥的腳步一頓，突然站直了身體，摸著下巴道：「也是，我還沒娶媳婦，得好好保——」

宋平生一腳踹過去，孫吉祥頓時沒聲了。

姚三春橫眉冷對宋平生，那眼神彷彿在說，都幾歲的人了，還裝什麼純啊？

宋平生似笑非笑，兩夫妻之間流動著旁人看不懂的氣息。

孫吉祥這個睜眼瞎啥都沒看到，揉了揉腿後就道：「那啥，今晚你們都去我家吃飯哈，就我們仨，還有鐵柱跟嫂子他們。」

宋平生頷首，這事孫吉祥之前就提過，說他賺了點錢，就想跟兩個好兄弟喝喝小酒、聊聊天來消磨時光，豈不美哉？

孫吉祥得到答覆後不急著走，搓了搓手又道：「不過吧，兄弟我做飯的功夫不行，恐怕還得煩勞鐵柱嫂子跟老宋你媳婦幫幫忙了，嘿嘿……」孫吉祥說完，就見姚三春衝著他笑，笑得那叫一個明媚，看得孫吉祥一頭霧水。

宋平生笑得很含蓄，道：「姚姚可以幫忙打下手，至於做飯炒菜，恐怕只能拜託吳嫂子了，姚姚她不太擅長這些。」宋平生倒是不介意說出來，因為姚三春原主做的飯就跟豬食一樣，之前在宋家輪到她做飯的時候，羅氏和田氏都會搶著幫忙，可見那水準有多嚇人了。

孫吉祥想到什麼，驀地睜大眼睛，一臉震驚的表情。「難道你家都是老宋你做的飯？」

姚三春衝他微微一笑。

孫吉祥。「……」娘的，我大兄弟到底是什麼神仙男人啊？

來到孫吉祥家中後，姚三春就準備去廚房幫忙，不過她不免在心裡嘀咕，為什麼這時候都是女人去廚房，男人只要坐在桌邊侃大山？

孫鐵柱一家子隨後過來，孫吉祥滿面笑容地招呼他們到堂屋坐下，然後便準備跟吳二妮一起去廚房。孫吉祥作為主人家，當然不好啥事不管，當個甩手掌櫃。

孫鐵柱剛伸手要勸住孫吉祥，吳二妮就說話了。

「吉祥，你跟嫂子客氣啥？你一個大老爺們兒的，就留在前頭說說話聊聊天吧，廚房的事情全包在我身上了！」

孫鐵柱滿意地點了下頭，跟著道：「就是！做菜的事情都交給她們女人就好，咱們幾個坐下聊天。都是自家兄弟，別搞那些虛頭巴腦的玩意兒！」

孫吉祥還真不是什麼客氣人，既然孫鐵柱夫妻倆都這麼說了，他便心安理得的一屁股坐下來，眉飛色舞地跟孫鐵柱、宋平生兩人說話去了。

至於大毛，他坐了一會兒就開始挪屁股，孫鐵柱便放他出院子玩去了。

吳二妮進到廚房的時候，姚三春正坐在灶底燒開水。孫吉祥買了活雞，割了豬肉，可不都要細細收拾？

不過她現在終於見識到孫吉祥手鬆的毛病了，總共不過賺了三兩銀子，他買了雞又買了豬肉，聽說還打了兩斤酒，這鋪張得，簡直堪比人家辦喜事的一桌席面了。

吳二妮只進來的時候瞧了姚三春一眼，後來便再也不正眼瞧她了，自顧自地挑揀香椿和馬蘭頭這些野菜，完了再切豬肉，整個廚房都是菜刀剁在砧板上的聲音。

不過待姚三春燒開水後，吳二妮還是主動幫忙殺雞了，畢竟一個人殺不好，容易把雞血灑得到處都是。

姚三春忍不住瞅了吳二妮幾眼，有些意外她今天這麼配合，不過細想之後便明白了——吳二妮眼饞孫吉祥上回獵到野豬，正想跟他拉近關係呢，所以今天才這麼安分。

不過趨利避害是人的本性，吳二妮這麼做倒也不難理解。

想通這一點，姚三春便不再把多餘的注意力放在吳二妮身上，而是專心的燒鍋。吳二妮今天有意想露一手，炒菜的事情自然用不著姚三春。

此時堂屋裡，三個大男人聊得火熱，從莊稼牲畜、道聽塗說的奇聞軼事，又說到打獵賣野豬那些事，堂屋裡沒有一刻安靜過。

三人聊得久了，孫鐵柱跟孫吉祥不免感到宋平生和從前有些不同，從前說到這些，他說得最多、吹得最狠、語氣最誇張，可是今天大部分都是聽他們說，自己只偶爾接話或者另起話頭。

不過孫鐵柱兩人沒怎麼多想，畢竟宋平生剛被親爹趕出來過，又要開始養家，經歷這麼多變故，他肯定要比從前穩重。

晚上一共五菜一湯，紅燒肉、紅燒雞、辣椒炒雞血旺、香椿炒雞蛋、涼拌馬蘭頭，還有一道雞湯。

六道菜擺上桌，不只是大毛，就連姚三春夫妻倆都有些食指大動，原因無他，只因為吳二妮的廚藝確實很好，做出來的菜光聞味道都讓人垂涎欲滴！

吳二妮將眾人的表情看在眼裡，心中得意，嘴上卻道：「吉祥啊，嫂子的廚藝上不得啥檯面，你們便將就著吃，啊？」

孫吉祥笑得眼睛都快沒了，故意「吸溜」一口。「嗨，嫂子妳這話說的！妳這菜還叫上不得檯面，那還有誰做的能上檯面？要我說啊，嫂子做菜的手藝就是咱們村的這個！」說著同時豎起大拇指。

這下不僅是吳二妮，就連孫鐵柱都覺得極有面子。

其實孫吉祥說得倒也不算誇張，吳二妮在做人方面可能有點太計較，但是做菜的天分真是沒話說，連她醃製的鹹菜都比別人做得好吃。

客套完畢，眾人終於能拿起筷子大快朵頤。

本來吳二妮的廚藝就好，加之別人家的油她不心疼，放得足足的，所以做的菜特別香！一時間，堂屋裡竟然沒什麼人說話，全都悶頭吃菜，就連啃得一嘴油的大毛都難得顯出幾分乖巧來。

孫吉祥最先吃的不是雞腿，而是挾起雞爪就上手啃，因為老一輩都說雞爪寓意抓錢，意頭好。

吃著肉、喝著酒，三個男人一杯接著一杯，轉眼間竟然將酒都喝乾了。宋平生喝得最少倒是還好，孫吉祥跟孫鐵柱都是愛喝的，偏偏酒量一般，最後兩人竟然都喝得醉醺醺的。

喝酒之後的孫吉祥跟孫鐵柱肩搭著肩，靠在一起你一言、我一語聊得起勁，偏偏兩人說的根本不是同一回事，還真是讓人啼笑皆非。

這頓飯吃得挺晚才結束，最後醉漢孫吉祥偏偏不認醉，非要站在門口送他們離開。

輪到送宋平生夫妻的時候，孫吉祥拍拍宋平生的肩，情緒十分高昂。「老宋啊！兄弟真的要感謝你，要不是你的弩，我這回也不會獵到這麼大的野豬……」

宋平生和姚三春想阻止已經來不及，還沒走遠的吳二妮肯定將孫吉祥的話全聽進了。

宋平生夫妻心裡不免有點惱，喝酒誤事啊！但是孫吉祥現在醉成這樣子，他們夫妻又不能對一個醉漢說道理，只能心有無奈地回家去。

第二日，宋平生將昨晚的事情跟孫吉祥說了，孫吉祥也是十分自責和悔恨，連連向宋平生道歉。

不過事已至此，再去追究也沒有用，宋平生只能讓孫吉祥去找孫鐵柱，將打獵合夥的事情和盤托出，想來孫鐵柱肯定不會讓吳二妮出去亂說的。

吳二妮正在家裡思忖著能不能從孫吉祥他們身上得點好處，轉頭孫吉祥就來他們家把事情都跟孫鐵柱明說了，害得她打的算盤一朝全部落空。

吳二妮心中氣惱，表面卻答應得很爽快，心想著反正橫豎都得答應，還不如賣他們一個好，以後再討回來。

她也不怕宋平生不同意，若是他和孫吉祥合作的事情傳揚出去，他爹宋茂山豈不是要撕了他？吃裡扒外，有好處不想著家裡人反而便宜外人？以宋茂山強勢的個性，還能忍得他？

時間如水過，轉眼之間，姚三春和宋平生已經穿來一個多月，有了孫吉祥打獵業務的加持，夫妻倆的錢袋子慢慢鼓起來，想來過陣子就可以買藥石做農藥了。

經過三十天的成長，姚三春家稻田裡的稻種全部長成一寸左右高的秧苗，是時候該拔秧插秧了。

這日夫妻倆在太陽出來之前就下田拔秧，再用稻草捆住，倒是沒用多長時間就完事。太陽出來後，夫妻倆便轉移陣地開始插秧了，中間姚三春腿上黏了兩隻小螞蟥，姚三春倒是沒太怕，反而用草把牠們捆住，然後一言不發。草帽下的陰影遮住她的眼睛，也不知道她此刻在想什麼。

宋平生直起腰喘口氣，回頭恰巧看到這一幕，眼角狠狠抽了一下，下意識的後退一步。他平時天不怕地不怕的，就怕這些黏糊糊、軟塌塌的蛇蟲鼠蟻，看到就犯噁心！但是姚三春卻和他相反，是一點也不害怕這些。從這點來說，他們算是互補了。

宋平生定定神，這才沈聲道：「姚姚，妳拿著這個幹什麼？還不快扔掉，小心咬到妳！」

姚三春突然粲然一笑，晃晃手中的稻草，故意逗他說：「平生，你別怕，這東西曬乾了磨粉，可是一味好藥材呢！《本草綱目》有提過『漏血不止，炒末酒服』，可見效果不錯，就是不知道在這裡值不值錢……」

宋平生一陣惡寒，磨了磨牙，道：「姚姚，我知道妳在逗我，這東西真有用，那也要大規模養殖才賺錢，在田裡撿一、兩個的有什麼用？」

姚三春笑得更歡了，冷不防地道：「其實我看過相關的紀錄片，養殖這東西也不算難，就多抓幾個品種，然後餵餵血什麼的，我想——」

宋平生雞皮疙瘩都快掉一地了，如臨大敵地喊道：「不，妳別想！我可告訴妳姚姚，有牠沒我，有我沒牠！」

姚三春「噗哧」一聲，差點笑彎了腰。這個男人怎麼怕螞蟥怕成這樣？看他那副嚴陣以待的模樣，也太好笑了吧！

下午夫妻倆繼續插秧，直至夕陽西下，彩霞漫天，夫妻倆準備再插會兒秧就回家，然而這時候羅氏突然出現在田埂裡，一路風風火火地朝他們趕來。

羅氏一路氣喘吁吁地跑過來，到了地方因為太喘，一時間竟然沒說出話來。

姚三春聽到動靜，停下插秧的動作，腳在泥巴裡動了動，站直了問：「大嫂，咋了這是？都喘成這樣。」

羅氏又喘了兩口氣，等胸口的氣順了些，才急忙道：「婉兒放牛，結果把牛給放丟了！現在也不知道跑哪兒去了，爹娘急得不行，讓你們趕快幫忙一起找找！」

水牛也有宋平生兩口子一份，兩人的臉色當即嚴肅起來。

宋平生回到田埂，在野草上蹭了蹭腳上的泥，一邊問道：「水牛在哪邊丟的？可能去了哪個方向？婉兒咋說的？」接著蹲下來，又用水田渾濁的水洗手。

羅氏聽後無奈地嘆了口氣。「婉兒當時正在跟她的小姊妹聊天，啥都沒注意到，就說是在西面山腳下不見的，至於牛往哪個方向跑，她是真的一點都不知道。」

宋平生聞言停住動作，忍不住道：「這丫頭！放個牛，結果把牛放丟了，傳出去要笑掉別人的大牙！」

羅氏瞥了宋平生一眼，雖然心裡也想罵這個小姑，但是她沒傻到當著宋家人的面罵，只能憋著氣道：「二弟，這些話以後再說吧，當下最要緊的是先找到牛！現在村裡的田基本都在插秧，要是被咱家水牛禍害到，那就糟了！」

宋平生夫妻倆聽她這麼說，不敢耽擱，當即去河邊洗泥，然後便腳步匆忙地找牛去了。

雖說這裡民風算是淳樸，但是宋平生見天色漸黑，還是不敢讓姚三春一個人亂跑，所以夫妻倆都是一同走的。

他們只知道牛在西面丟的，其他一概不知，夫妻倆只能跟無頭蒼蠅似的到處亂找。

這一找就是一個多時辰，天色完全陷入黑暗，天空中碎星幾顆，周遭的樹木野草全都成了灰暗的影子，影影綽綽，看起來陡添幾分慘澹。

對於習慣城市燈光和喧囂氣氛的人來說，沒有邊際的黑暗就像一個黑洞，慢慢吞噬他們的耐心和膽量，時間久了，姚三春夫妻倆都有些煩躁。

隔壁清水村的一條狹窄田間小道上，宋平生緊緊牽住姚三春的手，夫妻倆一前一後踩踏在茂盛的野草上。

遇到現在這個情形，姚三春夫妻的耐心眼看快要磨盡，奈何一頭牛的價格真不便宜，甚至比農家人好幾年的收成都要貴，真丟了，那就是一筆巨大的損失！

這可是一頭牛，若是真被別人撿到，人家還不還都不好說。

不知過了多久，夫妻倆餓得前胸貼後背，冷汗都下來了，走在姚三春前頭的宋平生突然停下來，甚至連身子都僵硬了一瞬。

姚三春看不到宋平生的表情，只能緊了緊手中力道，關切地道：「怎麼了？」

宋平生沈默良久，最後生無可戀地說：「……我踩到牛糞了。」

姚三春。「……」

「而且還是熱乎的，我估計就是宋家的牛留下的。」

姚三春拍拍宋平生的肩膀，心疼道：「男人哭吧不是罪，肩膀借你靠靠？」

宋平生全程冷著臉在草地裡蹭腳，甚至連腳皮都給蹭破了，然後又在水田洗了一把，可身上還是有股味兒。

洗完腳，夫妻倆走沒多遠，並沒發現水牛的身影，卻先聽到水牛在水田的泥巴裡行走發出的聲響，以及水牛尾巴拍在牛身上的聲音。

這時候月亮終於捨得露臉，周遭的景色有了幾分輪廓，他們也總算找到了那頭乾脆臥倒在秧田裡啃秧苗的老水牛。

周遭視線不好，姚三春夫妻看不清這牛到底禍害了多少莊稼，只能一刻不耽擱地下去水田，然後找到水牛身上的韁繩牽住。

好在水牛的性格算是溫順，沒用後腳蹬他們，任由夫妻倆牽著牠，不急不慢地邁著蹄子、甩著尾巴往回走。

至於水牛禍害的是誰家的莊稼，他們三更半夜的也找不到苦主，不過兩個村離得這麼近，明天稍微一打聽就知道是誰家的牛幹的了。

想來，明天宋家注定不得安寧。

姚三春夫妻倆回到村子已經是亥時，整個村子靜悄悄的，誰家的狗吠一聲，全村子都能聽到。

只有宋家，這時候還是燃著油燈，偶有人聲。

姚三春和宋平生牽著水牛送回宋家，恰好這時候宋茂山和宋平東他們全都回來了。

他們的想法也簡單，就想回來看看有沒有人已經先找到水牛了，沒想到還真瞎貓碰上死耗子，倒也省得再出去找了。

宋茂山見水牛終於被找到，先是鬆了口氣，隨後便朝宋平生擺手。「牛也找到了，你們快回去吧！」

另一邊，田氏和羅氏直接去了廚房，準備把晚飯熱一下。一家人為了找牛，全都一口飯沒吃。

宋平生餘光看到姚三春幾次偷偷摸肚子，連他自己也餓得夠嗆，便直接不客氣地道：

「爹，我跟姚姚秧沒插完就幫忙找牛，更別說吃晚飯。現在這麼晚了，家裡又黑燈瞎火的，我跟姚姚就留下吃口飯墊墊肚子再回去吧！」說著便拉著姚三春在方桌坐下，曲起手指敲在桌面上，像是在等飯菜燒好，完全沒有一點客氣的意思。

宋茂山一口氣梗在喉嚨，若是放在平日，他早就破口大罵了，偏偏今天是二房找到水牛的，他還不能硬把人家趕出去，這讓他忍得著實辛苦。

宋家的晚飯之前就已經做好，現在只要加兩把火，將飯菜再熱一下，便可以開飯了。田氏緊著宋茂山，首要就給他盛一碗飯送過去，至於其他人都是自己盛。

就在這時候，一直躲在屋裡的宋婉兒終於捨得露面了。

宋婉兒從小得爹娘寵愛，從沒受過什麼委屈，可是今天卻因為丟牛的事情被宋茂山狠狠訓斥了一頓，連田氏也說了她兩句，這讓這位嬌氣的小姑娘覺得十分委屈，甚至後來找牛都沒去，而是躲在屋子裡哭。

不過哭了這麼久，她也累了，而且肚子餓得難受，所以當她聽到牛被找到後，便大著膽子從屋裡出來。

宋婉兒受父母疼愛，宋平東又只當她是個孩子，所以見她出來都沒說什麼。

倒是宋婉兒，一肚子的悶氣，看誰都覺得不順眼。

姚三春洗掉手腳上的泥巴，最後一個進去盛飯，此時廚房裡只有宋婉兒一個人。姚三春在灶臺旁等了一會兒，見宋婉兒乾站在那兒沒有盛飯的打算，便直接上前給自己盛了一碗，然而等她轉身去抽筷子時，回身卻見宋婉兒捧著那碗飯，並且還不滿地撇了撇嘴。

「二嫂，妳給我盛這麼多幹啥？我晚上要少吃，吃多了會胖的，妳到了現在都沒記住嗎？」

姚三春當場愣住，隨即眼角狠狠抽了抽，上前一把將飯碗奪了回來。「因為這碗飯是我給自己盛的！」

宋婉兒這才知道自己自作多情被人看了笑話，一張俏麗的臉蛋瞬間漲得通紅，大而圓的眼睛在冒火。「不是給我盛的，妳不會先說嗎？非要等我都端了起來，妳才說不是給我盛的！妳就是故意讓我難堪，是不是？」宋婉兒越說越委屈，沒說兩句又哭起來了。

姚三春差點石化，這個少女也太不講道理了吧？不過姚三春可不是她媽，不準備慣著她，當即沈下臉。「妳當自己還是三歲小孩嗎？說話講講道理！請問我有說過飯是給妳盛的嗎？」

宋婉兒抹淚的動作一頓，一副理直氣壯的樣子，喊道：「可是平時妳跟大嫂都會先給我盛的！」

姚三春眉毛一動，可能宋婉兒說的都是真的，可是這種不值得留意的事情誰會記得啊？而且就算原主會幹，她可不同意。

姚三春的沈默落在宋婉兒的眼裡就是默認，她當場就發飆了，指著姚三春嚷嚷道：「妳承認了是不是？枉我還喊妳二嫂，妳竟然這樣待我！」

姚三春將飯碗往灶臺一放，這下徹底火了，她一瞬也不瞬地盯著宋婉兒，眼睛冒著寒氣。「宋婉兒，妳心情不好別拿我出氣！我怎麼說還是妳二嫂，妳居然敢拿手指著我？我告訴妳，妳給我放客氣點！不要以為普天之下皆是妳爹娘，別人讓著妳，我可不會慣著妳！再不收回手指，我收拾妳信不信？」

宋婉兒被彪悍的姚三春嚇得一時間說不出話來。

可能是姚三春原主畏懼宋茂山的緣故，所以向來對這個受寵的小姑子多有忍讓，從來沒對她發過火。可今天姚三春突然發難，不經事的宋婉兒被嚇得怕了，眨眼間就縮回手指頭。

姚三春還想再說，卻見宋婉兒圓圓的杏仁眼迅速籠上一層霧氣，她咬著唇角不讓自己哭出來的樣子，像極受了委屈的小鹿，姚三春一時間還真不好意思再多責怪。算了吧，也才十三、四歲的小孩子，幼稚又自我，個性還沒壞到那個分兒上，她一個大人家十幾歲的人，跟一個小朋友斤斤計較些什麼呢？不嫌累得慌？姚三春不欲再計較，端起碗準備去堂屋。

這時，宋平生卻突然出現在門口，冷著臉的樣子有些嚇人。

他那分氣勢讓宋婉兒想忽視都難，這下子宋婉兒更怕了，縮著身子不敢看他。

不只是宋平生來了，宋家的其他人也都先後過來了，不過他們並不清楚前因後果，只聽到姚三春訓斥宋婉兒這一段。

宋茂山背著手走進廚房，一張臉簡直陰沈得快滴出水來。「我這個當爹的還沒死，輪不到其他人教訓我女兒！妳當自己是誰？」宋茂山厲聲喝斥，語氣不屑。

姚三春被宋茂山罵得血氣上湧，忍不住反唇相譏道：「爹，既然婉兒做錯事，就算是陌生人都說得，我這個做嫂子的說她兩句又怎麼了？再說，我說她也是為她好，省得讓她這般年紀還不懂事，她可不是三歲小孩子了！」

宋茂山何曾被小輩這般頂撞過？一時之間，他的臉色陰沈至極，宋婉兒都被嚇得一哆嗦，甚至忘了哭。

田氏和宋平東左看看、右看看，實在不知道該幫哪邊說話。

在場只有羅氏在心中暗自覺得解氣，她看在自己男人的面上，平日裡對宋家人多有忍耐，這個嬌氣又不懂事的小姑子可讓她嘗過不少苦頭，平日裡就會指使她做這做那，甚至連飯都讓她盛，還真當自己是大小姐了。

廚房的氣氛陷入凝滯。

就在這時，宋平生拉回姚三春，轉身直面宋茂山。「爹，你難道不該先問問姚姚，她為什麼要訓斥婉兒？我相信姚姚不是那種無理取鬧的人。」

「……」聞言，包括田氏在內的眾人都無語了。這種昧著良心的假話都能說出口，這人的良心多半是廢了。

宋平生不等宋茂山回答，目光沈沈地瞥向宋婉兒，擲地有聲地道：「姚姚，妳照實說，不用怕！妳是我宋平生的媳婦，別人敢欺負到妳頭上，我絕對讓她好看，管她是誰！」

宋茂山的臉頓時黑如鍋底。

宋婉兒直接躲到田氏身後去，心中更覺委屈了。從前二哥對她雖然沒那麼好，但是如果在姚三春和她之間，二哥肯定會維護她的，可現在二哥竟然為了姚三春而要她好看？這讓她一時之間無法接受。

姚三春頂著宋茂山陰惻惻的目光，平鋪直敘地將事情的來龍去脈說清楚。

宋茂山張嘴欲反駁幾句，然而宋平生不給他說話的機會，咬牙切齒地朝宋婉兒罵道：「好妳個宋婉兒！今天我跟妳二嫂秧都沒插完就去幫妳收拾爛攤子，三更半夜在外頭跑，到現在連口水都沒喝，我甚至還踩到一坨牛糞！妳回來沒向我和妳二嫂道謝就算了，竟然還指望妳二嫂給妳這個小姑子盛飯？妳的臉怎麼這麼大？沒有小姐命，卻有小姐病，我看妳就是欠收拾！」

在全家人面前被落面子，宋婉兒的臉皮漲紅，一下子就崩潰了，當即雙手捂住眼睛，整個人靠在田氏肩上「嚶嚶」哭了起來。

田氏跟宋平東都是心軟的，看宋婉兒哭得這麼可憐巴巴的，心裡的那點氣很快就煙消雲散了，甚至開始心疼起來。

田氏一邊拍宋婉兒的後背，一邊勸道：「平生，你是當哥哥的，多讓著妹妹點，有話咱們好好說，語氣別那麼衝。」

宋平東瞅了宋婉兒一眼，也道：「是啊，婉兒本性不壞，你好好說，她都懂的。」

宋平生擋在姚三春前頭，端的是冷冰冰的臉色，一副無動於衷的模樣。

宋茂山被他這個樣子氣得勃然大怒，拿起鍋蓋狠狠往宋平生腳下一砸，瞬間分成兩半。「你擺這副死樣子給誰看？有了媳婦，親妹妹都不要了？」他眸光一轉，凌厲的目光掃過姚三春。「你們作為哥嫂，這時候還不知道多擔著點，虧得婉兒喊你們二哥二嫂！而且婉兒可小你七歲，就是個孩子，盛碗飯怎麼了？當自己多嬌貴呢！」

其他幾人大氣都不敢喘一個，臉色格外凝重。

宋平生和姚三春的呼吸同時粗重幾分，在其他人看不見的地方，兩人緊握著彼此的手。

宋平生待自己冷靜下來後，嘴角突然勾起一抹嘲弄的笑，話鋒一轉。「既然爹覺得婉兒年紀小，不懂事很正常，那我便也不說啥了。」

這下不只宋茂山，就連田氏他們都被宋平生這一突然的轉變給弄懵了。

宋茂山狐疑地瞅著宋平生，沈默片刻才哼道：「早這樣想不就得了？非要跟你老子強，弄得家宅不寧，連婉兒被氣哭都不管！哼，你這個臭脾氣，老子就該在你小時候多教訓你幾次，你就知道乖了！」

宋平生眉眼不動，輕嗤一聲。「爹，我還有一件事沒說，等我說完你恐怕就沒心情教訓我了。」

宋茂山剛平息的怒火再次被點燃，他就知道這個逆子不會這麼順從，每次都非要把他氣個半死！算命大師說得果然沒錯，這個小畜生天生就是來剋他的！

宋平生對宋茂山冰冷陰鷙的眼神完全無視，語調沈而緩地說道：「我跟姚姚是在隔壁清水村找到的水牛，找到的時候水牛正在人家秧田裡打滾，啃了不少莊稼。至於牠這一路到底糟蹋了多少人家的稻秧，那我就不清楚了。」

宋家的其他人聽完後神色陡變，田氏及宋婉兒她們臉色蒼白，宋茂山卻是臉色青白交加，背在身後的兩隻手緊緊掐住，手背的青筋都蹦了出來。

若不是宋婉兒此刻靠在田氏懷裡，宋茂山眼中的怒火簡直可以將她燒穿。

水牛從老槐樹村跑到清水村，這一路上有一半都是水田，若是水牛真的一路禍害過去……這損失可就大了！這麼一細想，宋茂山連想打死這個小女兒的心都有了，哪裡還有心情再為難宋平生夫妻倆？

這時候，田氏他們的心再次動搖起來，看來婉兒是得管管了，這回她闖的禍實在太大了。

宋平生將宋茂山的神色盡收眼底，知道宋茂山現在恐怕在瀕臨爆發的邊緣，不過他不是原主，他只準備點一把火，至於後面的事情便任由它自由發展下去，他和姚姚只需靜觀其變即可。

宋家一片愁雲慘霧，他們在方桌上吃飯也像是在嚼蠟。

宋平生和姚三春一言不發地填飽了肚子，吃完便回家去了。

這一天又累又折騰，夫妻倆拖著沈重的身子艱難地洗漱完，沒說兩句便各自睡去。

第二天吃完早飯天色尚早，老槐樹村的家家戶戶卻早就忙活起來，姚三春夫妻也不磨蹭，穿上草鞋、拿上草帽便出了門。

夫妻倆剛到河邊，便見七、八個臉生的漢子從清水村的方向趕過來，他們中間有人扛著扁擔，還有人拿著鐵鍬，臉上均是一片怒氣，一看便是來者不善。

夫妻倆目送這群人往宋家方向走去，然後便做自己的事情去了，他們可沒那個功夫瞎摻和，到時候沒得到好，反而惹一身騷。

夫妻倆一忙活又是一整天，待他們拖著沈重的身軀回到家，連宋家那邊的消息都懶得打聽了，愛咋咋地吧，他們只是個吃瓜群眾。

一身泥水的夫妻倆一屁股坐在廊簷下的泥巴地上，好半天沒挪動一下，實在太累了，連抬手的力氣都沒有。

宋平東來時看到的就是這麼一幅畫面，他們夫妻倆累到一臉的生無可戀，眼神都變得木然。

宋平東抬腳疾步走過去，在宋平生跟前站定，拍拍他的肩，道：「平生，就三畝地，你倆慢慢來，別累著自己，過兩天我抽空幫你栽秧。」

宋平生無力地擺擺手。「大哥，你先管好自己吧，你的臉色沒比我好到哪兒去。對了，昨晚的事情怎麼樣了？我倆早上看到清水村的人過來了。」

宋平東神色一滯，找了一個木墩坐下，頓了頓才道：「上午我跟爹去清水村看過了，最後爹提議以秧賠秧，將咱們家的秧賠給人家，可是……」

宋平生了然。「清水村的人不同意是不是？要換作是我，我也不會同意。我一家子千辛萬苦地把秧栽好，體力也是一種付出，難道就白白浪費了？爹倒是打得一手好算盤！真當別人傻呢？」

一切都被宋平生說中了，宋平東尷尬非常。

他爹好面子，所以對於自家水牛禍害人家的莊稼一事，他肯定會賠償的，可至於如何賠償？賠償多少？那就要另當別論了，畢竟誰家的錢都不是大風颳來的。

姚三春見宋平東面色尷尬，神色自若地幫他轉移話題，伸著脖子問道：「大哥，那後來呢？」

宋平東尷尬稍減，倒是好脾氣地道：「後來爹跟他們商討許久，最後還是賠了錢，八戶人家，每家三百文。」一來一去，二兩多銀子就沒了。

可實際情況比宋平東說的激烈幾十倍，兩方的人差點就上手打起來，他宋茂山又豈是什麼好拿捏的人？

不過宋茂山最終還是妥協了，原因倒是不難猜，他有一個要考科舉的兒子，家中名聲第一，萬不可落人口實，所以只有認賠的分兒。

宋平生半垂著眼瞼，聽宋平東說完後，問道：「爹教訓婉兒了？」

宋平東嘆氣。「是……爹這次發了很大的火，婉兒被罰跪一整天。」

聽到這個答案，宋平生勾起的唇角又轉瞬即逝，快到來不及發現，隨後興致缺缺地道：「喔，我都知道了。大哥，你要是沒事就儘早回吧，我跟姚姚還要做飯。」

說到做飯，宋平東突然想到二弟分家時只得了半袋大米和半袋糙米，以及幾斤麵粉，吃到現在恐怕不剩什麼了，便道：「平生，家裡米缸裡還剩下多少？要不然我求爹再拿……借一袋給你？」他還有點理智，知道他爹是不會白送米的。

姚三春面有得意之色。「大哥，你就放心吧，咱家不靠爹娘也能養活自己！我跟平生可不敢奢求爹心疼咱們！」

宋平東一時語塞，見宋平生沒有反駁，留下一句「有空多回去看看娘」，然後便離開院子了。

姚三春這時轉過頭問他。「平生，你剛才問婉兒的事幹麼？」

宋平生眼眸清潤溫暖，說話的語調卻很冷。「她欺負了妳，若是宋茂山不罰她，我必定要好好教訓她一頓！」

姚三春很少見宋平生這般鄭重又冰冷的神情，兩個酒窩中的笑淡了些，問：「某種意義上來說，她也算是……你妹妹，你真的這麼狠得下心？」

宋平生直直望進姚三春的眼眸裡，突然扯了扯唇，用只有兩人能聽到的聲音道：「在我眼裡，這個世界只有一個妳而已，其他人如何，跟我有什麼關係？」

姚三春黑白分明的眼驀然睜大，徹底怔住，可她從宋平生眼中只看到一種決絕般的色彩。「平生……」

宋平生未答，垂眼握住她的手擺弄，直至五指相扣，他的唇邊終於勾出滿意的笑。

一連忙活三、四日，夫妻倆腰和胳膊都快廢掉，三畝地的秧終於插完了。

可惜種莊稼並不是簡單地把秧苗栽進土裡就完事，事後的田間管理照樣繁瑣，從水分管理、施肥，到防除雜草、病蟲害防治……其中任何一個步驟做得不好，都會導致莊稼減產，嚴重的甚至會顆粒無收。

所以農家人才要一天到晚圍著田地打轉。

這日，宋平生一早上去田地裡放水，直到水深只有一寸多時便堵上缺口，然後便是追肥了。

追肥最好的時間是早上和晚上，所以宋平生今天早晚都很忙，直到天色完全暗下來，他才將三畝地都施上肥。

然而，當他回到家中，甚至將家翻了個底朝天，都沒發現姚三春的身影。

宋平生的心亂了一瞬，他逼迫自己冷靜下來，拿著火把在村子裡找了個遍，卻仍然沒找到姚三春。

姚三春失蹤了！

宋平生再也無法冷靜下來，出車禍時那種徹骨的絕望再次襲來。

他彷彿赤身置於冰天雪地之中，每一股寒風都如同鋼針一般颳過他的骨頭和血肉，疼得他動彈不得。胸腔中的某個地方像是被人狠狠攥在手裡，輕輕一碰，他便會疼得痙攣，甚至連呼吸都變得困難。

宋平生極深極慢地吸一口空氣，新鮮的空氣讓他的腦子稍微冷靜了些。他不能自亂陣腳，情況還沒壞到那個分兒上。這邊沒有車子，所以姚姚不會再次遭遇車禍。而且這邊民風淳樸，姚姚遇到壞人的機率比從前小得多。

或許姚姚此時正在某個地方等著他，他一定要保持清醒，再釐清思緒，並且還要請人幫忙。

幾個呼吸之間，宋平生再次睜眼，原本清潤的眼眸此刻泛著冷冽的光芒，他雖極力壓抑，可湧動的眸色中還是洩出一絲瘋狂，讓人望之生畏。

第六章

宋平東見到宋平生時，便被他的神色震住，那是什麼樣的表情？臉色蒼白如鬼，雙眼赤紅如妖，整個人的氣勢壓抑又瘋狂，彷彿只要一個契機，他便會瘋至癲狂！

不僅是宋平東，宋茂山看到他這副表情時，面上雖淡定，心中卻是一驚。

至於田氏他們更不用說了。

宋平生沒有時間關注他們的反應，他一腳踏進宋家院子，語速飛快地說道：「姚姚不見了！求你們，幫我找到她！」說完，竟然直接彎下腰作揖。

宋平生這副低姿態的樣子實在是把田氏跟宋平東嚇壞了，母子倆忙過去抓住宋平生打量。

田氏一臉關切。「平生，你沒事吧？你可別嚇娘，看你臉怎麼白成這樣？」一摸宋平生的臉，只有一手冰涼的汗水。

宋平生喉頭翻滾，全身緊繃如鐵，就連嗓子都如同被沙粒磨過，沙啞粗嘎。「娘，這些都不重要，求你們幫忙，當務之急是找到姚姚啊！她不能出事！」

這是宋平生今晚第二次說「求」，他這十九年來都沒跟父母說過一個求字！姚三春在他的心中竟然這般重要？宋家人腦中紛紛想到這個可能性，各自驚訝不已。

宋平東趕緊上前詢問：「平生，你媳婦什麼時候不見的？今天她主要幹啥事了？最主要的，你倆是不是又吵架了？」

田氏點頭附和。「是啊，跟你大哥說實話，說不定她是氣得回娘家去了！」

眾人認真嚴肅地討論，這時卻傳來一道譏誚的聲音──

「就她娘家窮成那個鬼樣，她會回去？」宋茂山不屑地道。

宋平生出乎意料的平靜，神色沒有一絲波動，幾乎是完全無視了宋茂山，朝田氏他們繼續道：「我跟姚姚沒有吵架，今天我去田裡追肥，上午她就在村裡打槐花，下午沒事我又去了田裡鋤草加追肥，天黑回來家裡卻沒人。我已經把村子找了一遍，還是沒發現姚姚。」

宋平東半天都想不出個所以然來，只能道：「咱們先去村子裡打聽一下，看誰下午見過平生媳婦，然後再打算。」

羅氏雖然不太喜歡這個妯娌，但是同樣作為女人，她不希望姚三春有個三長兩短，所以當她不小心看到宋婉兒縮著肩膀、眼神閃爍的模樣時，立即毫不猶豫地指出來。「婉兒，妳眼睛躲個啥？妳是不是知道什麼？」

宋婉兒像隻小兔子似地縮起肩膀，忙不迭地擺手，心虛氣短地道：「大嫂，妳、妳胡說啥？我一整天都在房間裡跪著，怎麼會知道二嫂的事情？」這兩天發生這麼多事，父母苛責、兄長責怪，宋婉兒早被嚇得六神無主，哪裡還有往日神氣的樣子？

宋平生銳利的目光頓時射過去，語速極緩。「婉兒，事關妳二嫂的安全，甚至是性命，妳想好了再說。」

宋婉兒被看得頭皮發麻，彷彿自己的那點小心思完全無處遁形。從前她二哥混歸混，打架罵人也凶狠，可何曾發出這般迫人的氣勢？簡直壓得她快喘不過氣來。

宋婉兒是驕縱了些，卻也是懂點事情的，她見自己娘親和兄長臉色都萬分凝重，磨蹭半天，最後小心翼翼地抬眼看向宋平生，下一刻又立刻垂下脖子。

「我、我……」宋婉兒的眼睛亂轉，突然靈光一閃，當即道：「今天下午小翠偷偷到我屋後的窗戶找我，她好像說……說下午見過二嫂，當時二嫂在大旺河邊採柳葉，她還覺得奇怪呢……」

宋婉兒這番話突然刺激到宋平生的某根神經，他一把掐住眉心，努力回想。到家時他幾乎失去理智，好像忽略了什麼很重要的東西……不等眾人有所反應，宋平生猛然轉身，然後便跟一陣風似地往家中的方向跑了去。

宋婉兒小臉一垮，終於能喘上一口氣，然而她還未放鬆多久，身後便傳來宋茂山十足嚴厲的聲音——

「宋婉兒！妳告訴我，下午妳到底幹啥去了？」

宋婉兒心中一緊，小臉頓時皺成一團，她爹為什麼這麼難搞啊？

宋茂山一心要給宋婉兒一個教訓，而田氏跟宋平東夫妻一心掛念著姚三春的下落，哪裡還有心思為宋婉兒說話？三人全都跟在宋平生後頭出了門。

這時宋平文單手背在後頭，假模假樣地問他爹。「爹，我也去找找二嫂吧？」

宋茂山大手一揮，臉上絲毫不見焦急。「你娘他們去村裡叫人幫忙了，你一個書生能幹什麼？還是讀書要緊，回屋溫書去！」

宋平文朝宋婉兒無奈地聳肩，隨後便回自己屋裡去了。

宋平生回到自家院子，手捧一盞棉籽油燈去了廚房，一番翻找之後，他確定家中背簍少了一個，鋤頭和鐮刀各少一把，這些肯定是姚三春帶走的。

隨後他又在院子的柴禾堆上發現裝滿柳葉和槐花的篩子，說明姚姚採摘柳葉之後回過家。

宋平生順著已知條件往下思考，最後猜測，姚姚下午採摘柳葉之後，肯定又往山上挖五加去了。

其實他剛回到家中時就該有所察覺的，只是當時他陷入了巨大的恐慌之中，所以連這些明顯的異樣都沒發覺，可見是關心則亂。

不過在得知姚三春的去向後，宋平生的心頭並沒有輕鬆多少。姚姚上山只會去周邊，絕對不會往深山去，可她卻直到現在都沒有回來……他的思緒不禁往更糟糕的方向設想。

不知過了多久，宋平生突然握拳，隨即向廊簷下的石塊狠狠砸過去，手瞬間變得鮮血淋漓，可臉上卻一片冷然。

此時此刻，只有疼痛才能讓他保持片刻的清醒。

宋平生沒看受傷的手一眼，拔腿就往山上的方向跑去。

宋家鬧的動靜不小，村裡不少人都披衣出來打聽，一聽是宋茂山家二兒媳婦人不見了，畢竟人命關天，便都出來幫忙找找人。

宋平生上山前找到田氏和宋平東夫婦，將姚三春可能在山上的事情告訴他們。田氏聽到後讓他們三個結伴上山，她則留下通知村裡的其他人。

宋平東沒有立即動身，而是頂著宋平生吃人般的目光，硬是先去借了三把菜刀，還有鋤頭和釘耙，然後才馬不停蹄地朝山中出發。

今晚月亮被烏雲遮住，整個天幕黑壓壓的，沒有一絲光亮。三人走在山中，只有手中火把照到的方寸之地是亮的，其餘地方全部歸於沈寂。

山中危險，有些村民說半夜還聽到過狼嗥聲，所以三人不敢分開，只能靠在一起往一個方向找人。

不知不覺，三人已經在山的周邊找了一個多時辰，甚至跟另一隊村中人碰上面，可還是沒找到姚三春的身影，宋平生周身的氣壓也越來越低。

宋平東借著火光偷偷打量宋平生，就見他神色暗淡，臉色蒼白如紙，彷彿一夜之間失去了人氣。宋平東心想，姚三春對他而言，有這麼重要嗎？

三人不知跋涉多少路，找了多少座山，直到天剛破曉，他們才恍然，原來一夜的光景竟已過去了。

就在三人情緒低落至谷底時，山下的方向隱隱傳來幾聲叫喊聲，且越來越近——

「老宋！平東大哥！你們在哪兒啊？老宋媳婦找到了！」、「宋平生，聽到應一聲！」

真真切切聽到消息的這一刻，宋平生一個踉蹌差點摔在地上，看起來十足的狼狽，宋平東忙過去攙扶他。

羅氏看他們兄弟倆這副樣子，便雙手放在嘴邊，拔高聲音朝山下喊：「欸！吉祥，咱們在這兒呢！」

待孫吉祥趕過來，宋平生一把握住他的胳膊，眼睛一瞬也不瞬地盯著他。「吉祥，姚姚她有沒有事？」

孫吉祥擦掉鬢邊的汗，眼下是濃重的黑眼圈，不過神色卻輕鬆不少。「老宋你放心吧，你媳婦就是腿崴了一下，其他都沒事。在我來之前，她還讓我盡快把她男人帶回去呢！呵呵……」孫吉祥故意說得很輕鬆。

果然，宋平生聽到這兒，臉色終於緩和了些，身上也總算有了幾分人氣。

奔波一夜，宋平生的體力接近枯竭的邊緣，然而回去的路上他彷彿不知疲倦一樣，竟然趕在其他三人前面跑回家去，而他身後的三個人都快走不動路了。

再次回到自家院子，宋平生此時的心情與昨夜截然不同，他甚至生出一種劫後重生的感覺。

他在裡屋外踟躕片刻，最後大步跨進去，當那張刻入心底的面孔重新展露在他眼前時，他聽到自己的心臟再次猛烈地跳動起來。

姚三春聽到動靜後睜眼，看到是宋平生立即漾起酒窩，只是笑中含著疲倦和虛弱。她伸手想牽住宋平生的，然而下一秒，宋平生突然一頭栽了下來！

昏迷中的宋平生作著雜亂無序的夢。

一會兒是他還在孤兒院的時候，孤兒院中某個幹部有特殊癖好，他為了逃脫魔掌死命奔跑，然而還是被對方派來的人給抓住，之後便是好一頓毒打。年幼的他身體不太好，當場被打得吐了很多很多的血，甚至把追他的人都給嚇跑，因為他們以為他快死了。

在那一刻，他清晰地感覺到自己的生命在消逝，對命運的仇恨也到達了頂點。

就在他萬念俱灰，趴在地上等死的時候，從家中偷跑出來的姚霜意外經過那條小巷，最後發現他並且救下了他，不僅出了醫療費，甚至還給了他一筆現金。

醫院中的最後一次見面，姚霜酒窩深深，朝他笑得無比的明媚，澄澈的眼眸中沒有一絲算計。這個笑容，是他灰暗的少年生活中唯一動人的色彩，令他永生難忘。

畫面一轉，他再次被孤兒院的人抓住，這次他不但被打得半死，姚霜給他的錢也盡數被搶去，少年的他被三個人圍堵，毫無反抗之力，只能任人魚肉。躺在草地上看著樹林裡的那小片天空時，他覺得自己已在劫難逃，然而下一秒，出來郊遊的姚霜又詭異地剛好路過那兒，再次救下他。

待他在醫院醒來，就聽到姚霜正在跟一個中年男人使勁撒嬌，說她救人救到底，一定要把他從孤兒院裡救出來。

中年男人失笑，說她小小年紀，又和少年無親無故的，管這麼多幹什麼？難道她能幫得了天下人？

姚霜卻格外堅持，她說跟少年有眼緣，而且她能兩次碰上這個少年，說明她和他有緣分。這一定是上天的安排，所以她必須幫助他。

中年男人經受不住姚霜的死纏爛打，最後還是妥協了。

再後來，他被轉到另一個市的孤兒院，再不用像從前那般心驚膽戰地活著，並且他每個月都會收到一筆陌生人寄來的錢。

只是從此之後，他再沒見過姚霜。

畫面再一轉，他靠姚霜寄來的錢考上心中的大學，新生報到的第一天，他在人頭攢動的校園裡一眼認出心心念念的那個她，那一刻，他的心跳陡然失衡。

他們相遇、相識，後來相知、相戀。

雖然姚霜已經不記得年幼時候的他，不過這些都不重要，他想，他會在某個不那麼特別的夜晚，用不特別的語氣告訴她——妳曾經救贖過一個人的人生。

最後的畫面，他的眼前只有一片血紅和瘋狂跳躍的火光，他這輩子唯一愛的人就這樣死在他懷中，他的一顆心也隨之死去了。

於是，他扔掉撥通到一半的手機，將拉開的車門重新關上，抱著此生最愛的女人閉目以待，在烈火中履行同生共死的誓言……

夢境太過漫長，太過真實，真實到那刻骨銘心的悲慟和絕望再次漫上宋平生心頭，他痛得快要痙攣，滿頭大汗地從夢魘中掙脫。

宋平生睜開眼，半天都沒能聚焦，眼中只有無邊的空洞。

屋中棉籽油燈靜靜燃燒，靠在床上的姚三春看到宋平生這樣子，心下慌亂，忙伸手在他眼前晃了晃，柔聲喊道：「平生？」

宋平生被那聲熟悉的叫喚徹底喊醒，立即轉過頭，用一種熟悉又陌生的炙熱目光一瞬也不瞬地望著姚三春，半天都沒眨一眼。「姚姚？」

「嗯。」姚三春湊過去摸摸他的額頭，見沒那麼燙了，心中稍定，將宋平生扶坐起來後，端起床頭木凳上的藥碗遞給他。「晚上你又作噩夢了，叫了半天你都沒醒。藥都涼了，不過大夫囑咐過，你醒來後得立刻喝下去。」

宋平生的視線仍然黏在姚三春臉上，眼神直白得讓人臉紅心跳，然而他卻恍若未覺。

姚三春被看得不自在，用手肘戳戳他的手臂。「喝藥！」

宋平生沈靜的眉眼倏然一動，表情突然就變得生動起來，他靠上姚三春的肩頭，閉眼假寐，語氣無賴地道：「我手受傷了，妳餵我吧。」

「……」

兩方進行了一番無聲的角逐和廝殺，最後姚三春還是妥協了，認命地拿勺子給宋平生一口一口餵。

宋平生倒是心滿意足，每喝一口都要朝姚三春展顏一笑，笑得那叫一個妖孽，最後姚三春都分不清自己是吃虧還是賺到了。

氣氛正好，兩人都識趣地沒提昨晚的事情。

第二日天色尚未大亮，天空呈現一種極暗的深藍色，誰家公雞挺胸抬頭一聲鳴叫，引得其他人家的公雞也爭相叫喚起來，你一聲、我兩聲，老槐樹村靜謐的氣氛瞬間被打破，又是新的一天。

因為姚三春崴了腳行動不便，宋平生又因發燒導致腿腳虛軟，所以夫妻倆醒來後一時間也起不來。

夫妻倆正愁早飯的事情，卻聽到自家院子裡有潑水聲，兩人對視一眼，隨後宋平生啞著嗓子叫道：「誰在院子裡？」

過沒一會兒，門外傳來木盆靠牆上的聲音，隨後羅氏便推開門進來了。

只見羅氏一手插著腰，中氣十足地道：「二弟、二弟妹，你們醒啦？二狗子他爹昨晚在你家守了一夜，早上被爹叫回去幹活了！娘惦記你們倆，讓我過來幫幫忙。我先給你們做早飯吧，米缸在哪兒？」

姚三春指著門板後頭。「米缸在那兒。」目光隨著羅氏的身影移動，突然開口說了一句。「謝謝妳，大嫂。」

羅氏的動作一頓，沒回頭。

姚三春的語氣十足的誠摯。「大嫂，我姚三春這人雖然蠻橫，有時候還搞不清狀況，但也知道好歹。這回你們放下芥蒂幫我們夫妻倆，我跟平生心裡都記著呢！真的謝謝妳跟娘，還有大哥他們。」

宋平生朝姚三春瞥去一眼，抿唇笑了笑，扯著破銅鑼似的嗓子說道：「姚姚說的就是我想說的。這回村子裡這麼多人幫我，我宋平生可不是不知感恩的人。而且經過這回的事情，我也算是明白了，做人還是與人為善的好，從前是我太不懂事。如果從前有得罪過大嫂的地方，還請妳見諒。還有，大哥對我們多有照顧，我們以後必定會加倍尊重他。」

羅氏背對著聽完後，轉過身來，臉上神色未變，只表情淡淡地道：「你們大哥聽到這話肯定很欣慰，不過我只求你們少折騰你們大哥幾回，我就知足了。話說得再多也沒用，看你們以後的表現吧，哼！」說完，羅氏拿起米缸裡的葫蘆瓢，裝好米，昂首挺胸出了屋子。

過了片刻，姚三春忍不住笑了，湊到宋平生耳邊小聲嘀咕。「你覺不覺得大嫂這樣子還挺可愛的？」

宋平生冷漠著臉。「不覺得！」

「……」不解風情的男人，哼！

吃過早飯後，宋平生恢復了些精神，他先將羅氏勸走，然後抱著姚三春去院子裡坐著，夫妻倆面對面討論昨晚發生的事情。

「姚姚，昨天下午到底發生什麼事？」宋平生雙手握住姚三春的，目光灼灼地望著她，眼中似乎有火光跳動。

姚三春皺起眉頭，一邊回想一邊說道：「前天下午，我先是去河邊採摘柳葉，後來看時間還早，就想去山上挖點五加。太陽快下山的時候我就準備下山了，不料走到半路卻被草叢裡的一根粗藤子絆倒，當時我背簍裡的東西太多，導致我根本來不及反應，這才把腳給崴了。因為實在疼得走不了路，所以只能先找一個隱蔽的地方等待，希望有其他人經過。後來到了半夜，周圍黑漆漆的，還有陣陣陰風，我真他媽嚇得快哭了，好在吉祥找到了我，不然我真的只想一暈了之。」姚三春現在回想起來，還是忍不住爆粗口，這哪裡是小仙女應該承受的事啊？

宋平生安慰姚三春幾句，摸摸姚三春垂下的辮子，眼底卻劃過一道暗芒。「草叢裡怎麼會莫名出現藤子，而且剛好在妳下山的必經之路上？如果它本來就在那裡，那妳上山的時候就該發現才對。」

對於在山上被藤子絆倒一事，姚三春原本就心存疑慮，只是一直沒時間思考這事，現在聽宋平生這麼一點撥，她的疑心就更大了。

「後來我找到了這根藤子，看起來像是剛割下不久，藤子兩頭繫在小道兩旁的樹幹上，藤身還被藏在草木最茂盛的地段，不仔細看肯定發現不了，這一切看起來就像是一個惡作劇。」

確實，在山周邊的半道上繫上一根藤子，經過的人就算被絆倒最多也只是崴個腳、破個皮而已，看起來並沒有多大的殺傷力，就像是一個臨時起意的惡作劇罷了。

然而，對方不在姚三春上山前設陷阱，偏偏選在姚三春傍晚下山前設下陷阱。姚三春雖然沒有受多大的傷，可是三更半夜被迫一個人留在山中，周圍氣氛恐怖陰森，又叫天天不應、叫地地不靈的，這般恐怖的經歷，沒幾個人願意擁有。

昨夜她根本沒敢合眼，一閉眼她便又彷彿置身於黑洞般的山林中，要不是怕打攪宋平生休息，她恐怕會燃燈到天明。

姚三春被藤子絆倒這事說來詭異，可要說是有人故意針對，他們又沒有明確的證據，畢竟每天上山的人多了去了。

還有一點，姚三春和宋平生原身得罪過的人太多，一隻手都數不過來，鬼知道是哪位大兄弟心血來潮想報復一下？

回想自己原身曾經得罪過的人，夫妻倆一時間竟有種想滄桑點菸的衝動。

樣。

兩日過去，宋平生的身體徹底好全，那場因為驚懼過度而發起的高燒彷彿從沒發生過一樣。

倒是姚三春的情況比預想的還要嚴重，第二天腳背就腫得老高，根本不能下地，沒有十來天是好不了的。

這日宋平生在姚三春吃完飯後出了門，隨後去了宋家。

宋家此時正在吃早飯，宋平生進堂屋後宋茂山只抬頭看了一眼，然後就自顧自地吃著飯菜，連一句虛假的關心客套都沒有。

倒是田氏、宋平東看到宋平生來了都很高興。

待他坐下後，田氏放下筷子，輕聲細語地問道：「平生啊，身體可好全了？吃過早飯沒有？要是沒吃，家——」

「吭！」宋茂山威脅似地咳了一聲。

田氏的臉色倏地變了變。

宋平生一個眼神也沒給宋茂山，神態自若地接話道：「娘，我身體全好了，早飯也吃過了。」

宋平東看宋平生臉色不錯，點點頭道：「平生，你一大早過來，是有啥事？」

宋平東等他們吃得差不多後，這才換上一副感慨萬千、大徹大悟的模樣，說道：「娘、大哥大嫂，我今天來也沒啥，就是為了前幾天的事情專門來和你們道謝的！」說著，從長凳上站起來，然後深深作揖，如同姚三春失蹤那夜一般。

宋平東他們忙七手八腳地將他扶起。

「平生，你幹啥又是彎腰、又是作揖的？咱們是一家人，這樣就顯得見外了啊！」田氏如是說，一時竟沒想起二房已經被分了出去，嚴格來說他們是兩家人。

宋平東也隱隱有些不悅，握著拳頭在桌面捶了一下。「你這是搞啥子？要真當我是大哥，下次就別搞這些虛頭巴腦的玩意兒！我看著上火！」

宋茂山斜睨向宋平生，不屑地冷嗤一聲。「裝模作樣！」

田氏母子倆心裡一緊，都很怕宋平生會和往常一樣氣得不行，然後便跟宋茂山大吵大鬧，直至鬧得天翻地覆。

然而，這回田氏他們的想法是多餘的，宋平生並沒有生氣，更確切地說，他直接無視了宋茂山。因為他覺得與其同一個心腸冷硬的糟老頭講道理，還不如直接無視，有這個功夫，他怎麼不去考狀元？

宋平生神色平靜，臉上甚至還有淺淡的笑意，接著之前的話題回答道：「娘跟大哥大嫂別多心，我只是心中實在感激，而且我待會兒還要去村子裡向所有幫助過我的人表示感謝，這些都是我應該做的。」

田氏和其他人都一臉震驚地看著他，就像是聽到什麼天方夜譚般，滿目的不敢置信。

宋平東驚得表情都僵了，不確定地問道：「所有人……你都要一一上門道謝？」

這莫不是老天開眼了？天上下紅雨？田氏他們腦子裡同時產生這個念頭。

宋平生肯定地點頭，隨即深深地嘆口氣，垂下脖子，慢慢道：「大哥，經過這回，我是真的醒悟了許多！從前我在村裡沒幹過啥好事，整天遛狗鬥雞的，跟村裡人的關係也不咋地，可是這回人家二話不說就幫忙我找人，我真的……太羞愧了！所以我跟姚姚決定了，從今天開始，我們夫妻倆要重新做人，以後跟村裡人好好相處，再也不亂惹事了！」

宋平生的目光掃過眾人，也不管他們信還是不信，反正自己一臉的堅信不疑。丟下這段話後，他便昂首闊步地走出宋家。

片刻後，宋家人陸續回過神，這時，堂屋裡卻突然響起一道滿含諷刺的聲音──

「狗改不了吃屎！他改？他改個屁！」

另一邊，宋平生按照先前所說，對於每一個幫過他的人家，他都親自登門道謝，態度十足誠懇真切，不見一絲敷衍。

甚至於那些被原身得罪過的人，他竟然也都一一表示歉意，稱自己從前年少無知，行事荒唐，實在不好意思，希望能得到他們的諒解。

宋平生這又是感謝、又是道歉的，可惹得村裡好一陣熱鬧，全都過來看好戲。

其實宋平生有他自己的考量，真心感謝是其一；其二，他跟姚姚要在老槐樹村長住，跟村裡人鬧太僵可不行，畢竟遠親都不如近鄰，多一個敵人不如多一個朋友；其三，原主得罪過不少人，可後果卻都由他和姚姚承擔，他並不想承擔這種未知的危險；最後，得罪人的都是原主，他和姚姚並沒有做錯什麼，所以他可以毫無心理負擔地向別人道歉。

一句道歉，可以給他和姚姚增添一分安全，何樂而不為呢？

不僅如此，借由這次事件的由頭，他和姚姚便可以順理成章地發生一些性格上的改變，畢竟拿人的手短，村裡人這麼幫他們，他們還能不識好歹，跟人家過不去？稍微有點良知的人都幹不出這種事！

無論如何，宋平生這一舉動確確實實驚掉村裡不少人的下巴，村民們想法不一，有人覺得宋平生只是裝腔作勢、虛情假意；也有人覺得宋平生本性難移，說到也做不到，只等著宋平生兩口子以後被戳穿的那一天；不過還有一部分年紀大的，他們眼光毒辣，觀宋平生現在的言行舉止、眼神氣勢，總覺得這個小子不簡單；最後僅剩下幾個小姑娘，她們的想法很簡單——宋平生長得這麼俊，說啥都是對的！

宋平生這一上午就是在向別人表示感謝或道歉中度過，待他將所有人都謝過或者表示歉意之後，時間已經到了下午未時。

宋平生想起姚三春還沒吃飯，沒了再聊下去的心情，說了兩句話便往回走。

走到半路，孫本強突然從一個草堆後走出來，扯著一側嘴角步步逼近，笑得不懷好意。

宋平生停下腳步，不鹹不淡地看著他。「有事？」

孫本強走到宋平生一臂距離處，摸著下巴，陰陽怪氣地道：「宋平生，你是不是忘了什麼事？」

宋平生先是不解地挑了挑眉梢，很快領悟過來，當即一口否定道：「並沒有，別想太多。」這孫本強也想得到他的道歉？作夢！

孫本強的笑容一僵，忿忿地甩開捏下巴的手，陰沈著臉道：「你跟所有有過節的人都道歉了，難道不該跟我也說一句？」他下巴一抬，囂張地道：「要是你跪下跟老子道歉，說不定老子心情好就放你們一馬！」

上回他輸在人少對人多，又不知宋平生咋突然變得這麼能打，這才會被他們兩口子欺負到頭上，但現在卻不怕了，他一個人打不過，四個人總打得過吧？

宋平生不知孫本強打的好算盤，而是敏銳地抓住重點，瞬間望過去，目露狐疑。「放我們一馬？」

孫本強眼中只慌亂一瞬，又極快冷靜下來，並且態度比剛才更囂張，聲音也更大。「老子說得還不夠明白嗎？你們夫妻上回打了老子，現在立刻給老子道歉，否則……呵呵！老子在鎮上可有不少兄弟，到時候別怪我心狠手辣！」

宋平生的眼神陡然沈鬱，咬牙道：「在山上害我媳婦的就是你，你還讓我道歉？」

孫本強兩道濃黑的眉毛豎成倒八字，一臉煞氣。「你說什麼屁話？老子什麼時候害姚三春了？別廢話，你到底跪還是不跪？再不回答，我就當你是拒絕，到時候你別後悔！」

「你別狡辯了，前天下午有人親眼看到你上山！」

孫本強的身子下意識往後傾，肢體動作略顯僵硬。「你胡說！」

宋平生卻更近一步，眼中射出利芒。「你去的時候偷偷摸摸的，甚至連背簍都沒帶，人家看得清清楚楚！要不要我把你當天的穿著都說出來？」當然，這一切都是宋平生在詐他。

聽到這兒，孫本強再也無法鎮定，以為真被發現了，忍不住猛吞唾沫。

「孫本強，你還有什麼話要說？連對女人都下得去手，你還是人嗎？看來我嚴重高估了你的道德底線，你的底線就是沒有底線，跟畜生沒兩樣！」

孫本強起初緊張非常，可當他完全被宋平生拆穿後，卻又意外地冷靜下來，甚至笑容都重新回到臉上。他抱著胳膊，一副死豬不怕開水燙的模樣。「你說是我要害你媳婦，你有證據嗎？山是大家的，我想去就去，至於我帶不帶背簍，關你娘的屁事！你有本事就拿出證據，不然誰信啊？你說是不是啊，大兄弟？」孫本強面上雖然強硬，心裡還是有點虛的，此時此地他孤身一人，萬一宋平生真想動手，他只有一邊挨揍、一邊逃跑的分兒，所以他暗中繃住後背，捏緊拳頭，隨時準備來一場硬仗。

宋平生眼中跳躍著怒火，又向前一步。

就在孫本強覺得他下一刻就要動手時，宋平生卻突然笑了。

「你說得對，我沒有證據，所以我不能動你。」宋平生的聲音沒有絲毫起伏。

宋平生分明沒有展露多凶惡的表情，也沒有說什麼惡毒狠絕的話語，可是他那突然而出的笑，以及冷冰冰的話語，卻無端讓孫本強一陣心悸。最後，宋平生只意味深長地看他一眼，隨後居然就這樣離開了，讓站在原地的孫本強著實不敢相信。

宋平生到了自家門口，卻見宋婉兒在院門外來回打轉，還時不時噘嘴皺眉的，表情豐富得很。

「妳來幹什麼？」宋平生連名字都沒喊，直接問道。

宋婉兒現在看到宋平生總無端覺得有壓力，張嘴想說些什麼，快到嘴邊時又話音一轉。「我、我來找二嫂的！」

宋平生意外地沒有多問，直接打開院門放宋婉兒進去，然後舀了米進廚房做飯。

裡屋裡，宋婉兒在床邊站了好一會兒都沒等到姚三春開口，對方的目光卻一直盯著她的臉，宋婉兒有些惱，不滿地看向姚三春。「二嫂，妳幹啥一直盯著我的臉啊？」面對姚三春，宋婉兒的表情自然靈動多了。

姚三春臉上的酒窩更深，笑咪咪地道：「婉兒妳長得這麼好看，想多瞅兩眼也是人之常情是不是？」

宋婉兒非但沒有害羞，反而揚起下巴，杏仁眼半瞇著，帶著點小驕傲地道：「我本來就好看！」

姚三春從善如流。「當然，不過跟我男人比還是差了點。」

宋婉兒差點一口氣沒喘上來，插著腰瞪過去。「比妳好看！」

姚三春依舊笑咪咪的，並未將她的話放在心上。「好了，妳找我有什麼事，現在可以說了。」

宋婉兒鼓著腮幫子，瞪了姚三春半晌，對方卻視若無睹，她頓感氣餒，只能端著一副「我不好惹」的姿態，道：「我來是要告訴妳，前晚我是準備去找妳的，但是爹非要我罰跪，所以才沒去成！妳不能誤解我，我可不是那種見死不救、心思惡毒的人！」

「哦～～」姚三春拖長尾音，眸光動了動，突然臉色怪異地道：「這樣啊，那妳跟妳二哥說也是一樣的，為啥非要到屋裡來跟我說？如果我沒記錯，前幾天妳還跟我吵架了吧？」

宋婉兒的表情瞬間凝固，鼓脹的腮幫子以肉眼可見的速度癟了下去，半張的嘴巴讓她看起來有些滑稽。

「我、我、我……」宋婉兒張口結舌，面紅耳赤。她總不能承認，她就是怕她二哥吧？多孬、多丟人啊！

姚三春見逗弄得差不多了，這才強忍著笑，打了一個哈欠，道：「算了，我懶得問了。別擔心，待會兒我會跟妳二哥說的，行了吧？」

宋婉兒一蹦三尺高，瞬間嚷道：「我擔心？我擔心什麼了？妳別胡說八道！」然而姚三春卻已經躺下閉目休息，宋婉兒不好再鬧，最後只能狠狠一跺腳，心不甘、情不願地走了。

廚房裡，宋平生費心盡力地做著午飯。前兩日打下來的槐花，和從村中買來的雞蛋，剛好做一盤槐花炒雞蛋；菜園裡剛冒出來沒多久、才兩、三寸長的小青菜，用豬油渣一起炒，看著清爽，聞起來香；還有孫吉祥昨天送過來的野雞，用瓦罐裝著在灶膛煨了一宿，雞骨頭都快煨爛了，聞著鮮香撲鼻。

夫妻倆吃完飯，姚三春得空跟宋平生說話。「平生，你一去就是大半天，幹什麼去了？我看你回來就像是有心事的樣子？」

宋平生對姚三春向來坦誠，這回卻意外地沒有直面問題，而是握著姚三春的手，神情柔和萬分。「我還要再出去一趟，等我回來再跟妳細細說。」

這回宋平生再次出門，直到天黑之後才回到家。

吹滅油燈後，夫妻倆聊到深夜，直到蟲叫聲都稀疏許多，兩人這才睡過去。

第二日早晨，宋平生先將姚三春抱到院子裡透透氣，然後便去廚房做早飯了。

姚三春一人坐在院子裡，一腳在木墩上放著，閒散地看著這一方天地的風景。

從山上移栽下來的小杜鵑花樹早已芳菲落盡，現在只剩滿樹的碧青色樹葉，生機蓬勃。

小院角落的一棵金銀花藤爬上牆頭，垂下幾束藤蔓，白金相間的金銀花伸展開來，裹挾著晨露，在清晨的微風中顫顫巍巍，淡淡的清香隨風飄散。

太陽終於露出臉來，一束金色晨光穿過屋頂的薄薄炊煙，準確無誤地投在姚三春的眼中，照耀得她瞳孔都成了金色。

真是一個美麗清新的早晨呢！

姚三春近乎貪婪地享受這分安寧，因為她知道，這分安寧恐怕不會持續太久。

果然，米粥剛熬好，姚三春夫妻倆還沒來得及吃，自家那兩扇破爛的院門便被人連捶數下，發出「吱喳吱喳」的哀鳴聲，彷彿下一秒就要散架。

宋平生和姚三春無聲對視一眼，然後宋平生前去開門，嘴上也沒歇。「大清早的，誰啊？大門都快被你拍爛了！」

宋平生前一刻剛抽開門閂，下一刻朱桂花就跟條惡狗似的，猛地推開門板，看到宋平生後橫眉豎眼，一臉的凶神惡煞表情。

「宋平生！你竟然打我男人，我朱桂花今天跟你沒完！」朱桂花插著腰先聲奪人，說完一扭腰，讓兩個大漢把坐在靠椅上的孫本強抬進院子。

今天的孫本強看起來有些慘兮兮的，一張臉被人揍得鼻青臉腫、鼻歪嘴斜，恐怕連他老娘再世都認不出。不僅如此，他的脖子還僵硬地歪向一邊，右邊胳膊和左腿都被纏上厚厚的一層布，左腳更是腫得跟大豬蹄子一樣，連鞋襪都穿不上，狀況十分慘。

宋平生和姚三春看過去，然後同時露出驚訝的表情。

姚三春眨眨眼，不確定地道：「朱嫂子，這是……本強大哥？」

朱桂花氣得眉毛都快飛出去了，指著姚三春夫妻猛噴唾沫星子。「你們還跟我裝蒜？我男人成了這樣，還不是你宋平生昨晚偷襲打的？今天你們必須賠錢，再跟我男人下跪道歉，否則我咒你們一家不得好死！」

宋平生聽完，冷笑一聲。「朱嫂子妳嘴皮子上下一碰，就給我扣了好大一口黑鍋。我昨晚根本沒碰到妳男人，又怎麼會打了人？難道你們看到我下手了？」

朱桂花一時語塞，就是因為昨晚孫本強被套了麻袋，沒看清楚人臉，所以現在才過來爭論，否則他們夫妻倆早就找里正去了。

坐在靠椅上的孫本強目光陰沈，他因為臉腫得老高，所以說話困難，只能慢吞吞的一字一句道：「宋平生，你要是個男人就敢做敢當，否則老子看不起你！」

朱桂花跟著應和，抱著胳膊不屑地道：「就是！不是你又是誰幹的？敢做不敢當，孬種一個！我呸！」說完向地上狠狠吐一口口水。

這時候，姚三春家的院子已聚集了不少人，不僅是抬著孫本強過來的兩個人，就連隔壁的宋茂水一家都站在院外看熱鬧。

孫本強夫婦說話向來囂張刻薄，姚三春卻不氣反笑，攤手無辜道：「是誰幹的我們又怎麼會知道？畢竟本強大哥得罪過那麼多人，一時半會兒也數不過來不是？」

宋平生臉上掛著笑，語氣意外的溫和。「朱嫂子，你們真的冤枉我了，雖然我跟本強大哥關係算不上好，但是也沒有什麼深仇大恨不是？我怎麼可能會下這麼狠的手？而且我昨天上午才說過的，從今以後要洗心革面、與人為善，不會再和從前那般逞凶鬥狠了。這其中必定有天大的誤會啊！」

周圍有幾個村民跟著點頭，要說名聲，在老槐樹村，孫本強兩夫妻比姚三春夫妻倆還要不得人心，相比之下，就連二流子宋平生和潑婦姚三春都顯得有些可親了呢！再說，昨日宋平生的那番行為，無形中也為他樹立了一些正面形象，所以村裡人倒是更寧願相信宋平生一些。

「他得罪過的人多了去了，說不好是誰幹的！」

「要我說，夫妻倆非要一口咬定是宋家老二，恐怕是見人家被親爹分出來，覺得好欺負吧？」

「他們夫妻不就是這種人嗎？沒理辯論得三分理，就知道對別人狠！」

「一碼歸一碼，宋平生之前是經常打架，不過人家從來都是光明正大地打，可沒偷偷對人下手過！」

朱桂花氣得跳腳，奈何在場嘲諷他們的人太多，她一時都不知道該從何罵起。

見眾人一邊倒地支持宋平生，孫本強氣得齜牙咧嘴，這一動作又牽扯到傷口，頓時臉都有些扭曲了。「宋平生，你少假惺惺！分明是你覺得姚三春在山中被藤子絆傷是我的手筆，一直懷恨在心，所以才蓄意報復！昨晚偷襲我的人，絕對就是你！」

宋平生眉梢輕抬，清潤的眼睛轉向他，面上表情極淡。「證據呢？」

孫本強愣住。「什麼？」

宋平生勾起唇角，聲音輕緩。「你說是我打的你，那證據呢？你是親眼看到、親耳聽到，還是有人證或者物證？你總不能就憑一句『我覺得、我猜的』吧？那誰信呢？昨天我的確懷疑過你，可是那時我覺得你說得很對，我並沒有任何證據，又怎麼能怪別人呢？你說是不是？」

孫本強浮腫的眼皮子陡然掀起，眸光飛速地閃了閃。來之前他尚不敢一口咬定是宋平生，可是聽宋平生方才這番話，他明白了，昨晚打他的人就是宋平生！並且對方根本無意掩飾自己的惡意，宋平生的目的就是想噁心他！昨天他是怎麼噁心宋平生的，宋平生今天就怎麼回敬他！想通這點，孫本強的肺都要氣炸了，宋平生恁的這般無恥，不僅打了他，還故意羞辱他？簡直欺人太甚！奈何宋平生的這番說辭還是跟自己學的，孫本強只能露出一副彷彿吃到屎的表情。

村裡人不是傻子，有幾個已經看出了其中的門道，搞了半天，姚三春在山上那齣是孫本強做的？既然孫本強欺人在先，就怪不得宋平生下手太狠，不都是他自找的嗎？怪得了誰？

朱桂花也反應過來了，當即指著宋平生的鼻子罵。「宋平生，你終於承認了是不是？就是你打的我男人！好啊，竟然欺負到咱們家頭上來，我咒你們倆倒楣一輩子，生孩子沒屁眼，下輩子投畜生胎！黑心爛肺的玩意兒……」

宋平生的表情十足的無辜。「朱嫂子，妳聽岔了吧？我哪句承認打妳男人了？而且我可是有證人的，昨晚我一直跟鐵柱哥還有吉祥閒聊，聊到下半夜才散場，後來又跟鐵柱哥一起走的，哪有時間打本強大哥？」

孫吉祥跟孫鐵柱不知道啥時候也趕過來了，聽到動靜都站了出來。

孫鐵柱張開腿往那兒一站，跟一尊門神似的。「昨晚我們三人聊到深夜，那時候妳家油燈都熄了！還老宋打的妳男人？我看你們是欠揍！敢誣衊我兄弟，找打是吧？」一邊說還一邊按手指節，一臉的煞氣。

孫鐵柱發起狠來，還真是挺唬人的，朱桂花當場就被嚇得小心肝一顫。

孫吉祥則笑嘻嘻的。「我說堂哥堂嫂，老宋說得這麼清楚了，你們咋還是聽不懂人話呢？證據！證據！沒證據就滾遠點！咋了，欺負我兄弟家沒人啦？」

宋平東才來沒多久，還沒聽明白是怎麼回事，但見孫吉祥兩人站出來維護宋平生，他這個做大哥的自然不能退縮，趕緊兩大步跨過去，高聲喊道：「誰說宋家沒人的？我這個做大哥的在，誰敢欺負我宋家人？」

三個人高馬大的壯漢往那兒一站，皆凶神惡煞般，眼神凌厲得像要吃人，孫本強哪裡還敢對抗？氣悶得沈默了半晌，最後還是夾著尾巴逃走。

孫本強剛被抬起，就聽見背後的宋平生輕笑一聲，突然又開口道——

「喔，我還想跟本強大哥及朱嫂子提醒一句，這陣子最好安分些，我覺得打你的人已經手下留情了，要是人家真火起來，下回恐怕就不只是這樣，而是斷手斷腳呢……」

這差不多就是明晃晃的威脅了。

這時候，一向囂張跋扈慣了的孫本強突然想起昨夜被支配的恐懼，他連對方的身體都碰不到，整個人就已經被壓在地上，然後就只有挨揍的分兒。這樣的實力竟然還是手下留情？孫本強不敢相信，又不敢不信，心頭突然一陣煩亂，再沒了方才的氣勢。

姚三春目送孫本強夫妻離開，心頭一哂。平生說得沒錯，不怕你橫，就怕你沒弱點！孫本強的弱點就是怕死，如果敵人的實力超過他，他就慫，比如說不怕死的孫吉祥，孫本強就不敢得罪他。

一場鬧劇結束，眾人有人端起長凳，有人捧著空碗，都陸陸續續地離開小破院。

宋平生關上院門，回頭見姚三春一手撐著額頭，一臉的惆悵唏噓，他的表情瞬間柔和下來。「愁什麼呢這是？」

姚三春睜開眼，黑白分明的眼睛一瞬也不瞬地望向宋平生。「我已經開始懷念了。」

宋平生不解地揚眉。「什麼？」

姚三春一本正經地說：「開始懷念我做潑婦的那些日子了。」

宋平生。「……」

「見人就懟，真是爽啊……」

第七章

轉眼間快到小滿，姚三春終於能下地了。

都說角果枇杷黃，收割正相當，收割油菜籽的時節也到了。

這幾日姚三春每天都要來旱地一趟，不是為了其他，就是來看油菜籽什麼時候可以收割，只因為油菜籽收割期短，萬不可耽擱。

這日姚三春夫妻大清早便去旱地收割油菜籽，兩刻鐘後，天上風雲突變，遠處一團濃黑的烏雲慢慢逼近。夫妻倆頓時心裡一沈，這雨要是掉下來，油菜籽顆粒恐怕要被砸落一大半，那收穫就慘重了。

宋平生和姚三春很快商量出對策，宋平生收割動作快，所以繼續留在地裡收割油菜籽，姚三春則飛快跑回村子請人幫忙。

奈何這時候村子裡的人大部分都在地裡勞作，有的忙著在田裡拔野草，有的忙著收割菜籽，同時還有忙著割稻子的。

那些種了第一季早稻的人家，現在也到了收割的時候，雖說第一季稻生長期短，口感很差，但是種的人也不算少。

一時間，姚三春在村子裡竟然找不到可以幫忙的人，連出錢都找不到人。最後，她只能去孫吉祥和孫鐵柱兩家求助。

不湊巧的是，孫吉祥上午剛去了鎮上賣獵物，孫鐵柱也在田裡忙著呢！最後出乎意料的是，吳二妮竟然主動提出幫忙。

事態緊急，姚三春沒功夫去細想吳二妮為什麼願意幫忙，直接說了一聲謝。

吳二妮朝她笑笑，拿上鐮刀就往山腳去了。

姚三春最後去了宋家，不出意外的，宋家此時也沒什麼人，就剩下宋平文和宋婉兒兄妹倆，以及在玩毛毛蟲的二狗子。

姚三春進來後連宋平文的面都沒看到，倒是宋婉兒，她一聽二哥要跟大雨比速度去收割油菜籽，抿了抿嘴，眉頭也皺著，最後還是去拿鐮刀了。

姚三春便帶著宋婉兒，以及小尾巴二狗子，三人一起跑向山腳的旱地。

待姚三春趕到地方，天空的那塊烏雲又逼近幾分，眼看是撐不過兩刻鐘了，她心頭一跳，一句話沒說，蹦到旱地就彎腰收割油菜籽。

旱地裡彎著腰的眾人沒有一個人開口說話，甚至連直起腰喘口氣的功夫都沒有，全都跟勤勞的螞蟻似的，不知疲倦地勞作。

只有四歲多的二狗子無憂無慮的，坐在地裡玩草攆蟲子的，時不時發出「格格」的笑聲。

烏雲越來越近，橫放在地裡的油菜籽稈越來越多，眼看在雨前收割全部的油菜籽是不可能的了，宋平生當機立斷放下鐮刀，招呼姚三春一起將油菜籽打捆，然後夫妻倆便挑著油菜籽回家。

好在油菜籽稈並不似剛收割的稻稈那般水分重，再加上油菜籽稈長得蓬鬆，一捆也不是很重，所以姚三春挑一擔子也不算困難。

夫妻倆挑完第二擔回來後，青山上開始聚攏霧氣，不消片刻，雨點便跟掉豆子似的不斷往下砸，並且還有逐漸加大的趨勢。

眨眼間，姚三春和宋平生的臉已被淋濕，鬢髮黏在臉龐上，雨水不斷地從頭頂往下流，最後匯聚到下巴處落下，他們眼前的視線也迅速模糊，可見雨勢有多大了。

在這樣的雨勢下，過了今天，剩下的油菜籽恐怕真的要顆粒無收了。

姚三春夫妻倆心中有些氣餒，不過還是人的安全重要，姚三春便朝著地裡的人大聲喊道：「雨太大了，咱們回去吧！」

吳二妮和宋婉兒拿著鐮刀猶豫了一下，還是轉身準備上田邊。

就在這時，小老頭宋茂水不知從哪個地方冒出來，他手中的鐮刀指向油菜地，雖然被大雨模糊了臉色，可還是能感受到他的嚴厲和認真。

「回什麼回？過了今天，油菜籽就都掉地裡去了！就算不掉地裡，過幾天也會發芽！你們還要不要莊稼了？」

宋平生伸手擋住眼前的雨，極力想看清眼前人，無奈地說道：「二叔，雨太大了，幹不了！」

宋茂水就像沒看到雨一樣，一下子蹦進地裡，彎腰就開始割了起來，同時不忘說道：「怎麼就幹不了？你們年輕人就是嬌氣！我們老一輩的要是都跟你們一樣，一點苦都吃不了，早就活不下來了。糟蹋糧食，老天爺都看不過眼的！」

宋茂水完全不管大雨，只顧著彎腰割油菜籽，宋平生他們又怎麼好意思站著不動？不過在此之前，宋平生還是讓吳二妮和宋婉兒三人回去了。

當下地裡只剩下姚三春他們三人，姚三春和宋茂水負責割油菜籽，宋平生則挑著油菜籽送回家中。

又過了一會兒，雨勢還是不見小，姚三春擔心再淋下去，她和宋茂水的身體都會扛不住，頓了頓，還是勸道：「二叔，咱們回去吧？長時間淋雨，身體會吃不消的！糧食重要，但是身體更重要啊！」可是宋茂水這個倔老頭就當沒聽到，還是我行我素地幹活，姚三春看著直嘆氣。村裡人都說宋茂水幹起活來不要命，把莊稼看得比性命還重要，從前她還不信，現在總算是領教到了。

最終宋茂水還是回去了，被宋平生和姚三春硬架著回去的，即使宋茂水氣得臉都綠了，他們夫妻倆還是堅持這樣做。

下雨天奮不顧身地割油菜籽，聽起來勵志，實際上跟高中生通宵做卷子一樣，都是在透支身體，並不可取。

姚三春夫妻倆並不想糟蹋莊稼，可在他們眼中，還是人命更重要，畢竟在這個時代，發個高燒都可能要你命，生命是真的極脆弱。

好不容易宋平生和姚三春將宋茂水送到他家門口，宋茂水卻一聲不吭地關上門，看都沒看夫妻倆一眼，顯然是氣急了。

待夫妻倆回到家中，抬頭看著漏雨的屋簷，心中惴惴，只盼著雨盡快停下，他們好把剩下的都割下來，能撈回點損失就撈一點。

萬幸的是，雨在下午終於停了，夫妻倆硬是踩著泥巴把剩下的油菜籽都割了，就是不知道這東西該叫油菜籽，還是叫廢草比較合適？畢竟很多角果都裂開了，裡頭一顆都無。

到了第二日，太陽終於出來了。

收割回來的油菜籽大部分都淋了雨，需要盡快風乾，否則容易發芽，然而姚三春家門口的打穀場卻仍是一片稀爛。

夫妻倆苦思冥想，最後姚三春想到一個辦法，倒是也簡單，就是用竹竿搭木架，再跟村裡人借來木板放在木架上充當平地，然後便可以將油菜籽放在木板上晾曬。

夫妻倆說幹就幹，這一忙活又是一整天的時間。

兩夫妻在村裡走一遭，也聽說了不少消息，原來這次的暴雨來勢突然，村裡很多人都沒預料到，導致有些人家種的已經成熟的第一季稻倒了一大片。

還有一些人家秧苗才插下沒多久，根部還沒緩過勁來，這一場大雨伴著風的，把一個田的秧苗颳了一半起來，損失慘重啊！

所以村裡人都說，想種好田，最重要的是看老天爺的臉色，老天爺不讓你好過，你再怎麼努力也是白搭。

大雨過後是一連幾日的大晴天，姚三春和宋平生見油菜籽晾乾後，終於稍微能緩口氣，再放上幾日就能脫粒了。

雖說這次損失挺大的，不過夫妻倆心態不錯，只要人還在，什麼都會有的，既定的事情就不用過度糾結了。

晾曬油菜籽的這幾天，姚三春夫妻倆一道去孫鐵柱家向吳二妮道謝，吳二妮的臉色格外的親和，他們送去的六個雞蛋她也都欣然收下，看起來像是沒有一點芥蒂的樣子。

不過到了宋茂水這裡，夫妻倆卻連人家的面都沒看到，並且宋茂水讓郭氏表達了他的立場——那日幫忙不過是看在莊稼的分上，讓他們別想多了。

夫妻倆吃了閉門羹，只有苦笑的分兒，但是他們知道宋茂水的為人，比宋茂山厚道多了，所以並不介意。

夫妻倆正默默在家吐槽宋茂山，宋婉兒就蹦蹦跳跳地跑進他家院子裡。

宋婉兒一拍手，叫道：「二哥、二嫂，爹叫你們過去有事哩！我看爹的臉色好像不太好，你們不想挨罵就快點喔！」

話音一落，宋婉兒都沒等姚三春跟她說句謝，轉身又蹦蹦跳跳地跑了，溜得比兔子都要快。

院子裡，姚三春正在採摘金銀花，準備曬乾後用來泡茶喝，聽到宋婉兒送來的消息後停下動作，兩道好看的眉擰在一起，臉上的酒窩都消失無蹤了。「那個老頭，喊我們去準沒好事！」

宋平生的嘴角叼著一朵金銀花，極清淡的甜意蔓延至他的舌尖，他聞言勾唇一笑。「有好事也輪不到我倆啊！」說完神色一凜。「我估計，他今天叫我們過去多半是為了我們最近和二叔走得近的事。」

姚三春歪頭看著牆上的金銀花。「我怎麼覺得他會問我們關於銀子的事情？分家時我們沒得一分錢，可是後來卻花錢跟村裡人買糞肥，還有我倆生病也花了不少錢，他肯定疑惑得很！」

實際上，宋平生和姚三春的猜測都是對的。

宋茂山對於自己的兒子竟然跟宋茂水接觸一事十分不滿。

與此同時，他也疑惑得很，老二被分出去時沒得一分銀子，怎麼才過去短短個把月，他就有錢使了？直到宋氏的到來，終於為他解開心頭的疑惑。

宋平生和姚三春肩並肩地走進宋家堂屋，第一眼就注意到坐在上首的宋茂山，以及坐在他右側的宋氏。

宋氏和宋茂山不愧是兄妹倆，坐在那兒發出的氣勢，以及不苟言笑的嚴厲模樣，簡直如同一個模子刻出來的。

這兄妹倆還有一個相同點，就是天生惹人生厭，光是坐在那兒不說話，別人看一眼，便會無端覺得憋悶，甚至是呼吸不暢。這種人啊，簡直就是污染世界美好的存在！

所以，此時宋家堂屋裡的所有人，沒有一個人的心頭是鬆快的，就連二狗子都知道壓抑好動的天性，乖乖靠在羅氏懷裡。

「爹、娘、大姑。」姚三春夫妻倆率先開口喊人。

宋茂山沒說話，只一副山雨欲來的陰沈表情。

堂屋裡針落可聞，所有人屏息凝神，不敢發出任何聲響，生怕惹得宋茂山大發雷霆。

宋茂山向來都是這樣，每次開口前非要陰惻惻地盯著你半天，先用氣勢壓倒你，擊垮你的防備，然後他便可以為所欲為。

在場只有宋平生和姚三春在狀況之外，臉上不見慌亂，面對宋茂山陰鷙的目光，夫妻倆還有功夫四處亂瞟。

然後，他們的視線便對上了站在宋氏身後、跟個受氣小媳婦似的宋巧雲。對方似乎有話要說，偏偏又不能開口，急得汗都快出來了。

與此同時，田氏也是站著的，她似乎預感到要發生什麼事般，一臉的不安。

宋茂山見二房夫妻倆這副目中無人的樣子，氣到頂點，一拳頭捶在桌上，厲聲喝斥道：「你倆眼睛亂瞟什麼？長輩們就坐在你們面前，看看你們的樣子！上不得檯面的東西！」

這裡到底是宋家，姚三春作為嫁過來的兒媳婦不好多說。

但向來乖戾的宋平生就沒這個顧忌了，立即嬉皮笑臉地張口說道：「爹，我和姚姚該喊人的都喊了，禮數都到了，是你們做長輩的不搭理我倆，怎麼還罵我們呢？我們做小輩的真是冤枉啊！」

不過三言兩語，宋茂山的火氣又輕易被挑起，甚至額頭青筋直跳，咬著牙道：「好你個宋老二！前陣子才說要洗心革面、重新做人，這才幾天，竟然又跟你老子頂嘴？說過的話就像放屁！」

宋平生聳聳肩，表情很無奈。「爹你那天不是說我裝模作樣嗎？既然你都看破了，還這麼天真幹啥？搞得我真有點不好意思嘞！」說完還頭疼般地抓抓後腦勺，露出老實人的笑容。

在座眾人的下巴都快掉下來了，從前就知道宋平生沒顧忌，誰知道他竟然沒顧忌到這個程度！不過大家也不是太驚訝就是了，畢竟這父子倆從來就不對盤，以前吵起來都是一副勢同水火、不共戴天的樣子。

其他人只是驚，宋茂山卻是一口老血梗在喉頭，氣得差點翻白眼。他宋茂山一輩子要強，如今居然被自己的畜生兒子輕賤，讓他在眾人面前顏面盡失，簡直可恨！

在場只有姚三春一人幸災樂禍，心想做二流子有二流子的好處，別人不敢跟宋茂山頂嘴，她和平生就敢，因為他們在眾人眼裡就是這種行為出格、品行堪憂的人。

就算他們夫妻倆說過要重新做人，可這才一時半會兒的，又怎麼能馬上扭轉過來？

宋平生和姚三春不愧為夫妻，此時他心裡的想法和姚三春差不多，對付宋茂山這種惡人，自然是以惡制惡最有效，所以他不能慫，就是要剛！

別說他大逆不道，宋茂山又不是他們親爹，也配得到他們的尊重？

宋茂山半晌才緩過勁，指著宋平生的鼻子大罵。「畜生！你這個畜生！」

宋平生隱隱有些不耐，挑起的唇角也拉了下來。「爹，我要是畜生，你又是啥？」不給宋茂山發火的機會，他長眉一蹙，緊接著又道：「好了爹，你要是想找我吵架，我隨時奉陪。但是在此之前，麻煩你先把正事辦了，這麼多人乾坐著就等你一個呢！」

宋茂山和別人吵架從來都是以氣勢或者身分壓人，不是靠嘴皮子，現在一下子就被宋平生懟得啞口無言，半天都不知道該怎麼罵回去，只能一個勁兒地罵他。「孽子！你竟敢這麼跟老子說話，遲早被天打五雷轟！」

宋平生老神在在，宋茂山暴跳如雷，兩廂一對比，這場爭吵的輸贏方一看便知。

可嘆，宋茂山平日在家權威甚重，妻子及孩子都畏他懼他，可在緊要關頭願意維護他的卻少之又少。

宋婉兒囁嚅半天，只敢用細若蚊蚋的聲音道：「二、二哥，你怎麼能這樣說話？畢竟是咱們爹呀！」

宋平生懶得跟小姑娘掰扯，直接忽視她。

最後宋氏實在看不下去，她自問吵不過這個不著調的二姪子，便聰明地將戰火引到田氏身上，高高挑起一邊眉毛，朝田氏道：「大嫂，平生這樣罵大哥，妳這個做娘的也不管管？唉，枉大哥這麼辛苦地養著一大家子，到頭來只有婉兒一個為大哥說話，簡直就是往大哥的心窩子裡戳啊！」

田氏臉色憋紅，沒說出話來。

宋氏看到更氣，暗罵這個田氏沒用，張嘴還想說什麼，就聽宋平生滿是不耐地開口——

「你們到底叫我們來幹啥，再不說我回去了！地裡事情一堆，誰有閒功夫跟你們在這兒耗？我們跟你們不一樣，我們不幹活就要餓死，可沒時間耗在這裡！」宋平生說完就不管不顧地拉住姚三春，夫妻倆抬腳作勢要離開。

宋茂山正事還沒來得及說，怎麼可能放他們離開？忙一聲厲喝。「給老子站住！反了天了啊……」

宋氏忙朝宋茂山使眼色，一邊道：「大哥，你先消消氣！年輕人不懂事，以後多管管就好。現在你不是還有事要問平生嗎？」

宋茂山放在膝蓋上的拳頭握緊，終於恢復了些理智，他目光陰冷如毒蛇一般地緊緊盯著宋平生，質問道：「老二，你最近跟宋茂水家走得很近？難道你不記得他們家和我們家關係不睦嗎？老子可告訴你，離他家遠一點，否則老子直接去官府告你不孝！」

在這個時代，父母告兒子是很容易的，不管誰對誰錯，反正打兒子板子就對了。父母覺得你不孝你就是不孝，甚至連像樣的證據都不用。

宋平生眉目沈靜，只淡淡「喔」了一聲，隨後又問：「還有別的事情嗎？」

宋茂山見宋平生沒有反駁，以為他同意了，心氣頓時順了一些，面上倒是完全看不出來，還是一副別人欠他錢的樣子。

宋茂山略挺直腰桿，一手放在桌面，面無表情地道：「還有，你大姊說前陣子拿了一百文大錢給你，其中巧雲出五十文，你娘也拿了五十文出來，是有這麼回事吧？」

這話一出，田氏交握的手一緊，那把懸在頭頂的刀終於落了下來。

宋巧雲臉色漲紅，羞愧得抬不起頭來。

其實是上次宋氏偷聽到宋巧雲和姚三春夫妻的談話，當時宋氏心中十分惱火，自家兒媳居然背著她私藏錢財，或者是丟人現眼地偷偷找別人借錢？不論是哪種情形，她都看不過眼。

但是宋氏知道宋巧雲看似軟弱，嘴巴倒是挺嚴實的，要是沒有確切證據擺在她面前，她絕對不會承認。所以當時宋氏隱忍不發，直到後來掌握了確切證據，才突然發難。

不過宋氏是個心眼多的人，詐了宋巧雲一把，問她田氏又拿了多少？宋巧雲自然矢口否認，但是她在那一瞬間露出的慌亂又怎麼逃得過宋氏這雙眼睛？宋氏不跟宋巧雲客氣，直接以「將虎娃抱到自己身邊養」來威脅宋巧雲。

作為一個母親，最後宋巧雲只能全盤托出。所以宋氏才會知道得這麼清楚，並且飛快回宋家將這事告知了宋茂山。

這時田氏的幾個子女臉色都不太好，因為他們知道家中錢財都是由宋茂山保管，田氏手裡並沒有錢，可是田氏卻給宋平生拿了五十文，那她的錢是從哪兒來的？偷來的？私藏的？借來的？不管是哪一種，都是對宋茂山權威的挑戰，同時還落了他的面子，他怎能忍得？

宋平東和宋婉兒猛吞唾沫，如臨大敵地瞅著宋茂山，生怕他氣極了會當場發作。

只有宋平文一人看向田氏，眼裡藏著不滿。二哥明明已經分出去過了，娘為什麼還要拿家裡的錢貼補外人？

一時之間，堂屋裡靜得可怕，每個人都陷入自己的思緒當中。

這時候，姚三春突然漾起酒窩，抓了抓頭髮，略有些不好意思地道：「說起這事，我倆還真有點羞愧。前陣子我跟平生日子過得艱難，想買菜種都沒錢，村裡人又不借，最後實在沒有辦法，我倆只能覥著臉求到娘和大姊這兒了，因為我倆知道娘和大姊最是心軟，肯定拒絕不了。只是，我沒想到這事還是被你們知道了……」說完姚三春眼皮子一抬，疑惑道：「不過這事早就過去了，雖說借娘和大姊的由頭不好，但是錢我們都一分沒少地還回去了，不知道爹突然提起這事情幹啥？」

宋茂山和宋氏兩個心中一凜。好一個姚三春，竟然搶了先機，把借錢的事情全都攬到自己身上！這樣一來，他們倒是不好再對田氏和宋巧雲發作，再借此大作文章了！

畢竟田氏母女倆並沒有私藏錢，也不是主動要借錢，而是因為被姚三春夫妻倆苦苦哀求，她們因被親情綁架，被逼無奈才幫忙借錢，著實無辜啊！

與此同時，宋平東一個人正經受著煎熬。他這個做大哥的，為什麼總是這麼沒用，什麼都幫不上忙？為什麼爹非要為難二弟？為什麼家中沒有一日安寧？

可是在座的人都看不出他此刻的難受。

姚三春趁宋茂山兄妹尚未有所反應前，朝宋巧雲和田氏眨眨眼，苦笑道：「娘、大姊，妳們也別替我跟平生隱瞞了。那時候是我和平生混蛋，知道娘和大姊心善，不會說出去，甚至妳們恐怕還寧願說是自己要跟別人借錢的吧？但事已至此，不如攤開來說吧，我相信爹和大姑會諒解咱們的，畢竟我跟平生都快吃不上飯了，爹和大姑不幫襯咱也不怨，但總不能都不留一條活路給我們夫妻吧？咱們還是親人呢！」

宋巧雲不是笨人，一下子就看出了姚三春的打算，並且姚三春這個說法可以將傷害降到最低，畢竟姚三春夫妻倆已經分出去，宋茂山和宋氏也管不了那麼多，所以她只猶豫了一下，然後便點頭。「平生、三春，既然你們把錢還了，這事就揭過去吧，我和娘都不怪你們。」

田氏的聲音有些不穩，不過還是勉強擠出一絲笑意，道：「是、是啊，過去的就算了。」

姚三春三人幾句話就把事情給圓過去了，宋茂山不好拿這事再發火，不過他今天最主要的也不是想問這個。宋茂山眼底飛快地劃過一抹暗芒，轉而換了一副算是平和的語氣。「老二，你們讓你娘和巧雲幫忙借錢的事我可以不問，不過為了宋家的聲譽，你們必須說清楚還給別人的錢是從哪兒來的？你們花錢買了糞肥，前陣子還請了大夫，這些林林總總加在一起，可要不少銀子。」

宋平生聞言都快氣笑了，所謂圖窮匕見，宋茂山的最終目的終於露出來了，還不就是想打聽他錢財的來源？宋家並不窮，甚至在附近幾個村子裡都是排得上號的人家，奈何家中要供一個讀書人，花費不菲，因此宋茂山對錢財很是看重。再加上他那變態的掌控慾，哪怕宋平生已經被分出去了，他還是想要將一切掌握在手中。可這世界上哪有這麼好的事情呢？

宋平生氣定神閒地往堂屋門檻的石塊上一坐，側著臉看向宋茂山，道：「要是我非不說呢？」

宋茂山剛平息的火氣再次被點燃，立即站了起來，拿起長凳狠狠往地上一砸，暴怒到眼睛都紅了，大口喘著粗氣，嗓子都扯破音了。「你這個畜生！你就是想氣死老子是不是？老子今天非要打死你！」

宋平東和田氏趕忙拉住面色猙獰的宋茂山。

宋平生卻還有心情笑，他先將姚三春拉到堂屋外頭，然後有恃無恐地道：「爹呀，既然你都把我掃地出門了，又不管我的死活，那我錢怎麼來的，跟你有關係嗎？還有，二叔幫過我好幾次，你要不能說出一個叫人信服的理由，我是不會聽你的。」

宋平生真的有這個本事，三言兩語就能將宋茂山的怒氣撩到最高點。

宋茂山氣得猛捶桌子，甚至覺得自己下一刻就會被氣得兩腿一蹬，進了棺材。

不只如此，宋平東、宋巧雲兄妹和田氏都被嚇壞了。

田氏忙勸道：「平生，你快少說兩句吧！」

宋平東和宋巧雲看向宋平生的目光近乎哀求，因為他們知道，爹被氣成這樣，結局不好收拾啊！

宋平生和姚三春眼睛一對，轉頭卻沒有宋平東預想中的妥協，反而嘴角勾著譏誚的笑，眼神有些玩味，語氣意外的親和。「爹，咱們是父子，不是仇人，只要你不為難我，我真的不想和你吵。你也知道你兒子的性子，雖然前些天發誓要好好做人，回頭被你罵了一通，我又啥都不顧了。你說，萬一哪天我又被你罵狠了，又或者見你欺負娘了，這腦子一熱，跑去鎮上一通胡言亂語的，到時候污了宋家的名聲，甚至是平文的名聲，那可咋辦啊？我這個親哥說的話，別人應該不會懷疑吧？平文一個讀書人，名聲可是一點都不能受影響的吧？」

從頭到尾站在一旁不吭聲的宋平文這下子氣得手一抖，高聲指責道：「二哥，你怎麼可以──」

「閉嘴！」宋平生突然一聲厲喝，把一屋子的人都嚇得心一陣猛跳。「剛才娘和大姊被人說的時候，你怎麼跟個縮頭烏龜似的，一句話都不會說？現在事關自己，嘴巴又長回來了？」

宋平文被諷刺得臉色漲紅。

宋平生最後把目光投向宋茂山。「爹，你覺得呢？其實我大部分時候還是挺懂事的，只要爹你能不罵我們，不找我們麻煩，也不讓我娘難過，我們好，大家都可以相安無事，多好？」

宋平生這一招七寸打得不可謂不狠，簡直一下子捏住宋茂山的喉嚨，讓他一句話都說不出來。可以說，對付宋茂山只要拿出殺手鐧——宋平文，宋茂山就沒有一絲反抗的餘地，簡直比任何東西都管用。

宋茂山喘著氣，稍微冷靜下來，心裡仍然不信。「宋平生，平文可是你親手足，你連這種話都能說得出口，你還是個人嗎？」

宋平生眸光閃動，收起多餘的表情，冷冷地望向他。「是不是，你要試試嗎？」

這一刻，宋茂山終於知道，宋平生說的是真的。最後，宋茂山帶著難看至極的臉色離開。

眾人臉上看不出什麼，但堂屋裡的氣壓卻陡然輕鬆了不少。

宋平生和姚三春不欲多待，準備離去時卻被宋巧雲叫住。

「平生……」

宋平生站住等她說下去。

宋巧雲卻又頓住了，那張圓圓的臉露出無措的表情，幾乎不敢和宋平生對視。

姚三春餘光掃過宋氏，眼睛一轉，便上前抱住宋巧雲的胳膊，笑道：「大姊，妳上次不是說有空教我炒幾道拿手菜嗎？剛好妳今天在，可得好好教我，不然我真要被平生罵死了！走，去咱家——」

姚三春話音未落，就被宋氏一聲重重的咳嗽聲打斷了。「巧雲啊，家裡事情多得幹不完，咱們現在就得動身回去了。至於教平生媳婦做菜的事情，下次吧！」

宋巧雲不敢反駁宋氏，聽她不同意，只得抽回胳膊，低下頭低聲道：「對不起了，三春。家裡還有事情，我得回去了。」

姚三春心中暗暗嘆氣，宋巧雲這句道歉恐怕是為了把借錢一事告訴宋氏。不過她心中並沒有氣，她算是瞭解宋巧雲這人，如果不是被不可抗力的事情逼迫，宋巧雲絕對不會說出來的。想通這點，姚三春便將全部怒火轉移到宋氏頭上，磨了磨牙，道：「大姑真是不容易啊，家中事情多得幹不完都要回娘家跟爹說這些芝麻綠豆的事情，可見是真心敬重爹呀！」

宋氏可不是宋茂山，她眼中帶著挑剔，嘴角抿出一抹沒有笑意的笑。「平生媳婦，有沒有人告訴妳，跟長輩說話要客氣點？」

姚三春酒窩淺淺。「當然。我還聽說過，做長輩就該有長輩的樣子，這才可以讓晚輩敬重，倚老賣老最不可取了，您說對嗎？」

宋氏面露怒色，眼睛一瞪就要訓斥姚三春。

宋巧雲忙插進兩人之間，輕聲安撫宋氏。「娘，咱們快回去吧，虎娃還等著您帶他去摘桑葚呢，要是回去晚了，他肯定又要鬧了。」

提起自己的寶貝大孫子，宋氏這才稍微收斂了些，整了整青布大褂，腰桿挺得筆直，朝宋巧雲努了努嘴。「磨蹭啥，還不快回去？我可跟某些人不一樣，沒事就愛跟人掐架！」

姚三春。「……」這個愛挑事的老婆子！

在宋氏婆媳走後，姚三春夫妻倆也隨後離開了。

宋平東一言不發地坐在方桌邊，沒一會兒也出了門。

堂屋裡的人走得七七八八，最後只剩下宋婉兒一個。宋婉兒默默地把宋茂山砸在地上的板凳拿起，腦子裡卻還在回想方才宋平生威脅爹的樣子，冷酷又冷漠，在她看來簡直就跟瘋了一樣。這樣的二哥，她光是想想都覺得害怕，同時她在心裡默默告誡自己，以後再也不惹二哥了，太可怕了……

宋平生回到家中後，扛著鐵鍬準備去田裡晃一圈，卻在門口跟宋平東碰個正著。

此時宋平東兩道濃眉緊緊皺在一起，眼中的愁緒簡直快溢出來。

宋平生卻連鐵鍬都沒放下，搶在宋平東之前開口道：「大哥，你要是來勸我服從爹，或者罵我今天太衝動，那我知道了，不過我不會改。」

宋平東直接被說得一懵。「平生，你……」

宋平生看向他的目光沒有一絲情緒，只淡淡道：「大哥，你們可能覺得我大逆不道，或者心腸太硬，但是我也有自己的立場。當初分家，說難聽點就是掃地出門，既然爹心中不認我這個兒子，我又為何要處處聽從他的？我們日子過得艱難的時候不見他出手援助，這時候反而來對我們指手畫腳的？呵，天下可沒有這個道理！」

宋平東沈默地聽完，過了許久，語氣艱難地道：「我知道爹虧欠你，可是爹性格強勢，你用這麼決絕的方式對付他，就算他拿你沒辦法，他能拿千種辦法讓娘不好過！」說到這兒，他的情緒激動起來。「你總該為娘想想！娘把我們兄弟姊妹五個拉扯大，你知道她受過多少苦、多少委屈嗎？」

宋平生毫不羞愧地道：「我不知道！」

宋平東滿目震驚地看著宋平生。

宋平生神色如常，雙眼閃著冷靜的光。「大哥總說娘受了很多苦，這個我相信，畢竟咱爹是這個性子。但是你又從來不跟我們細說，擇日不如撞日，不如今天大哥就跟我好好說說？」他拿下肩膀上的鐵鍬，一副洗耳恭聽的模樣。

宋平東卻啞然了，嘴巴動了動，最終一個字都沒說。

宋平生心中一哂，是他想當然了。這個時代極重孝道，尋常子女都不敢非議父母，更何況是宋平東這種個性溫和的？

宋平生擺擺手，略帶歉意地道：「大哥，是我失言了。不過我要說的是，你們一味地縱容著爹根本沒用。大哥都二十多歲了，你看爹的性子有改過嗎？還不是數十年如一日的強勢霸道，什麼事都沒有我們置喙的餘地，讓我們這些做子女的和娘都喘不過氣來！這樣的日子，你還想繼續過下去嗎？」

宋平東臉上難得流露出一絲怒氣，連聲音都比平時激動幾分。「那我能怎麼辦？爹就是這樣的性子，咱們做子女的難道還能教訓他不成？而且這是大不孝啊！我做不到你這樣！」

宋平東說完才驚覺自己語氣過重，深深呼吸幾下，等情緒穩定下來後，精神莫名有些頹喪，他道：「平生，我真的什麼都不求，只希望家中安寧，僅此而已。」說完，眼睛微微泛紅。

同是男人，宋平生知曉男人在什麼樣的情況下才會露出這樣的神情，他嘆了口氣。「大哥，你說忤逆爹就是大不孝，可是你明知娘過得不好，你卻選擇隱忍不發，甚至不願意跟我們說，任由娘受苦，那你對娘又是孝順嗎？」

宋平東猛然抬頭，震驚不已地望向宋平生，簡簡單單一句話，卻直擊他的靈魂。

宋平生拍拍宋平東的肩，溫聲道：「大哥，孝順絕對不是一味地忍耐，否則這就是愚孝。宋家向來由爹作主是沒錯，但他只是一個人，娘卻有咱們兄弟姊妹五個，若是咱們都站在娘這邊，爹還敢再欺負娘嗎？這麼多年了你還沒想通嗎？委曲求全換不來爹的改變，家中又何來安寧一說？要我說，對付爹就一定要比他更強硬！只有讓他吃到苦頭，他才會一點一滴的改變，否則你們就等著被他啃得連骨頭都不剩吧！」說完，宋平生又露出幾分吊兒郎當的不正經來，將鐵鍬再次扛在肩頭，幸災樂禍道：「反正我分出來，算是逃離魔掌咯！」宋平生說完便吹著口哨，優哉游哉地走遠。

站在原地的宋平東卻在經受著這輩子最大的思想衝擊。

宋平生說的那些大逆不道的話，一般人真說不出來。

這日天尚未大亮，幾隻布穀鳥飛過老槐樹村的上空，「布穀布穀」的聲音傳遍整個村子。

村民們聞聲起床，一夜靜謐的村子再度熱鬧起來。

姚三春和宋平生吃過早飯便跟孫鐵柱借了板車，然後往鎮上的方向走。

不僅是他們夫妻倆，村裡還有不少人都去往鎮上，他們有的拎著一籃子的雞蛋，有的挑著還掛著露水的蔬菜，還有人家挑著一堆竹製品等等，因為今天正好開集，鎮上人多啊！

姚三春夫妻倆到了鎮上，第一件事就是進了藥鋪，一口氣要了十斤的信石。

這可把藥鋪的小夥計給嚇慘了，因為信石也就是砒霜，十斤的量，這能毒死多少人啊？所以他磨蹭半天不想賣，最後還是姚三春耐心解釋半天，小夥計才勉強給他們裝好。

除此之外，姚三春夫妻倆還在藥鋪買了幾個搗藥罐，用來舂搗藥石的。

出了藥鋪，夫妻倆又逛了好多家雜貨鋪和街邊小攤，還去了一家窯廠，這才買全所有東西，包括一百斤石膏以及三十斤石灰，不過這兩者的價錢卻比他們想像的便宜。

將東西都買齊之後，夫妻倆見時間還足夠，又去鐵匠鋪訂了一口大鍋，這個大鍋主要就是用來煮和裝農藥的，家中煮飯燒菜的鍋他們可不敢用來裝農藥，怕命太長是不是？

買藥石和大鍋便花了將近二兩的銀子，姚三春夫妻倆剛存的那點錢瞬間便去了一小半。

不過他們夫妻倆還真不是視財如命的人，從鐵匠鋪出來後，兩人又去買了大豆種子、芝麻種子以及棉花種子，這些農作物現在種正是好時節。

夫妻倆買棉花種子倒不完全是想種，而是有另一層考量——棉花是這幾年才傳進大晉的新鮮作物，大晉正努力向下推廣這一作物，而他們製作的農藥則剛好可以殺除棉花容易產生的棉蚜蟲。到時他們將農藥用在自家棉花上，一舉將所有棉蚜蟲殺除，那不就是活生生的招牌？他們做的土製農藥還會愁賣？

最後，姚三春還買了幾隻小雞仔子。

不過隨著家中器具、家禽什麼的漸漸多了起來，姚三春兩口子也更多了幾分生活的踏實感。

昨夜下了一場淅淅瀝瀝的小雨，早上打開窗，草木和金銀花混合著水氣撲面而來，清香中帶著一絲冷，著實沁人心脾。

眼望遠山，青山起伏綿延，周身煙霧繚繞，姿態閒雅地隨風淡去，美得如同一幅山水畫。

姚三春不覺看得癡了，或許只有身在這幅雋永清新的風景中，她才能暫時拋掉那些紛紛亂亂的煩惱，享受片刻的安寧。

下一刻，肚子「咕嚕」一聲叫喚，瞬間將姚三春拉回現實。

果然，欣賞美景什麼的，也只能是短暫的駐足，誰讓他們夫妻現在還在溫飽線上掙扎呢？

早飯後，夫妻倆又要各自行動。宋平生穿上草鞋，然後手牽水牛肩扛犁去往旱地，趁昨夜小雨後泥土濕軟，剛好可以犁地；而姚三春則留在家中挑揀種子。

雖說買回來的大豆種、芝麻種的品相還行，但是其中還是會有癟種、壞種、小土粒、小石子什麼的，要想把這些農作物種好，選好種就是第一步。

一個人挑揀種子的日子總是漫長且無聊的，姚三春現在突然發覺，她穿來這麼久不說小姊妹了，就連個能聊聊天的朋友都沒有，宋平生起碼還有孫吉祥和孫鐵柱兩個兄弟呢！

當然，淪落到現在這個境地跟原主的性格脫不開關係，但是她不是原主，她還是想真心地交上幾個朋友的。

姚三春一邊挑揀種子，一邊過濾人選，經過一番思索，最終把人選確定了，那就是羅氏！

姚三春拎著一花籃的大豆種子出現在宋家院子時，宋婉兒正在打掃堂屋。聽到動靜後，宋婉兒探出頭來，看到姚三春後杏仁眼眨巴眨巴的。「二嫂？」

姚三春放下花籃，左右環顧，笑著問：「就妳一個在家啊？大嫂出去忙了嗎？」

宋婉兒將掃帚靠在牆上。「大嫂到菜園子摘菜去了，應該快回來了。二嫂有啥事啊？」

姚三春大大剌剌地坐到小凳子上，理所當然地道：「來串門子啊！」

宋婉兒怎麼也沒想到會是這個答案，一時驚得合不上嘴。

姚三春繼續道：「我跟平生都說過要好好做人，所以呀，就先從跟妯娌、小姑打好關係開始吧！」

宋婉兒只敢在心裡默默說道：我信妳個鬼！妳這個女人壞得很！

宋婉兒是一眼能看到底的小姑娘，姚三春知道她此時不定在心裡怎麼說自己呢，不過自己心情好，懶得跟小姑娘一般見識。

姚三春將一籃子的大豆放在前頭，熱情洋溢地招呼她。「來，咱們一邊挑揀大豆一邊說話。」

宋婉兒哼了一聲。「我地都沒掃完，可沒時間幫二嫂妳挑大豆！」說完就拿起掃帚，頭也不回地去了。

姚三春差點失笑，收回目光便開始挑揀。

過沒一會兒，羅氏就從菜園子回來了，屁股後頭還跟了一個甩不掉的小尾巴——二狗子。只見二狗子一手攥住羅氏的衣襬，眼睛都不看地，正專心致志地啃黃瓜。

羅氏進門看到這麼一幅光景，表面什麼都沒問，內心卻覺得這老二家的媳婦又來占便宜了！不就是想讓她幫忙挑揀大豆嗎？不過羅氏已經習慣了，看在二房最近沒怎麼折騰自己男人，前陣子又說了一些非常解氣的話，讓她幫幫又如何？

於是羅氏都沒等姚三春開口，自己拿個小凳子就坐過去幫忙了，並且她幹活極索利，簡直比姚三春的速度要快上一倍。

如果忽視掉羅氏的面無表情和一言不發的話，姚三春就覺得很完美了。

姚三春等了一會兒，沒忍住，便道：「大嫂，挑揀種子不急的，咱們一邊說說話一邊挑吧！」

羅氏抬頭看她一眼，然後繼續埋頭挑揀，語氣淡淡地道：「說啥？」

姚三春的眼睛轉到二狗子身上，突然微微一笑，黝黑的臉頰上漾起兩個酒窩。「二狗子，二嬸說幾個笑話給你聽好不好？」

二狗子立刻露出一排小米牙，非常捧場地拍著小肉手，蹦蹦跳跳地歡呼道：「好喔！二嬸說笑話咯！」

姚三春實在沒忍住，摸著二狗子肉肉的腮幫子露出姨母笑，而後便說道：「咱們先說一個關於蚊子的。話說從前有一隻母蚊子生了一隻小蚊子，有一天小蚊子突然從外頭飛回來，興沖沖地對牠娘說道：娘，我今天不僅學會了飛，而且飛得很好喔！母蚊子便問：你才第一天飛，怎麼知道自己飛得好呢？二狗子，你知道小蚊子怎麼回答嗎？」

二狗子瞪著黑溜溜的眼睛，十分實誠地搖搖頭，咬著手指頭道：「二嬸，我不知道耶！」

姚三春餘光掃過羅氏和堂屋方向，吊足了胃口才道：「小蚊子說：因為我剛剛在外頭飛了一圈，聽到好多的掌聲耶！」

二狗子仰著小臉，眨巴眨巴著眼睛，一臉的無辜，一看就知道他的小腦袋裝不下這麼多資訊；至於羅氏，她還是面無表情，看樣子倒是挺淡定的；而在堂屋掃地的宋婉兒，連人影都不見了。

姚三春不氣餒，又說了一個笑話。「話說某一天有個人在家休息，突然聽到了敲門聲，於是這人去開門，結果卻只在門外看到一隻蝸牛，於是他想都沒想就把蝸牛扔遠了。轉眼三年過去，這人家又傳來敲門聲，他出去一看又是那隻蝸牛。蝸牛說：你剛才怎麼回事？」

羅氏最終還是沒忍住，嘴角飛快地彎了彎。

二狗子一副雲裡霧裡的表情，只能拽著姚三春的衣襬，滿臉天真地問：「二嬸，原來蝸牛和蚊子都會說話呀！那牠們為啥不跟我說話？二嬸妳能不能讓牠們陪我聊聊天？」

姚三春張口結舌，無言以對。「這、這、這……」

這下子羅氏再也繃不住了，她一把將二狗子抱到自己懷裡，努力憋下笑，這才佯裝訓斥道：「傻孩子盡說胡話！這不是為難你二嬸嗎？」

姚三春偷偷抹了一把心虛的汗水。

轉眼間，宋婉兒從堂屋出來了，她搬來小凳子，坐在姚三春對面，眨著大而圓的杏仁眼，目光灼灼地看著姚三春。

姚三春起了逗弄的心思，故意不說，而是把話題轉移到羅氏才摘的蔬菜上。「大嫂，聽說黃瓜切片貼臉上，可以讓皮膚變好欸！我試過了，效果真不錯，我建議妳也試試。」

羅氏這下子來了興趣，手上的動作都慢了些。「真的？」

姚三春拍拍胸脯。「那當然是真的，沒用妳來找我！」

另一邊的宋婉兒被忽視，心裡很不高興，頭腦一熱就脫口而出說道：「要是真的，二嫂妳臉怎麼還這麼黑？」

姚三春。「……」他媽的好想打她！這個小姑娘的情商怕不是負數吧？剛因為割菜籽的事情而對她有所改觀，結果一句話又被打回原形。人憎狗嫌而不自知，也算一種本事了！

羅氏生怕兩人會吵起來，忙不迭地岔開話題，說道：「黃瓜有沒有用我不知道，不過我用雞蛋液倒是真有用。三春，妳不妨試試！」

姚三春不想為了宋婉兒影響心情，便自顧自地跟羅氏聊了起來。「大嫂，要不然過陣子我們一起去買點丁香花、甘草、蘆薈啥的，養著又好看，還能用來敷臉！大嫂，妳別怪我說話直，妳臉上有雀斑，平時就更應該注意點，出門要戴上帽子，否則雀斑會越曬越多！」

「真的啊？」羅氏一下子緊張起來，忙湊近問道：「三春，還有沒有啥要注意的？妳快跟我說說！」
姚三春自然是知無不言、言無不盡。果然，妯娌倆一番護膚心得交流下來，彼此的距離一下子就拉近了許多。
就連宋婉兒都把生悶氣這回事給忘了，而是豎直了耳朵聽兩個嫂子講話，一句都沒漏下。
姚三春在心裡偷笑，果然不管從前還是現在，女人對護膚這件事還是一如既往的上心啊！
就這樣，宋家三個女人圍在一花籃的大豆旁聊了大半個上午，眼見快到做午飯的時間，姚三春才收拾東西準備回家。
待她走了，羅氏和宋婉兒依舊沈浸在姚三春方才說的那套新穎理論中。不得不說，她們還真的有種被打開新世界大門的感覺。
後來羅氏坐在灶底下燒鍋，她冷靜下來後不免疑惑，姚三春說得一套一套的，可她自己咋還那麼黑？不會是胡說八道吧？
另一頭的宋婉兒卻已經完全不記得自己說過什麼，而是二話不說就跑去菜園子摘黃瓜。
中午宋平東他們幹活回來，就看到宋婉兒誇張地仰著頭，頂著一臉的黃瓜片從自己屋子裡出來，可把一家人給看笑了。

第八章

正所謂靠山吃山，這日姚三春跟村裡婦人去山上遛達一圈，最後摘了不少東西，下午她便提著小半斤野生桑葚來到宋家，主要是想鞏固一下跟羅氏新建立的友誼。

她一進宋家院子就覺得氣氛有些不對勁，以往宋家的氛圍雖稱不上多熱鬧，但是最起碼有些人氣，可現在都不見二狗子在院子裡打滾玩螞蟻了，整個宋家靜悄悄的。

姚三春正猶豫著，二狗子突然從廚房門後露出光溜溜的小腦袋，眨巴著無辜的眼，很小聲地喊了一句「二嬸」。

姚三春轉身進了廚房，果然見羅氏在灶底下坐著燒鍋。

羅氏見姚三春過來，什麼都還沒問就先搖了搖頭。「爹正在氣頭上，看到妳恐怕沒什麼好臉色。」

姚三春找到一個籃子，蹲下身將桑葚小心地倒進去，同時不以為意地說道：「爹看我從來也沒好臉色過呀，我早就習慣了。不過，今天又有什麼事惹爹不開心了？」

羅氏見姚三春並不見怕，朝院子裡瞧了一眼，聲音略緩下來，道：「下午王媒婆上門，說是想給平文保媒，對方是隔壁村殺豬匠的小女兒，家裡條件不錯，人長得也水靈，就是吧，爹好像不大瞧得上。」

何止是瞧不起，宋茂山簡直暴跳如雷！如果不是不好得罪媒婆，他甚至都想直接把人家罵出去了。什麼玩意兒！他兒子一表人才，天資聰穎，遲早能大展宏圖、光耀門楣，怎麼會娶一個區區鄉下殺豬匠的女兒？她也配？所以宋茂山這才氣壞了，就連下午宋婉兒要出去找小姊妹都被罵了一頓，這下子一家人噤若寒蟬，都不敢惹宋茂山不快。

姚三春略一想就知道其中門道，不過她也不在乎宋茂山心情好不好，她換了個話題，朝羅氏道：「大嫂，這是我今天上山摘的桑葚，妳跟娘她們多吃點，女人多吃點水果有好處。」

羅氏的吸引力一下子被拉了過來，認真地思索道：「真的嗎？那下次我得了閒就回娘家多帶一些水果來，現在桃李都能吃了。」

其實宋家以前種過很多果樹，不過後來都被宋茂山鋸了，因為他覺得種得不夠講究，影響家中運勢。

妯娌倆又說了兩句，姚三春便起身準備回去了，到了院子卻又跟收衣裳的田氏碰上。

姚三春偷偷打量田氏，那股怪異的感覺再次襲上心頭，待她反應過來，她的腳已經走到田氏跟前。「娘，妳是不是身體不舒服啊？」

田氏怔了一瞬，很快反應過來，忙不迭地搖頭否認。「平生媳婦，妳胡思亂想啥呢？」

姚三春指了指田氏的臉。「娘妳臉色不太好，眼神又無精打采的。」

田氏飛快瞥了一眼堂屋的方向，聲音壓得極低，道：「妳這孩子別整天瞎想，我這是最近累的，沒休息好。妳快回去吧，不然被妳爹看到了，他恐怕會罵妳。」

姚三春搖搖頭，心裡有些無奈，在宋家，她們連說個話都要跟做賊似的東張西望，也是沒誰了。

宋平生一連忙活了三天，終於把旱地給翻整出來，接下來便是種地。不過芝麻、大豆、棉花三種作物的種法各不相同，這又要費一番功夫。

在鄉下，忙忙碌碌的日子總是最多的，待夫妻倆終於把大豆、芝麻和棉花都種下去，夫妻倆都瘦了不少，差點蛻層皮，實在是種地太他媽累人了！

夫妻倆好不容易把地裡的事情做完，回頭又要處理五加和石灰膏等，這些製作土製農藥的材料全都要磨成粉，這可是一件極需要耐心的事情。

因為這一次買的材料挺多的，夫妻倆一時半會兒磨不完，所以兩人倒是先把柳葉殺蟲劑和蒲公英殺蟲劑給弄出來了。

製作柳葉殺蟲劑非常簡單，就是按照一斤柳葉、五斤水的比例進行浸泡，泡好後過濾即可使用。柳葉殺蟲劑殺滅菜青蟲和棉蚜蟲的概率都達到了百分之七十。

而製作蒲公英殺蟲劑則是按照莖一斤、葉一斤、水三斤這個比例，煮上三十分鐘，再過濾去渣即可。蒲公英製作的原液殺滅棉蚜蟲的概率為百分之八十八，同時抑制鏽病萌發率可達到百分之九十五以上。

這兩種殺蟲劑的材料和製作都很簡單，所以效果一般，但是在五加皮殺蟲劑沒製作出來之前，可以勉強先用用。

這一天早上，姚三春夫妻倆都在菜園子裡，宋平生給韭菜、莧菜澆糞水，姚三春則在給青菜噴灑藥水。

這個季節天不算太熱，菜園子的蔬菜不少都長了蟲，尤其是那一茬茬嫩綠的小青菜，葉子上一個洞一個洞的，有的甚至一小半菜葉子都不見了，可見蟲子多瘋狂了。

夫妻倆正忙活得熱火朝天，根本不知宋茂水什麼時候來的。

宋茂水一直沒吭聲，直到姚三春又準備對黃瓜藤葉噴灑藥水，他終於還是沒忍住。

「平生媳婦妳在瞎噴啥呢？蔬菜這些可不能這麼瞎折騰！」宋茂水只對事關莊稼作物蔬菜這類的事情上心，語氣異常嚴肅。

姚三春和宋平生聽到背後有人，兩人同時停下了手裡的動作。

姚三春無辜地眨眼，笑著解釋道：「二叔，我不是在瞎折騰，我在噴藥水呢！你看，這小青菜都不能看了！」

宋茂水依舊板著個臉。「我聞著味兒可不像是大蒜水？」

姚三春失笑。「因為這不是大蒜水，這是我特製的藥水，別家都不知道呢！」

這下子宋茂水的臉繃得更緊了，甚至不悅地呵斥了一聲。「胡鬧！妳這孩子心怎麼這麼大！妳怎麼知道妳製的藥水有用？萬一沒用，反而傷了蔬菜，妳就可勁地哭去吧！」

姚三春被說得有些訕訕的。

宋平生立刻幫腔道：「二叔，你別急著下定論啊，過些天看看有沒有效不就知道了？」目光轉向身旁，眸光陡然輕柔許多。「而且我相信姚姚。」

姚三春一抬頭，就見宋平生眉眼含笑地望著自己，下意識回以一笑。

宋茂水看著更氣，背著手氣沖沖地回自己家去了。

姚三春夫妻倆忙完了回到家，還沒坐一會兒，孫吉祥突然興沖沖地跑進來了。

孫吉祥不僅來了，而且還是笑得跟一條傻狗似的來了，渾身洋溢的快樂叫姚三春夫妻想像不到。

孫吉祥看到他們夫妻倆也不說話，就知道一個勁兒地傻笑，嘴巴都快咧到耳後根了。

宋平生實在看不下去，一巴掌拍在孫吉祥後背。「撿到銀子了你？快合起嘴巴，你嘴巴都快笑裂了！」

孫吉祥繼續傻笑，眼神好不容易聚焦，立刻勾住宋平生的肩，樂呵呵地道：「老宋！我快要有媳婦了！你兄弟我終於要有媳婦咯！」

宋平生和姚三春均是大吃一驚，孫吉祥這天天打獵忙活的，沒見他跟哪個姑娘走得近啊！

宋平生很快冷靜下來，看向孫吉祥的眼神有些嫌棄。「你天天打獵，哪來的媳婦？莫不是夢裡遇到的？」

孫吉祥在宋平生胸口捶了一拳。「我可去你大爺的！我孫吉祥啥時候混得這麼慘？」

姚三春好奇心爆棚，忙問：「那到底是怎麼回事？」

孫吉祥洋洋得意，尾巴都快翹到天上去了。「我前陣子不是拜託王媒婆給我找個媳婦嗎？王媒婆昨天過來了，她說大狗村有一戶人家的姑娘挺樂意的，她爹娘還讓我今天就去鎮上跟他家姑娘見個面呢！」

宋平生和姚三春對視一眼，然後問道：「這人家什麼情況？娶媳婦不是小事，可得好好找。」

孫吉祥大手一揮。「囉嗦！我來就是叫你跟你媳婦陪我一起去鎮上看看的。鐵柱哥今天忙，沒時間，就咱們仨，行不？」

宋平生極不正經地笑了笑。「兄弟娶媳婦，我這個做哥哥的怎麼能不去看看呢？」

姚三春臉上掛著同樣的笑。「兄弟娶媳婦，我這個做嫂子的怎麼能不去看看呢？」

孫吉祥被氣得沒脾氣了，就知道占人便宜的夫妻。

姚三春夫妻倆回裡屋換上乾淨衣裳，姚三春拿著那件鵝黃色裙子，想了想還是塞回櫃子裡去了。

院門落鎖，三個人有說有笑地去往鎮上。

路上，三人和朱桂花擦肩而過。

等三人走遠了，朱桂花回頭，朝三人的背影狠狠吐了一口唾沫。「黑成那樣子還戴帽子，賤人就是矯情！一個大男人長得比女人還好看，男不男、女不女的，噁心巴拉！還有這個孫吉祥，年紀輕輕就剋死爹娘，又沒有兄弟姊妹，一看就是命裡帶煞的，宋家老二兩個還跟他走得這般近，真是賤人紮堆，遲早遭天收！」

孫吉祥一行三個人自然不知道朱桂花是怎麼罵他們的，而且這一路上孫吉祥叨叨個沒完，兩句話不離未來的媳婦，姚三春夫妻倆都聽膩了。

宋平生也終於明白，看別人秀恩愛是多麼膩歪的一件事。為了平衡自己的心理，他決定以後一定要多秀自己的恩愛，讓別人膩歪去吧！

到了鎮上後，孫吉祥按照王媒婆所說，來到一家茶館。

王媒婆見孫吉祥來了，立刻熱情地招呼他們過去，不過黃家人此時還沒到。

黃家作為女方一家，稍微矜持點也可以理解。

黃家人還沒到的時間裡，王媒婆便可勁地誇那女方一家，一會兒說女方家有十幾畝地，家裡條件不錯；一會兒又說黃家人口簡單，就一兒一女，沒有那麼多糟心事；又說黃家女兒名叫黃玉鳳，長得可水靈了，保證他們看到都覺得好看。

王媒婆胸口拍得「磅磅」響，誇得那叫一個天花亂墜，就差讓孫吉祥明天就把人家姑娘娶回家了。

不過待黃家一家四口到了茶館後，姚三春突然覺得這個王媒婆說話還是有點可靠的，只見那位跟在父母身後的姑娘，她身形窈窕、皮膚細嫩，瓜子臉上嵌著兩隻水靈靈的眼眸，極其靈動。她五官不算出挑，糅合在一起卻別有一番氣質，是個小美女沒錯了，就是年紀看起來恐怕有個十八了。

姚三春和宋平生不免心生疑竇，不是他們貶低孫吉祥，而是孫吉祥的條件擺在那兒，打獵不是什麼安穩的活計，又沒有父母兄弟幫襯，且還破了相，在附近幾個村的名聲都不算太好。以孫吉祥這樣的條件，很多人家的父母都不願意把女兒嫁過去，否則孫吉祥的親事也不會拖到現在了。

如果說孫吉祥和從前相比有什麼改變，那就是腰包的銀子稍微多了些，但也沒多到那個分兒上。最起碼從黃家人的穿著來看，他們家的條件絕對比孫吉祥家要好。

因為心懷疑惑，所以姚三春夫妻倆的目光不免在黃家人身上多逗留了下，黃勇夫婦看到了並沒有露出生氣的表情，甚至還朝他們笑了笑。

這樣一來，姚三春和宋平生反倒不好再看下去，於是同時收回目光看向孫吉祥。

不過這時孫吉祥的表現又很出人意料了，他臉上並不見來時的激動和興奮，反而是一本正經的樣子。

姚三春夫妻倆不知道的是，孫吉祥雖然想娶媳婦快想瘋了，但是最起碼的理智還是在的，人家這麼漂亮的一個姑娘，憑什麼要嫁給他這個獵戶？

黃勇夫婦態度親和，和孫吉祥閒話家常地聊了一會兒，見孫吉祥態度不算很熱絡，便給王媒婆去了一個眼神讓她先離開。

他們所在的位置本就在角落，等王媒婆離去，這一桌的氣氛瞬間冷了下來，甚至有幾分尷尬。

黃勇放下茶杯，突然嘆了一聲，道：「我看出來了，吉祥你是個直腸子的實在人，那我作為長輩便也不和你拐彎抹角了。說實話，我女兒今年也快十八了，拖到現在沒嫁人不是她有什麼問題，而是被人生生耽誤了啊！」

黃勇一說完，黃家一家人的神色都變了，像是憤怒，又像是心痛。

黃玉鳳的弟弟黃小六的眼睛都紅了，神色異常激動。「我姊就是被人渣給耽誤了！」

孫吉祥三人對視一眼，沒說話。

黃勇擦擦微紅的眼角，接著黃小六的話往下說道：「吉祥啊，其實我不願意將這些事道與外人聽，可是事關女兒的終身大事，我不得不說。我女兒在此之前其實和一戶姓陳的人家訂過親，後來對方說要出去闖蕩一番，這一去就是兩年多。之後他人回來了，也確實賺了些錢，可是他卻已經另娶他人，那個女人肚子都大了！我黃勇沒什麼本事，也不求大富大貴，只希望兒女們過得好，所以堅持把這門親事給退了。至於這次讓王媒婆找上你，其實也是緣分使然。」

孫吉祥聽聞黃玉鳳這番悲慘遭遇，態度已經軟化三分，便問道：「黃叔您這話是啥意思？」

心。

黃勇的目光投向黃小六。

黃小六伸直了脖子問：「孫大哥，你真的不記得我了嗎？」

孫吉祥努力回想，還是搖搖頭。

他這個人忘性大，日子過得跟流水似的，除了兜裡幾個錢不會忘，其他小事一律不太上心。

黃小六一拍大腿，好氣又好笑地道：「孫大哥，你上個月在鎮上將我姊從惡霸手裡救出來，還把那惡霸好一頓教訓，我對你千恩萬謝的，這些你都忘記了？」

孫吉祥頓時恍然，目光掃過黃玉鳳姊弟，不太好意思地拍了一下腦門。「哈哈哈，好像是有這麼一回事。我當時急著回家，所以沒太在意其他，莫怪莫怪！」

實際情況是，那個惡霸是孫本強的朋友，孫吉祥看到了自然不會手軟。當時他打得痛快，根本沒注意他救下的姊弟倆啥模樣，更何況那時黃玉鳳只顧低頭哭，誰知道她長啥樣？他打完架後見天色不早，也沒跟黃玉鳳姊弟說幾句話，急急忙忙就回家去了。

誰知道不過舉手之勞，現在人家竟然會想嫁給他呢？他要是早知道，鎮上的惡霸恐怕都被他打得斷子絕孫咯！

有這層關係在，現場的氣氛頓時好了許多，孫吉祥也恢復了平時能言善道的本性，和黃家人聊得很投機。

一旁的黃玉鳳偷偷看了孫吉祥好幾眼，看她的眼神，確實對孫吉祥存有幾分好感。

說到後來，黃勇索性和孫吉祥徹底敞開心扉，說道：「吉祥啊，大家都是實在人，有些事我便不瞞著你了。其實叫王媒婆去你家之前，我讓人去老槐樹村打聽過你。咱們為人父母的都是這樣，相信你肯定能理解的。」

孫吉祥毫不猶豫地點頭，這事若是黃勇沒有主動說出來，被他知道了肯定會介意，但是黃勇這種直來直往的方式非常投孫吉祥的脾氣，所以現在他非但沒有介意，反而覺得黃勇做得很對。

畢竟嫁女兒不是嫁蘿蔔，當然要事先打聽清楚男方的情況。

黃小六忍不住咧嘴笑。「我就知道孫大哥是個大器的，肯定不會在意這些。」

一時間，黃勇的情緒更加高漲，不吝誇讚地道：「吉祥，你在鎮上見義勇為，說明你是個可靠的。我黃勇嫁女兒不求對方大富大貴，只要對方為人可靠。」說著，語氣陡然低沈下去。「我知道你父母去得早，但是你放心，如果你成了我女婿，我和玉鳳她娘以後就是你的爹娘。」

姚三春夫妻見黃勇把話都說到這個分兒上，看樣子是認定孫吉祥做自家女婿了。

其中原因恐怕不只是孫吉祥救過黃玉鳳，黃玉鳳對孫吉祥心存好感，還有一點就是，黃玉鳳都要十八了，再拖下去婚配就更難了。

要知道，就連宋平生原主這樣的二流子都有了媳婦呢！可見和黃玉鳳適齡的男人恐怕所剩無幾，就算有那也是歪瓜裂棗，或者是死了媳婦的鰥夫，相較之下，孫吉祥的條件真的算不錯的了。

不過黃勇也是個有分寸的人，話說到這個分兒上，他便不再多說，省得給別人一種自己女兒嫁不出去的錯覺，所以他轉而說起其他的話題。

又說了一會兒話，黃勇便領著一家人離開，茶桌上只剩下孫吉祥三人。

宋平生看向孫吉祥，問道：「吉祥，你怎麼想的？」

孫吉祥給三人都添了點茶水，喝了一口，先是咂吧咂吧嘴。「這茶水沒滋沒味的，咋還這麼貴？」放下茶杯後才又道：「今天這事……我還得再看看，畢竟成親可不是小事。」

宋平生見孫吉祥沒有腦子一發熱非黃玉鳳不娶，便稍微放下心來。

三人說了會兒話，茶水沒了後就決定離開，經過靠窗的一桌時，聽見兩個中年男人聊得正起勁——

「……聽說沒？隔壁茶葉大縣大豐縣最近在鬧蟲災，這批夏茶恐怕是保不住咯！」

「不會吧？大豐縣種了這麼多年的茶葉了，難道都沒有應對方法？」

「誰知道呢？只聽說從前有鬧過小綠葉蟬跟蚜蟲啥的，今年偏偏是茶尺蠖，茶山老闆們都煩禿了頭。這東西上個月鬧一回，這個月又有，根本除不乾淨。如果處理不好，恐怕還會影響秋茶呢！」

「那這損失就大啦！」

「可不是？遇到這種天災人禍，咱們只有認命的分兒哪！唉，真是慘喔！」

在這兩個男人長吁短嘆的時候，姚三春的眼睛卻亮了，她和宋平生正在製作的五加皮殺蟲劑，剛好可以殺滅這種蟲，並且殺蟲率甚至可以達到百分之百。

要是他們夫妻去大豐縣賣五加皮殺蟲劑，那豈不是能大賺一筆？

因為姚三春滿腦子都是賣五加皮殺蟲劑的事情，回去的路上她異常安靜，一句話都沒說。

回到自家院子後，宋平生關上院門便握住姚三春的兩隻手，笑道：「怎麼了？一路上一句話都沒說，是不是哪裡不舒服？」

姚三春的笑容逐漸擴大，兩個酒窩隨之加深，黑白分明的眼睛閃爍著動人的神采，言語中難掩激動。「平生，咱們的五加皮殺蟲劑要派上用場了！」

宋平生長眉上揚。「哦？」

姚三春興奮地搓起小手。「茶館裡那兩人的談話你聽到了吧？茶尺蠖，咱們的五加皮殺蟲劑可以殺滅啊！看來這筆錢我們賺定了！」

聽到這個消息，宋平生自然也十分高興，夫妻倆回屋裡商討了半天，終於拿出了個章程來——這兩天他們夫妻倆暫時放下手中的活兒，抓緊時間製作出幾十斤的五加皮殺蟲劑，大後天宋平生叫上孫吉祥陪同，兩人先去大豐縣探探路，而姚三春就留在家中繼續製作五加皮殺蟲劑。

雖然姚三春心裡是想陪宋平生一起去的，但是從瓦溝鎮到大豐縣有百里地的樣子，並且途經好幾座大山，帶一個女人上路確實不太安全。

方圓幾百里之內，雖說治安還算安寧，但是也出現過山中遇強盜這些事。

就這樣，連續兩日以來，宋平生和姚三春都在家中磨製五加皮根等一干材料，到了第二日下午終於磨了一些出來，再按照五加皮根粉一斤、石膏粉一斤二兩、石灰七錢、信石三錢的比例混合，這便大功告成了。

第三日早上天矇矇亮，姚三春家裡屋便傳來窸窸窣窣的穿衣聲。

姚三春起來後先把大花籃裡的小雞倒到雞圈，然後把粥熬上，粥沸騰後旁邊兩個小鍋裡的水也熱了，剛好用來泡衣裳，泡衣裳的這段時間她便拿掃帚將院子裡裡外外掃一遍。

姚三春在院子裡才掃到一半，掃帚突然被人一下子搶了去，抬眼一看，不是宋平生又是誰？

宋平生剛洗漱過，今天又穿得很得體整潔，一頭青絲全都綰起來，襯得整個人俐落又精神，實在是神采動人。

當他含笑望過來的時候，姚三春依舊有一種驚豔的感覺。

宋平生看她微微愣神的模樣，輕笑兩聲，摟住她的腰，在她唇上親了一下，旋即鬆開手。「今天起得這麼早幹什麼？剩下的都交給我，妳坐著歇歇。」宋平生說著便開始掃地。

姚三春亦步亦趨地跟著他，情緒有些不易察覺的小失落。「你吃完飯就該走了，還要趕一天的路，早上就別忙活了，都交給我吧。」

宋平生回頭朝她眨了下眼，端著一副漫不經心的模樣。「姚姚，妳對男人的體力，真是一無所知啊！」

「……」姚三春氣得不想理會他，轉身找個小凳子坐下，雙手抱著手臂，就這樣看著宋平生掃地。

其實她心裡明白，她只是有些捨不得宋平生離開，所以找點事轉移注意力罷了。

不過這不是她不夠獨立，而是於他們而言，在這個時代的牽絆只有彼此而已，一想到宋平生即將離開，她真的有種不真實的恍惚感。

再說，他們夫妻二人從穿越以來就一直在一起，從未分開過，所以她有些不適應。

不過以上只是她的那點小心思罷了，她不會說出來，更不會纏著宋平生一起去，那樣就太不懂事了。

早飯後，宋平生將碎銀分幾個地方放好，將所有東西都放入背簍，臨到門口，他忽然轉身抱緊姚三春，在她的頸窩狠狠嗅了一口。

他很快鬆開手，臉上仍是那副一本正經的模樣。「姚姚，快則四天，慢則七天，我就會回來了。我不在的這幾天，要好好吃飯。我已經和大哥大嫂打過招呼，讓他們最近多留心這邊，至於做飯的事情妳也別擔心，大嫂和娘會幫忙的。還有，晚上睡覺關好門窗。」

姚三春笑著掐了一把他的臉，惡聲惡氣地道：「我知道咯！真是囉嗦，我又不是小孩子！你跟吉祥才要注意安全，知道了嗎？」

宋平生一瞬也不瞬地望著她，點頭。「記得想我。」

宋平生離開的第一刻鐘，想他。

宋平生離開的第二刻鐘，還是想他。

宋平生離開的第三刻鐘……姚三春放下碾盤出了門。

想人太辛苦了，還是出去找大嫂嘮個兩文錢的吧，經濟又實惠。

於是，在宋平生離開還不足半個時辰之後，姚三春便笑容明媚地站在宋家院子裡了。

羅氏剛從菜園子回來，姚三春便坐下幫她一起挑揀蔬菜，羅氏摘的蔬菜還真不少，豆角、小青菜、青椒、葫蘆、黃瓜……

姚三春一邊幫她挑揀，一邊道：「大嫂，妳摘這麼多菜，今天能吃得完嗎？」

羅氏幹活是個索利的，一邊挑揀嫩豆角，同時不耽誤嘴上功夫。「嫩豆角跟青椒放一起醃，老豆角中午燒鹹肉。再說了……」抬眼瞅姚三春一眼。「不是還要給妳留一份菜嗎？」

姚三春直起背往後一靠。「啊？」

羅氏垂下眼睛繼續幹活。「平生出門前不是千叮嚀、萬囑咐，讓我跟二狗子他爹多照顧妳嗎？尤其妳那個燒菜的功夫，我還不清楚？」

「呃……」姚三春無言以對。

羅氏在心裡小聲嘀咕道：我倒是真看走了眼，沒想到老二竟然這麼會照顧人……

姚三春幫忙挑揀小青菜，卻發現宋家種的小青菜上也是有一堆蟲洞，除了裡頭才抽出的嫩葉，就幾乎沒有完整的菜葉，所以姚三春決定待會兒給羅氏也送點柳葉殺蟲劑過來。

此時宋家就她們兩個大人加一個小孩，妯娌倆說了一會兒話後，姚三春突然湊近羅氏，壓低了嗓子問道：「大嫂，娘怎麼有時候臉色很差？妳知不知道是怎麼回事？」

羅氏眸光閃了閃，表面卻不動聲色，頓了頓道：「家裡這麼多田地，娘天天忙裡忙外的，恐怕是忙壞了吧。」

姚三春不置可否地點著頭，隨後又皺了皺眉頭。「是這樣嗎？可我總覺得有些不對頭，前陣子沒那麼忙的時候，有一次我看到娘的臉色也不太好，該不會是……」

羅氏一不小心把一根嫩豆角拽成了兩截，她忙止住姚三春的話頭。「妳可別亂猜！要是被娘知道了，她肯定不高興！」

田氏會不高興？羅氏說這話真是太奇怪了。姚三春疑竇叢生，心中那個猜想越發變得清晰，難不成……田氏是被宋茂山家暴了？

以宋茂山這人的性格，家暴老婆也不是不可能的事情。

姚三春不敢再往深處想下去，這事還是等平生回來再商量吧！

雖說她和宋平生對田氏沒有那麼深的感情，但田氏怎麼說也是宋平生原主的親娘，分家之後還時刻惦記著他們夫妻倆，人心都是肉長的，他們自然不能視若無睹。

因為腦子裡裝著田氏的事情，姚三春昨夜並沒怎麼睡好，早上起來還打著哈欠。

姚三春洗漱好便坐在灶底，百無聊賴地燒著鍋，就在這時候，院子的大門突然被人敲了兩下，在這片寂靜的院子裡顯得特別的突兀。

姚三春放下火鉗出去，到了院門前並沒有立刻開門，而是先從門縫裡向外看去，她沒想到，門外站著的居然是雙手背在身後的宋茂水。莫不是今天的太陽打西邊出來了？稀奇啊！

姚三春立即打開門，笑道：「二叔，這麼早啊？是有啥事嗎？」

宋茂水頂著一張與宋茂山同款的不苟言笑臉，點一下頭，開門見山道：「早上看妳家菜園子裡的小青菜蟲洞少了不少，上回妳澆菜園子的是啥藥水？」

姚三春心裡想，這位宋家二叔果然一心只關注地裡的事情，否則恐怕人家一輩子都不會主動敲她家的門。

不過這些話姚三春肯定不能說出口，她回道：「二叔，你這回真是來巧了！我昨天才做了一些藥水，準備給平生他大哥送過去，剛好還有多的，我現在就給你拿去！」說完回身進堂屋。至於這是什麼藥水，姚三春並不準備說，因為她和平生可是準備靠賣藥水吃飯的！

很快地，姚三春便抱了一個小罐子過來，交到宋茂水手中後她不忘說道：「二叔，這個小罐子你還得還我，不然我沒東西裝藥水了。」

宋茂水冷哼一聲。「難道我還會貪妳家東西不成？妳直接告訴我藥水多少錢？」

姚三春擺擺手。「二叔別臊我了，不值錢的東西，這小罐子都比藥水值錢呢！」

宋茂水聽她這麼說也沒太糾結，只說了一句。「我知道了。」說完就抱著小罐子轉身回隔壁院子去了。

姚三春不知道的是，宋茂水回家後被郭氏好一通埋怨，說他竟然主動跟宋茂山家二房人要東西，簡直臉面都不要了。

不過罵歸罵，郭氏也知道自家老頭子有多倔，只要事關莊稼的事情，他是真的啥都豁得出去。

其實宋茂水才成親的時候並不是這樣，只是後來家中遭遇變故，宋茂水一家子差點都餓死了，自此之後，宋茂水便把莊稼看得比自己的命都要重。

今天是宋平生離開家的第二天，姚三春照例想了他一會兒，然後便該幹麼幹麼去了。

上午餵雞、洗衣服，完了就給羅氏送去一小罐的藥水，至於人家用不用她就不管了。

轉眼間天又暗了下來，新月如鉤，黑藍色的天幕有繁星幾許，整個老槐樹村都被漆黑的夜幕籠罩著，只有田裡的蛙聲叫得越發熱鬧。

姚三春關好門窗，然後便洗洗睡了。

也不知過了多久，窗外頭依舊漆黑一片，姚三春家的院子裡卻突然冒出一道鬼鬼祟祟的身影。

對方放輕腳步，貓著身子先來到堂屋門前，結果發現堂屋居然落了鎖，氣得那小賊咒罵一聲，只能轉身去往廚房，然而姚三春家的廚房裡只有那點柳葉和一堆破罐爛碗的，連這小賊都看不上。

最後便只剩下裡屋了，這小賊在裡屋窗戶邊站了一會兒，似乎是在考慮到底要不要冒這個險？

就在這時，睡夢中的姚三春突然被院子裡小雞仔的幾聲倉皇叫聲驚醒，倒不是她夠警覺，純粹是因為一個人不太敢睡太熟。

姚三春睡眼惺忪地望向窗外，這一眼剛好看到窗外一道模糊人影晃過，嚇得她心臟一下子蹦到嗓子眼。

三更半夜的，家裡就她一個女人，院子外頭就是賊，任誰碰到這個情形都淡定不了！

姚三春窸窸窣窣地坐起來，腦子亂糟糟的，一時間想不到該怎麼處理才最安全，這時，裡屋的門閂突然開始動了！

這動靜若是放在白天，姚三春肯定不會發覺，可是現在三更半夜，周圍靜悄悄的，這點聲響在黑夜裡如同放大了一百倍，聽得她一陣頭皮發麻。

姚三春學過跆拳道是沒錯，可是假如這個賊是男人，她可沒有絕對把握能制住他，而且她現在特別惜命，如果不到緊要關頭，她不想跟人家拚命。

她可是女主角，她不能出事啊！

姚三春腦子裡想得多，但其實只是幾個呼吸之間的事情，待她稍微冷靜下來，便快速作了決定。

姚三春連鞋子都沒穿，跑到門邊便一頓猛捶，捶得這塊門板「哐噹哐噹」的響，好像下一刻就要散了架一樣。

「二叔！二嬸！你們快來救救我啊，我家進了賊！快來人捉住他！有賊！有賊啊——」

姚三春扯著嗓子一陣亂嗷，女人尖利的聲音簡直直插雲霄，震得人耳膜都要破碎，這下子，附近幾戶人家絕對都能聽到動靜。

這小賊哪裡還敢逗留？一溜煙跑出院子，很快消失在黑夜裡。

沒一會兒，宋茂水、宋平安父子手中各握著鐵鍬和鐵叉出現在姚三春家的院子裡，周圍的其他鄰居也陸陸續續趕過來，他們大部分衣裳都沒穿好就跑出來了，有的甚至還光著腳。

姚三春從窗戶看到外頭有火光和人聲，終於敢從裡屋出來，只是還有些驚魂未定。

「二叔、堂哥，那賊已經跑了。」

宋茂水見她安然無恙，放下手中的鐵叉，四下一指。「快看看，有沒有丟了什麼東西？」

姚三春忙四處看了一圈，沒發現丟什麼東西，但是裝著小雞仔的花籃卻是倒著的，旁邊靜靜地躺著兩隻小雞仔的屍體。

姚三春只看了兩眼就扭過頭不想看了，因為這兩隻小雞仔是被人踩死的，身子都被人踩扁了，看起來著實可憐。

宋茂水看到後忍不住咒罵。「天殺的小畜生！沒偷到東西竟然連小雞仔都不放過！生兒子沒屁眼的狗玩意兒！」

宋平安拉住他。「爹！」

宋茂水憤憤地抽回手。「糟蹋東西，踩死家裡養的畜牲，這人就是狗玩意兒，我罵他幾句都是輕的！要被我發現是哪個小畜生幹的，看我拿鐵鍬鏟他！」

旁邊有好幾個人也應和他。

「就是！咱們老槐樹村在外頭的名聲一向好，現在竟然出現了賊偷，傳出去豈不是連累咱們村所有人沒臉？」

「咱們村裡人都過得還行，又沒窮到要餓死的地步，哪就想不開去做賊了？這可是損陰德的事情，小心報應到兒女子孫頭上喔！」

宋茂水跟他們罵得越發起勁。

宋平安只能一臉無奈地看著他老子精神奕奕地罵人。

姚三春本來既生氣又害怕，可見宋茂水他們比自己還生氣的樣子，心情突然好轉了不少。

雖說家中遭賊，但是啥也沒丟不是？雖然死了兩隻小雞有些難過，但是還有八隻啊！姚三春這樣安慰著自己。

胡亂熬了一夜，第二日姚三春頂著一對濃重的黑眼圈起床，臉都沒來得及洗，宋平東夫妻還有宋婉兒便趕過來了。

宋婉兒進院子後左右打量。

羅氏則直接問道：「我跟二狗子他爹一大早就聽人說妳這兒昨晚遭賊了，我們沒來得及細問就趕過來了，可丟了什麼東西？」

因為宋家距離姚三春家有點遠，昨晚沒聽到動靜也是正常的。

姚三春打個哈欠，搖搖頭，看到田氏不在也不奇怪，只道：「東西倒是沒丟，就是小雞仔被踩死兩隻。昨晚我也是被嚇壞了，還好二叔他家在隔壁，孫四叔他們也來了，小賊直接被嚇跑了。」

宋平東跟宋茂水一家從沒有交集，聽到他們幫忙多少有幾分不自在，遲疑地說道：「那是要謝謝人家。」正了正色，又道：「剛才我過來時打聽過了，村裡其他人家都沒有進賊，看來那賊就是咱們村的，知道平生出了門，所以才找妳下手。」

姚三春面無表情地點頭。「我也是這樣想的。」

其實昨晚她就想到了，她家前後左右都有人家，可小賊偏偏就來她家，分明是有備而來。且這小賊應該知道她家就她一人，所以這賊就是老槐樹村的。

羅氏擰著眉。「咱們老槐樹村這幾年都沒出現過賊偷，咋就突然有人偷東西了？這下子搞得咱們一個村子都不得安寧！」

姚三春精神不濟，不過還是強撐著道：「大哥大嫂，既然你們來了，就陪我一道去里正家吧。不管如何，這事得引起重視，要是這次我息事寧人，說不準這賊下次還會來。」

羅氏連連點頭。

宋平東也點頭，心裡卻有些過意不去。平生讓他這個大哥幫忙照顧媳婦，結果第二晚平生家就遭了賊，自己還是最後一個知道的！這叫個什麼事？

於是宋平東當機立斷地朝姚三春道：「這幾晚讓妳嫂子陪妳，我在妳家堂屋搭塊板子湊合幾晚，直到平生回來。」

姚三春想都沒想就點頭答應了，經過昨晚的事，她現在心裡都毛毛的，有人陪她，她簡直求之不得。「問題是，爹會同意嗎？」

幾人之間的氣氛頓時一滯。

宋婉兒的杏仁眼轉了轉，忍不住嘟嘴道：「二嫂，爹雖然脾氣不太好，但是只要妳不要頂撞他，爹不會為難妳的。」

姚三春簡直要窒息了。妹子，妳這年紀輕輕的，怎麼就這麼瞎呀！

宋平東猶疑了一下，然後道：「昨晚的事情鬧得全村都知道了，爹好面子，應該不會反對，不然村裡人豈不是會說爹不講情面？」

姚三春不置可否。

又說了一會兒話後，四人便去了里正家，只可惜昨晚沒人看到賊的相貌，所以里正也拿不出行之有效的方法，加上姚三春家沒丟什麼東西，這事情竟然就這麼不了了之了。

終於熬到第七天，宋平生和孫吉祥回村了。

姚三春中午吃完飯出來消消食，走著走著，不知不覺就走到村頭，只是沒想到她在村頭沒站多久，宋平生的身影突然出現在眼前。

宋平生也沒想到姚三春在這兒等他，清潤的眼眸難得露出幾絲愣怔的傻氣，回過神來便立刻一路小跑，完全將孫吉祥拋在腦後。

宋平生人高腿長，很快就跑到姚三春跟前，很克制地抱著她。

好在宋平生顧忌在外頭，抱了一下便立刻鬆開手，只在背後偷偷牽住姚三春的手。

縱是如此，也把孫吉祥給看傻了。

孫吉祥張著嘴跟過來，目光在宋平生和姚三春之間來回掃視，好半天才說一句。「那句話叫什麼來著？一天沒見面，就如同過了三個秋天，這回我總算明白是什麼意思了！不過我看到就算了，要是被村裡老一輩的看到，恐怕眼神都要吃了你們喔！」

宋平生抬起眉梢，半真半假地道：「他們算老幾？」

孫吉祥只能默默豎起大拇指。「果然是我孫吉祥的兄弟，吹牛皮和我一樣厲害！」

姚三春夫妻。「……」

三人一起往回走，到了岔路口，孫吉祥便忙不迭地揮手再見了，待只剩下夫妻兩人，窄窄的小道上，宋平生緊緊握著姚三春不復柔嫩的手。

姚三春心中很甜，主動提起其他話題。「你說最慢七天，結果還真是七天。這一來一回也太久了吧？」

宋平生眼中盛著笑意，有些無奈地道：「本來上午就該回來的，只是回來時剛好經過大狗村，吉祥想去打聽打聽黃家的事情，所以就耽擱了一些時間。」

姚三春被勾起好奇心，黑白分明的眼眸一眨也不眨。「那你們打聽到什麼了？」

宋平生在姚三春白皙了些的臉頰上掐了一把，道：「黃家人沒說謊，那位黃姑娘確實是被未婚夫耽誤了，退婚後又大病一場，所以才拖到現在還沒嫁人。」

姚三春忍不住唏噓。「那她可真慘，不過總比嫁過去才發現未婚夫不是良人的好。就是不知道吉祥現在是怎麼個想法了？」

宋平生神色輕鬆，道：「從大狗村回來後，吉祥一路上都在想賺錢的事，我看他那樣子，恐怕是好事將近了。」

姚三春進了自家院子，聽到這句話，腳步倏然停下。「說到賺錢的事情，這次農藥賣得怎麼樣了？」一邊說著一邊往宋平生背簍裡瞧，結果就看到背簍裡只有換洗的衣裳和一把菜刀，其他什麼都沒有。

宋平生的面色陡然僵硬。「那個……姚姚，農藥都賣出去了，就是一分錢都沒有。」

「蛤？」姚三春當場表演了什麼叫笑容逐漸消失。

宋平生高大的身軀微弓著腰，兩手疊放在姚三春肩頭，然後漂亮的下巴就這樣擱在姚三春肩頭，清潤的眼眸還眨了眨，十分無辜。

姚三春一個眼刀過去。

宋平生飛快斂去玩笑的神色，正色道：「大豐縣茶農很多，我費了好一番口舌說我們製作的農藥能殺滅茶尺蠖，但是他們並不信，更何況是用錢買，所以我就跟他們打了一個賭，我提供農藥，若是無效，這些農藥我分文不取；若是證明有效，那他們不僅要付農藥錢，並且以後只能在我們這兒買農藥。」

姚三春很快明白過來他的意思，打賭不是重點，重點是讓茶農們先用上他們的農藥，到時候有效無效一目了然。

宋平生說得簡單，但是在所有茶農都抵制他們農藥的情況下，宋平生能想到這個辦法，姚三春也不得不佩服他的應變能力。

宋平生回到家中，一眼看到院門後頭架著的長凳，還有一個大水缸，不免疑惑，指著問道：「姚姚，這是做什麼的？」

這水缸和長凳當然是用來撐著門板的。

姚三春一五一十地將那晚被賊光顧的事情跟宋平生說了。

宋平生越聽眉頭皺得越緊，最後整張臉都籠罩著一層寒霜。

姚三春悄悄握住他的手，搖了搖。「平生？你倒是說話呀！」

宋平生如夢初醒，對著姚三春，臉色瞬間柔和許多。「沒看到那賊的樣子確實沒辦法，不過只要對方再動手，那咱們就有捉到對方的機會！」說著，聲音又逐漸低沈下來。「姚姚，有時候我真想把妳變成拇指姑娘，去哪兒都帶著妳……」

姚三春。「……」

小別勝新婚，這個晚上夫妻倆自然是有無數的話要說。

第二天，姚三春夫妻倆吃完早飯，落了鎖，便去找田氏了。

宋平生和姚三春去得不巧，到了宋家剛好碰上宋茂山帶著一大家子幹活去。

宋平生先是笑咪咪地喊了一聲「爹」，至於他心裡到底是喊爹還是狗，那只有他自己清楚了。

宋茂山被宋平生這個態度搞得一口氣憋在心口，想吐吐不出來，想嚥嚥不下去，最後只能一甩袖子，冷哼一聲出了門。

宋平生轉頭對宋平東說：「大哥，你們先去地裡吧，我跟娘有話要說。」

宋平東沒有多想，點點頭便跟羅氏走了。

倒是羅氏，臨走前偷偷在宋平生夫妻和田氏之間來回打量，眸光微閃，也不知道在想什麼。

宋茂山並未走多遠，聽到宋平生叫住田氏，回頭瞪了母子倆一眼，道：「地裡事情多得很，有話說快點！」

待宋茂山轉回身走掉，姚三春不禁偷偷朝他的背影磨了磨牙。真是一個惹人嫌的糟老頭子！

田氏跟著宋平生來到一片竹林後頭，她見二兒子一直板著張臉不說話，心裡無端感到一絲緊張。「平生啊，你叫娘來是有啥事？咱們得快點，不然你爹他又要不高興了。」

宋平生面無表情地盯著田氏，突然道：「娘，妳這麼怕爹，日子還有什麼盼頭？不如跟爹和離算了。」

田氏被宋平生這番大逆不道的話嚇得臉色發白，道：「你說什麼胡話？我跟你爹和離，那你跟你幾個兄弟姊妹以後還怎麼做人？」說到後來，她終於冷靜下來，苦口婆心地勸宋平生。「平生，你別整天氣你爹了，跟他鬥，你撈不到好處的。你爹那人我比你瞭解，我怕你再惹他，他恐怕不會善罷甘休，哪怕你是他親兒子也沒用！」

宋平生扯唇一笑。「娘，妳想讓我在爹面前當孝子，可以啊，只要妳跟爹和離。」

田氏呼吸一滯，忙垂下眼睛，將散落的碎髮勾至耳後，聲音有些顯而易見的僵硬。「好好的，你非讓我跟你爹和離做什麼？」

宋平生聲音冷冰冰的，擲地有聲地道：「因為爹他不是個東西，小時候打我們就算了，竟然還動手打娘妳！」

田氏本就發白的臉瞬間變得毫無人色，和宋平生相似的眼眸閃過一團慌亂，卻又極快地壓下眼中的各種情緒，甚至難得地露出一絲怒氣。「老二，你瞎說啥呢？你爹沒打過我！」

田氏說話底氣很足，奈何宋平生根本不信。

他二話不說地抓住田氏的胳膊，飛快將袖子捋上去，田氏青紫交錯、傷痕累累的胳膊就這樣毫無預兆地暴露在空氣中！

宋平生和姚三春齊齊倒抽一口涼氣。

雖說他們夫妻猜測是宋茂山家暴田氏，但是當田氏傷痕累累的模樣真真切切地展露在面前時，他們始終無法淡定。

目前而言，姚三春和宋平生對田氏說不上有多深的感情，但是人心都是肉長的，尤其是看到人這麼好的田氏竟被人欺負成這樣，是個人都看不下去！

田氏急忙抽回胳膊，放下袖子，身形晃了晃，站定後都不願跟宋平生對視。「這是我自己摔的……」

宋平生兩道長眉緊緊皺在一起，眼中寒光畢露，語氣變得極為不客氣。「妳還幫那個老東西說話？我不是三歲小孩子了，信不信我現在就去把那個老東西揍一頓？」

田氏滿面急色，只能抓住宋平生的胳膊，語氣稱得上是哀求地道：「平生，你別去！你也別跟你大哥他們說，就當啥都沒看到過吧！算娘求你了，好不好？」

同樣身為女性，姚三春此刻氣得七竅生煙。「娘！他都這樣對妳了，對平生和大哥也不好，這樣無恥噁心的男人，妳為什麼還要維護他？沒有他，妳只會過得更好！」

宋平生上前一步。「娘，妳別怕，就算是爹把妳休了，我來養妳，而且大哥大姊他們也絕對不會坐視不管的！妳有這麼多孩子，妳怕什麼？」

田氏只一個勁兒地搖頭，沒一會兒便滿臉的淚，眼中全是絕望。「不行……不可以……我不願意……」

宋平生和姚三春看田氏這個樣子，心中十分不好受，同時更是怒其不爭。

宋平生索性鐵了心，從田氏手中抽回胳膊，冷冷地道：「我是妳兒子，看到母親受苦卻不聞不問，這是大不孝！就算妳真的不願跟那老東西分開，我也有責任把這事告訴大哥他們！」

宋茂山打田氏的事情一旦被一干子女知道，那田氏願不願意和離就不只是她一個人的事情了。

田氏雙眼通紅，眼中全是掙扎之色，然而再抬眼時，她眼中只有一種痛苦的決絕。「宋平生，如果你還當我是你娘，你現在就發誓，不會把這事說出去，否則……」她從竹園中拿起一塊石頭，眼神無比堅定。「我今天就死在這兒！我說到做到！」

宋平生和姚三春都被田氏眼中的絕望和決絕所震懾，一時間他們真的迷惑了，田氏到底是懷著怎樣的心情在威脅他們？但是有一點可以確定，那就是田氏說的是真的，她是真的以死相逼，為的就是不讓宋平生把這事告訴宋平東他們！

也是在這個時候，姚三春突然明白了那日羅氏為何眼神閃爍，並且說她亂猜會讓田氏生氣了。羅氏恐怕也發現了田氏被宋茂山打的事情，並且還問過田氏，可是最後卻被田氏逼著發誓，不允許對任何人說。

宋平生和姚三春對視一眼，兩人沒有表態。

田氏卻等不及了，她緊抿著嘴唇，抬起手中石塊作勢就要往頭上砸。

看田氏那架勢，砸下去恐怕半條命就沒了，一點也不像唬人的。

宋平生和姚三春是為了救田氏，可不是為了逼田氏死，看田氏都做出這種架勢來了，他們夫妻哪裡還敢再逼她？最後還是被逼著發了誓。

「兒啊，娘不是不願，是不能啊……」等宋平生和姚三春不甘不願地離去後，田氏雙手撐著農具，臉埋在手背上好一頓大哭，只是哭得無聲無息罷了。

姚三春夫妻倆回到自家院子，兩人的心情都憋悶得可以，就彷彿被人迎面揍了一拳，暈得七葷八素的，半天都緩不過勁來。

堂屋裡，坐在方桌旁的宋平生捏了捏眉心，無聲嘆息道：「都這樣了，娘她竟然還不願意離開宋茂山，難道是斯德哥爾摩症候群？這就難辦了。」

姚三春唇角緊抿，過了一會兒才道：「平生，我始終覺得，娘對宋茂山並沒有多深的感情，她之所以死都不願意離開，可能還有其他我們不知道的原因。」

「哦？」宋平生放下手，湊近問道：「為什麼這樣說？」

姚三春理了理思緒，回道：「愛一個人，眼神是騙不了人的，日常生活中，娘對宋茂山言聽計從、千依百順，可從娘的表現來看，她只有畏懼和害怕，而不是把宋茂山當作自己的丈夫，所以我覺得，其中或許另有隱情。當然，也有可能是我電視劇看多了……」無奈地撓頭。

姚三春這麼一說，宋平生的思緒更亂了，這絕對不是一件三言兩語能弄清楚的事情，他只能道：「過幾天等大哥閒下來，我就把這事告訴他，他住得近，還能幫得到娘。」

姚三春側過頭，嘴角含著一絲不易察覺的笑。「我們發過的誓呢？」

宋平生背脊筆直，不以為意地往後一靠。「難道人命不如誓言重要？」

姚三春一把摟住他的脖子，頭靠在他頸側。「我就知道你心軟……」

宋平生嘴角勾起一抹笑，與其說他心軟，不如說他是為了她心軟。

第九章

接下來的幾天，姚三春夫妻倆也得忙自己的事情，水稻到了拔節期，所需要的水量比剛插秧時要多，且村裡往田裡灌水的也多了。

姚三春夫妻倆為了確保水田的水足夠深，還得花錢向別人家租用龍骨水車，一點一點地向水田灌水，也是累人的活兒。

除此之外，水田裡、水田田埂上、旱地全都要除野草，又要時不時施肥。

總之，只要你不想閒著，你每天都能忙得腳不沾地，沒有一點閒暇的時光。

姚三春家才這幾畝地就能忙成這樣，宋家那麼多的地，可想會忙成什麼樣，所以宋平生想找宋平東長談的事情只能暫時擱置。

這天晚上，就在宋平生關上堂屋的門時，他家院門外突然傳來兩聲極低的叫喊聲，低到宋平生差點以為自己產生幻聽了。

「嗚嗚……姊！姊，我是小蓮啊……」

宋平生摸黑打開門，月光下，院外站著的是姚三春的親妹妹姚小蓮。

姚小蓮看開門的是宋平生，兩三下地擦乾眼淚，笑得有些諂媚，可更多的是驚惶。「姊夫……我找我姊……」

宋平生跟這個便宜小姨子也沒什麼好說的，便讓對方先進堂屋坐著。

姚三春洗完澡，髮梢還滴著水便出來了，一見到堂屋坐著的姚小蓮，她沒控制住表情，眼尾抽了抽。

姚小蓮看到親姊姊，立刻撲上前，淚流滿面道：「姊，爹娘要把我賣給老男人當填房，妳一定要救救我！我不想嫁！」

姚三春眼睛跳了跳，拉著姚小蓮坐下來，問道：「妳說說，到底怎麼回事？」

姚小蓮揉著咕嚕叫的肚子，耷拉著腦袋，抽抽噎噎地道：「自從姊妳嫁人後，爹娘很快就把宋家給的彩禮錢花光了，最近連口粥都喝不上，所以他們就決定把我嫁給一個老鰥夫做填房。姊，那個老鰥夫都三十多了，最大的孩子就比我小幾個月，而且他家還很窮，所以我就逃了！」

嚴格來說，這是姚三春第一次見姚小蓮，不過聽說她被迫嫁給一個可以當爹的鰥夫，她還是挺氣憤的。「他們太過分了！」

「就是！」姚小蓮氣憤地拍向方桌。「老鰥夫有四個孩子就算了，但是他家窮得都快吃不上飯，我才不要嫁給他，否則遲早要餓死！」

姚三春頓時露出一言難盡的表情。「……這是重點嗎？」

姚小蓮想都沒想就點頭。「當然了！嫁人最重要的不就是吃飽飯嗎？其他都不重要！」

姚三春沈默了，其實她略一思索就能明白姚小蓮為什麼會這樣想。姚大志跟范氏把日子過得一團糟，又懶又饞，一家人能活到現在，基本上就是靠那些上不得檯面的偷雞摸狗行為，吃完上頓沒下頓是常事，所以姚家一家子都瘦成這副風一颳就會倒的鬼樣子。

而姚小蓮從小就吃不飽、穿不暖的，生活條件惡劣，這導致她現階段對生活的慾望很低，只要能吃飽飯就行。

姚三春不是原主，但是腦子裡鑽出來的那記憶卻讓她十分難受。

甚至晚上睡著後，她腦子裡還是六、七歲的原主半夜喝涼水飽肚子，最後肚子疼得在地上打滾的樣子。

第二日，姚三春夫妻倆起來就發現家裡的地已經被掃得乾乾淨淨，而此時姚小蓮正在廚房裡搓衣裳。

姚小蓮見姚三春正看著自己，臉上擠出一抹笑。「姊、姊夫，你們起來啦！地我掃完了，但是沒看到米缸在哪裡，所以飯沒做，嘿嘿……」

姚三春無奈地道：「小蓮，妳不必做這些，我跟妳姊夫自己來就行了，妳早上還不如多睡一會兒。」

姚小蓮搓衣裳的動作一頓，瞥了宋平生一眼，面上有些緊張和無措。「可是我在家都幹習慣了。」

姚三春插腰。「嘿！說得好像我以前在家沒幹習慣一樣！」

「……」姚小蓮無法反駁。

姊妹倆大眼瞪小眼地僵持了一會兒，最後還是眼睛稍小的姚小蓮敗下陣來。

早上姚三春燒鍋煮粥，宋平生便切了兩個醃製過的雞胗上鍋蒸著，又從菜園子裡摘了兩根黃瓜涼拌，最後還從菜罈子裡抓了一碗醃製的豆角，對於農家人來說已經算豐盛了。

宋平生切黃瓜的時候，姚小蓮就一臉癡呆地望著宋平生。

姚三春瞅著她問：「小蓮，妳看啥呢？」

姚小蓮回過神來，莫名其妙地道：「姊，姊夫對妳可真好，會關心人還會下廚房做菜。」

姚三春不解。「所以？」

姚小蓮幽幽地道：「難道是我誤會爹娘了？他們挑女婿的眼光還是挺好的，要不然我嫁過去試試？」

姚三春「騰」地從灶底前起身，毫不猶豫地給了姚小蓮一記爆栗。「沒睡醒吧？傻丫頭！」

姚小蓮摸了摸腦袋，眼神很委屈。

早飯之後，又是忙碌日子的開始。

雖說姚三春夫妻倆覺得姚家遲早會找過來，但是姚小蓮昨天是天黑才來到老槐樹村的，所以除了姚三春夫妻倆，其他村民都不知道姚小蓮的存在，於是夫妻倆便決定讓姚小蓮在家待著。

若是姚大志夫妻真的來了，他們便讓姚小蓮從屋後的小窗戶爬出去躲著。

姚三春夫妻倆讓姚小蓮待在家中，然後就落鎖出門，今天他們要去鎮上榨油菜籽。

油菜籽榨好之後，姚三春夫妻倆將剩下的渣滓也都一點不剩地帶走了，這油菜籽渣滓可是好東西，不僅可以餵畜牲，還是肥田的好材料，絕對不能浪費了。

直到中午，夫妻倆才推著板車從鎮上回來，只是剛到村口，宋婉兒就一陣煙地飛奔過來，一邊揮舞著手臂，一邊興奮地高聲道：「二哥，有個大豐縣的人來找你嘞！」

聽到「大豐縣」三個關鍵字，宋平生和姚三春忙加快腳步。

兄妹倆一碰頭，宋平生便問：「那人現在在哪兒？」

宋婉兒大大的杏仁眼閃閃發亮。「當然是在家裡啊！爹讓我在村口等你，爹跟大哥還有里正他們都在陪客人，爹還想留客人在家吃中飯呢！豁，二哥你是不知道，那個人穿得可有錢的樣子了……」

後面的話宋平生和姚三春聽不下去了，當即臉一黑。有了這一遭，宋茂山少不得要明裡暗裡跟客人打聽農藥的事情了，這可不是姚三春夫妻倆想看到的。

但是事情偏偏這麼不湊巧，姚三春夫妻出門剛好跟客人來訪錯過，導致客人被領進了宋家。事已至此，姚三春夫妻倆無話可說，只能先將菜籽油和油菜籽渣滓放回家中，然後大步流星趕去宋家。

今天的宋家真是熱鬧極了，甚至比把宋平生分出去那一日還要熱鬧，不但是里正來了，村裡有名望的幾位一個也沒少，就連宋家院子裡、廚房裡都有一群人看熱鬧，要不是宋家堂屋裡的客人看起來像是有錢人家出來的，他們真恨不得擠進堂屋看個痛快。

沒辦法，鄉下新鮮事少，誰家狗子生小狗都能傳遍全村，還有什麼好說的呢？好在客人劉青山是個見識多的，倒是未表現出不悅。

至於宋茂山，他向來是個愛臉面的，今天宋家來了這麼一位看起來就身分不一般的客人，他自然不會攔著村裡人過來看，否則他也不會叫這麼多人作陪了。

宋平生夫妻倆趕過來的時候，劉青山和宋茂山等人聊得挺熱鬧的，堂屋裡一點都不見冷清。

宋平生先是朝宋茂山喊了一聲「爹」，然後才朝劉青山看過去。「想必您就是來找我的客人吧？您遠從大豐縣趕過來，我卻現在才趕回來，失禮了。」

劉青山含笑。「宋賢姪說笑了，說來還是劉某不請自來，唐突在前。」

宋平生回以一笑。「聽說劉先生是從大豐縣而來，我前陣子經過那邊，真是風景秀麗的好地方……」

這個時候，宋平東和宋平文幾乎沒有插話的機會。

宋平文頗為不耐，卻因為宋茂山的叮囑而不得不坐在堂屋裡，因而臉色稱不上好。

至於宋平東，他一會兒看著宋平生，一會兒又是一副深思的表情。

宋平生跟劉青山有來有回地聊著天，可就是一句都不問劉青山的來意，再加上宋平生跟宋茂山全程沒有眼神交流，院子裡還有人用一副看好戲的表情看著他們，因此劉青山敏銳地察覺到有異之處。劉青山也是個人精，很快就猜了個七七八八，於是他便陪著宋平生瞎扯淡，就是不談正事。

這兩人沈得住氣，不代表宋茂山也沈得住氣，但他不悅歸不悅，還是笑著問劉青山。

「劉大哥，既然我兒子已經過來了，不知你找平生是有啥事？」

一旁插不上話的姚三春心中鄙夷，看宋茂山那副趨炎附勢的小人嘴臉，簡直令人作嘔！

劉青山掃了宋平生一眼，見對方只半垂著眼瞼，一副置身事外的表情，便道：「我找宋賢姪也不是為了多大的事情，稍後再聊也不遲。不如我再跟你們介紹幾樣大豐縣當地的特色……」說著又是幾百字的廢話。

宋茂山差點吐血。老子才不想知道你們大豐縣的花兒為什麼這麼紅？黃瓜為什麼這麼脆？

酒過三巡，宋茂山的笑容僵硬得沒法看。

姚三春看到糟老頭子的憋屈樣，只覺得暗爽無比，甚至在心裡默默喝彩。

酒桌上，劉青山拉著宋平生好一頓誇讚，直說宋平生年少有為，前途不可限量。

里正跟村裡其他幾位都不免納悶了，他宋平生就一個不著調的二流子，怎麼就得了劉青山的青眼？還是說，劉青山眼睛瞎了？

所有人都越發好奇了，他劉青山特地來一趟鄉下，到底是為了啥？

這個問題不僅陪酒的幾位想知道，宋茂山也迫切的想知道，因為劉青山從頭到尾只提過一次關於農藥的事，可這著實讓他摸不著頭腦。

中飯之後，劉青山藉口出去方便一下，偷偷拉著宋平生說了一會兒話，再回到宋家院子後便跟宋茂山告辭了。

劉青山走了之後，里正和其他幾位也酒足飯飽地離去，然而宋家堂屋裡的氣氛卻變了個樣。

宋茂山沒說話，目光詭異地打量了宋平生半晌，幽幽開口。「平生，你跟這個劉青山是怎麼認識的？他又是幹啥的？他找你有啥事？」

宋平生和姚三春同時抬了抬眉梢，宋茂山竟破天荒地喊宋平生的名字，而不是喊他「小畜生」，簡直就是太陽打西邊出來了啊！

宋平生似笑非笑地望著宋茂山，吊兒郎當地道：「爹你想知道？可我今天心情好，就是不想說咋地？」

宋茂山一口氣堵在嗓子眼，感覺自己的肺管子都被戳破了，臉上表情青青紫紫的，煞是好看。

田氏偷偷抬眼打量父子倆，滿目的不安。

宋平生可不管宋茂山會被氣成啥樣，說完後毅然決然地拉著姚三春闊步離開，揮揮衣袖，不帶走一片雲彩。徒留宋茂山在原地，氣成一隻老河豚。

姚三春惦記著姚小蓮還沒吃飯，回到家中後就進裡屋舀了一小碗的麵粉，準備給她烙幾個餅。

說來她家的麵粉還是從孫鐵柱家買的，今年才收穫的冬小麥，磨的粉細白清香，就是烙餅或者做包子看起來髒髒的，一點也不雪白，不過看起來醜，吃起來卻香。

姚小蓮一看到麵粉就快走不動路了，一個勁兒猛吞口水，可見平時在家是什麼待遇了。

姚三春揉著麵團，宋平生喝了幾口水，酒意終於淡了些，抱著手臂斜靠在門框看著姚三春忙活。

因為喝了酒，宋平生冷峻的面容染了桃花一般的緋紅，清潤的眼眸比平時更多情一些，輕眨眼皮望向姚三春時，真是一副招人的樣子。

姚三春揉麵團的力道不自覺重了些，她忍不住抿唇笑了笑，心裡美滋滋的，自己男人長得可真帥！

姚三春一陣偷笑過後，正色道：「平生，今天劉青山跟你說什麼了？咱們做的五加皮殺蟲劑應該已經奏效了吧？」

宋平生放下交疊的長腿，語氣不疾不徐。「他找我確實是為了這事，如我們所預料，夏茶上的茶尺蠖都被殺滅，效果非常好。所以他這次過來不僅結了上次的帳，還另外付了四十兩訂金，讓我們五天之後再送八百斤過去。」

「五天之內八百斤？」姚三春聽到訂金四十兩沒多大反應，倒是聽到八百斤五加皮殺蟲劑就覺得頭痛。最近她的手都快磨掉一層皮了，結果才磨了幾十斤，現在又需要製作八百斤，這真不是一件簡單的事情。「時間太緊，得盡快去鎮上買材料，我們還得多請幾個人幫忙才行！」姚三春心裡暗嘆，這劉青山一開口就是八百斤，恐怕茶山規模不小，這於他們是一次難得的好機會，所以這次一定要好好把握住。

宋平生的眼神越發清明，神色也認真起來。「我們之前準備的五加皮估摸差不多，剩下的幾種材料我下午去鎮上買，姚姚妳去村裡喊上幾個人。除此之外，搗藥罐還有裝農藥的容器都需要準備……」

夫妻倆有說有笑地商量著下午的安排。

過了一會兒姚小蓮進來了，不過她也不關心其他，滿心滿眼都是姚三春手中的麵團，看她那副求吃若渴的樣子，就像屎殼郎看到糞球，眼睛都挪不開了。

姚三春廚藝不太行，烙個餅還是沒問題的，三張餅拿給姚小蓮後，姚小蓮便乖乖坐在灶底啃餅去了。

姚三春和宋平生回屋先將四十兩銀票放好，然後拿著劉青山給的八兩碎銀以及之前攢的五兩，宋平生揣好之後便準備去孫鐵柱家借板車。

宋平生正要出門，宋平東卻過來了。

宋平東見宋平生揹著背簍，一臉欲言又止。「平生……你要出門？」

宋平生又放下背簍，拉著宋平東直接往堂屋去。「大哥，你來得正好，我剛好有話要對你說。」進堂屋前，回頭看了姚三春一眼。

姚三春明白他的意思，先門上院門，然後便進廚房觀賞姚小蓮虎口吞大餅去了。

堂屋裡，宋平東坐下後就見宋平生垂著眼皮，沈默著不知道在想什麼，這樣琢磨不透的宋平生讓他感到些許不自在。

「平生？」宋平東默默打量宋平生。「你不是有話對我說？」

宋平生點頭，抬眼瞅著宋平東，卻道：「大哥你來我家應該也有事，你先說吧。」

宋平東微垂下頭，有些尷尬地道：「是爹非讓我過來打聽劉先生的事情，你不想說就不用說，我就是過來走一遭而已，省得爹又發脾氣。」

宋平生半截手臂撐在桌面，聞言笑了笑，簡單說了幾句。「也沒什麼好隱瞞的，我之前不是外出了幾天嗎？其實我是去大豐縣賣農藥的，而今天劉青山找我自然是為了買農藥。」他家賣農藥的事情遲早要傳出去，不僅如此，他還希望傳得越來越廣才好。只要是賣產品的，誰不希望自家產品能被更多的人所知曉？宋平生說完後頓了頓，道：「對了大哥，這五天我要抓緊時間製作出八百斤的農藥，你跟大嫂要是沒事能不能過來幫忙？我會付工錢。」

可惜後面的話宋平東根本沒聽進去，因為他已被宋平生賣農藥的事情震得回不過神來。

他那個不成材的二流子二弟，怎麼一轉身就賣起農藥來了？並且還搭上了大豐縣這條線？就算他見識少，也知道大豐縣每年產出多少茶葉，甚至遠銷大晉各地，名聲可不小！

他們宋家就算往上十代也都是鄉下泥腿子，一輩子在地裡刨食，他們家哪能跟那種茶葉的大戶搭上關係？

宋平東越想越不安。「平生，你那個農藥真的有用嗎？我都不知道你還會製這個，萬一有問題怎麼辦？」

宋平生的眉目舒展開來，好笑道：「大哥，若是沒用，劉青山還會來找我買藥嗎？」

宋平東冷靜了些，奇怪道：「既然你將這些事跟我明說了，中午爹問你，你咋不說？」

宋平生抱著手臂，右肩聳了聳，吊兒郎當地道：「還沒看出來嗎？我就是故意氣他的唄！」

宋平東良久後嘆了口氣。「平生，你為啥要這樣做？若是爹做得不對，你反駁便是了，為啥還要故意氣他？惹爹生氣你能撈到啥好處？」在宋平東眼裡，無論如何，宋茂山還是他老子。

宋平生一臉嚴肅地盯著宋平東。「大哥，我今天要告訴你一件關於爹和娘的事情，只怕你聽完後會比我還厭惡爹！」

宋平東莫名有些不安，在長凳上挪了挪，道：「你說。」

得到宋平東首肯，宋平生便事無巨細地將那日在竹園裡的事情都告知他，話還沒說完，宋平東便一臉慘色，雙手都在抖，像是在極力忍耐什麼。

宋平生的話音剛落，宋平東就一拳頭重重捶在方桌上，臉色脹紫，額頭青筋都爆了。

「他怎麼能？他怎麼能！」宋平東連捶桌面五、六下，神情痛苦得接近崩潰。「他明明答應過我的！只要我以後順從聽話，他就不會再打娘……」說到最後，他的眼睛已變成赤紅色，看起來有幾分瘆人，跟平日大方親和的爽朗漢子模樣大相徑庭。

宋平生眼中一暗，當即問道：「老頭子從前打過娘？」

宋平東目光沈沈，咬牙切齒地道：「我七、八歲的時候，有一次爹冤枉我偷吃肉，就拿藤條差點把我抽得半死，可那不是我幹的，我就是不承認。娘看不下去就死死護住我，爹見狀更生氣了，於是他把氣都撒在娘頭上，打得娘都吐了血……」

宋平東空洞的目光轉向宋平生，雙手做托舉的姿勢。「你知道嗎？真的是血，鮮紅鮮紅的，沾在手上甩都甩不掉，聞著好噁心……我到現在都忘不了那個味道……後來我真的怕了，我怕他會把娘打死，所以我向爹下跪，求他放過娘，爹就高高地站在我跟娘面前，說只要我聽話，他就不會再打娘了……」說到後來，宋平東的神情由憤怒轉為痛苦。「可是爹娘是夫妻啊！爹打我們就算了，他為什麼還要打娘？娘還不夠好嗎？」

宋平生拍拍宋平東的肩。「大哥，不是娘做得不夠好，而是咱們爹有問題。」

宋平東不知道聽沒聽進去，他抓著頭髮，難受地道：「為什麼這麼久以來我都沒發現娘的異樣？要是我早發現，娘就能少受些苦！就連這次，都是你跟你媳婦發現的，我枉為人子！」

宋平生到底不是原裝貨，他無法切身體會宋平東此刻的感受，只能蒼白地安慰道：「大哥，過去的無法改變，現在最重要的是盡快將娘從火坑裡拖出來。」

過了許久，宋平東勉強壓下各種情緒，道：「平生，我現在腦子一團亂，你有什麼想法直接跟我說。」

宋平生抬眼看去，沈吟片刻後，道：「大哥，打媳婦這種事只有零次和無數次，要我說，爹娘還是分開的好。」

宋平東震驚得眼眸都沒有眨一下，半天才找回自己的聲音，不敢置信地道：「平生，你要爹娘和離？這怎麼行？」他驚得往後退了兩步，眼睛裡泛著血絲。「那畢竟是咱們的親生爹娘啊！」

在宋平東眼裡，他爹宋茂山除了對兩個最小的弟弟妹妹有好臉色外，對他們上頭三個大的都異常嚴厲，對此他偶爾也會有怨言，可無論如何宋茂山都是他們親爹啊！正常人家誰會希望自己的父母分開呢？而且如果這事傳出去，他們做子女的豈不是要被別人的唾沫星子給淹死？

宋平生的神情冷清。「大哥，難道你對宋茂山還抱有什麼不切實際的想法？江山易改，本性難移，我敢斷言，只要娘跟爹待一天，娘就沒一天好日子過，這是你想看到的？」

宋平東一把抱住頭，糾結得面孔幾近扭曲。

宋平生沒奢望宋平東能這麼快轉變想法，於是道：「大哥，你回去好好想想。還有，我覺得這事情有必要讓大姊和婉兒也知曉。」至於宋家的寶貝疙瘩宋平文，他沒抱什麼希望。

「大哥你回去後先不要發作，從娘那天的反應來看，我怕她受到刺激，會幹出非常不理智的行為。咱們兄弟姊妹四個先商量好，統一戰線，再去找爹娘他們攤牌。我們要讓爹知道，這個家可不是他一個人說了算。」

宋平東深深地呼出一口濁氣，神色仍有些陰鬱，可他捏緊不放的拳頭昭示著他的心情並不平靜。「我知道了。」

見宋平東的臉色越來越差，宋平生最後沒再說什麼，等宋平東離去，他也急急忙忙出門去了。

廚房裡，姚三春一見宋平東離去，抻了抻衣裳，在宋平生後頭出了門。

姚三春此行的目的地直指村裡的老槐樹，待她到了那邊，就見老槐樹下聚集了不少人。他們中有人坐在小凳子上，有人甚至搬來長凳，二郎腿蹺得老高，還有人乾脆一屁股坐在地上，嘴裡叼著野草，眾人七嘴八舌，聊得熱火朝天。

姚三春豎起耳朵細聽，他們聊的竟然正是劉青山和宋家的事情。

村裡人一見姚三春過來，十幾雙眼睛齊刷刷地看向她，眼裡閃耀著好奇之光。

里正的小兒子孫正全吐掉嘴裡的野草，笑道：「平生媳婦過來啦？正好，咱們正在說你們家來客人的事情哩！」

孫正全的媳婦汪氏表情誇張地說：「平生媳婦，妳家啥時候認識土財主啦？看人家穿金戴銀的，袖口還繡了金絲，繡的那葉子就跟真的沒兩樣啊！他大拇指上套著的玉扳指看起來得有好幾兩重吧？要我戴著，恐怕手指頭都給壓折咯！」

姚三春嘴角微抽。這位大姊，妳的誇張修辭手法學得也太好了吧！

小蔡氏看不慣姚三春出風頭，眼中是不加掩飾的鄙夷，抱著手臂，陰陽怪氣地道：「嘁，人家再有錢跟宋家又有啥關係？還不是地裡刨食的泥腿子，有啥了不起的！」

姚三春笑容不變，反而客客氣氣地道：「小蔡嫂子說笑了，咱們在座的誰不是地裡刨食的？咱們自力更生，辛勤勞作，咋被妳說得這麼不堪了？」

其他村民當即都看向小蔡氏，那眼神可稱不上溫和。

小蔡氏被姚三春擺了一道，氣得不行，偏偏又無法反駁，差點七竅生煙升了天。

姚三春不欲跟無關緊要的人多說，轉頭朝其他人道：「說到咱家今天來的客人，他其實是來我家買農藥的。」

「農藥？啥農藥？」

「你們家啥時候開始賣農藥了？」

「平生媳婦，妳不是隨口說說的吧？」

姚三春兩個酒窩漾起笑，黑白分明的眼眸閃爍著靈動的光彩。「劉先生一口氣就要了八百斤，豈能是假的？而且因為他五天後就要收貨，我跟平生商量著，還要請十來個人幫忙呢！大家要是有親戚朋友願意幹，明早就來找我，每天十五個大錢，工錢日結，絕不拖欠！」

姚三春這話一出，就像一滴水滾進油鍋裡，老槐樹下的村民徹底炸開了。

一天十五個大錢，五天就是七十五文，那就是將近四斤的豬肉錢啊！這是天大的好事！

除了那些家中田地裡事情多，實在忙不過來的，誰不願意幹啊？

其他人還在算著工錢幾何時，吳二妮已第一個從矮凳上站起來，笑呵呵地道：「三春，我這幾天都沒事，妳就算嫂子一個吧，剛好能給大毛跟他爹割點肉打打牙祭。」

姚三春對吳二妮並沒什麼好感，因為這種人太過現實，不過看在孫鐵柱的面子上，她倒是不好拒絕，而且吳二妮幹活很索利，所以她點頭道：「好的，算吳嫂子一個。」

吳二妮一開口，其他人彷彿瞬間被點燃，爭先恐後要攬下這個活兒，只有幾個家中實在忙不過來的，心裡真是遺憾得很。

就這麼一會兒的時間，姚三春便輕輕鬆鬆地招到八個人，她對這個結果很滿意，說了明天開工的時間，便準備回去了。

這時，小蔡氏突然欺了上來，笑道：「既然三春妳沒招夠人，那便也算我一個吧！咱們街坊鄰居的，就當幫妳的忙了！」

姚三春腦子裡不由得冒出一個問題——這女人的臉皮到底是什麼做的，才能無恥到這個分兒上？

姚三春心中冷笑，面上也笑了，毫不客氣地道：「不用，咱倆又不熟，對吧？」說完，頭也不回地走了。

小蔡氏站在原地，氣得鼻歪嘴斜的。

好妳個姚三春，果然還是那個招架一把手，氣死人不償命的潑婦！

姚三春帶著笑回到自家門口，看到門口杵著兩道人影，她突然就笑不出來了。

姚大志跟范氏這對真極品夫妻登門了！

姚大志和范氏穿著破破爛爛的衣裳，沒個正形地靠在院門兩端。范氏抱著手臂，百無聊賴地用舌頭剔牙；姚大志更甚，正用他那指甲長長的小指頭摳鼻屎，摳得渾然忘我，連姚三春在一旁站了半天都沒發現。

夫妻倆光是往那兒一站，姚三春便覺得有一股味道撲面而來。

要問是什麼味道，那大概是潑皮無賴的味道吧！

姚三春深呼吸，將自己調整到極品家的親女兒身分，端的是一副冷漠甚至刻薄的面孔，氣沖沖地走過去，厲聲道：「你們倆還來我家幹啥？你們不都把我賣給宋家了嗎？我跟你們沒一文錢關係，麻溜地滾一邊去！」

姚大志跟范氏回過神，動作稍微收斂了些，臉上表情有些訕訕的。

說來也是姚大志夫妻當初做法太不地道，那時候姚三春原主已到了適婚年紀，是他們夫妻倆懶惰不幹活，不捨得家中缺少主要的勞動力，所以便一直拖著原主的婚事。即使後來姚三春原主跟家裡鬧得天翻地覆，甚至以死相逼，這對夫妻就是不願意給女兒找人家。

幾年後，姚小蓮大了，跟原主一樣能頂事了，姚大志夫妻才終於捨得讓姚三春嫁人，可這時候姚三春的年紀都十八了，再加上人乾瘦，膚色又黑得不行，名聲還特別的差，誰還願意娶她？

那時候的姚三春於姚大志夫妻來說簡直就是燙手山芋，所以當宋茂山派媒婆上門提親，姚大志想都沒想就一口答應了，甚至連彩禮錢都沒多計較，只要有錢拿就行。

至於什麼宋平生是二流子，品性不行，在附近幾個村又幹過什麼噁心人的事，姚大志夫妻才不管呢！反正不過是一個賠錢貨，不值得上心！

那時宋茂山知道姚家是個什麼情況，他也是個狠人，成親當天就跟姚大志夫妻打開天窗說亮話——若是他們以後老往老槐樹村跑，就讓他兒子直接把姚三春給休了！

姚大志夫妻養活自己都難了，千不甘萬不願多養活一張嘴，眼見打秋風的希望破滅，最後只能咬牙切齒地答應了。

正是因為這段淵源，宋茂山才沒有極品親家上門打秋風的困擾，否則恐怕他家門檻都要被姚大志夫妻給啃了。

不過經過這事，姚大志夫妻是個什麼極品貨色可見一斑。

每每想到這段前因後果，姚三春只能感嘆命運捉弄，攤上這麼一對極品父母，原主不長歪才奇了怪了。

而宋茂山竟然還敢跟這種極品人家做親家，果然是極品對極品的惺惺相惜嗎？

自姚三春嫁到宋家的這大半年裡，姚大志夫妻還是第一次登門，結果到了宋家還沒說上兩句話就被宋茂山趕了出來，心裡正冒著火呢！

姚大志吸吸鼻子，拇指和小指錯開，指甲縫裡的污垢呈一道拋物線彈飛，臉上表情不太好看，粗聲粗氣地質問：「三春，妳嫁過來還沒一年，咋就被宋茂山分出來了？我看他家老大老三可都沒分出來，你們倆也太沒用了！」

姚大志這副不修邊幅的邋遢樣，再加上愛摳鼻，說話嘴裡還一股味，又瘦得兩頰凹陷，讓人看著都埋汰。

一旁的范氏也很不滿，原本秀麗的五官因為太瘦而失去美感，酒窩乾癟無光，看向別人的目光自帶一股凶氣。她走過去，一指頭戳在姚三春額頭上。「妳這個死丫頭！好不容易嫁了一個好人家，結果沒兩天就被趕出來，還就得了這麼一間破草屋？我咋生了妳這麼一個沒本事的東西！」

姚三春下意識揮開范氏的手，表情很不悅，大聲道：「妳幹什麼？少動手動腳！」

姚大志他們不回答，幽深的目光在她身上打量，陰惻惻地道：「宋家這麼有錢，就分一個茅草屋而已，那銀子總不能少給吧？」

范氏眼中是掩飾不住的熱切。「分了多少？」

姚三春警惕地退了好幾步，一臉的嘲諷和憤怒。「你們不是把我賣給宋家了嗎？我現在是宋家人，你們倆憑什麼對我指手畫腳？我分家又關你們啥事？麻煩滾一邊去！」

姚大志不耐地抿了抿唇，聲音卻緩和了幾分。「妳這個死丫頭咋說話哪？再怎麼樣我也是妳爹，難道我還會害妳不成？妳看宋家，多好的人家，別人想嫁到他家還沒機會呢！真是不知好歹！」

姚三春冷笑兩聲。「你拿這話騙鬼去吧！」

姚大志不見生氣，反而一副大義凜然的模樣。「三春，不管咋樣，娘家都是妳的依靠，我跟妳娘是不會害妳的。妳告訴我宋茂山到底分了多少銀子給你們小倆口？要是少了，我跟妳娘就是拚了命也要替你們要個說法去！」

范氏捋袖子插腰道：「他宋家敢欺負妳，我跟他們沒完！」

姚三春忍不住冷笑，這對夫妻當她是傻子吧？半句不離銀子，不就是要打探她分家時具體得了多少，想乘機占便宜嘛！

姚三春的嘴唇翹了翹，索性說開。「你們別想了，宋茂山把我跟平生掃地出門，一文錢都沒給，不信你們去咱們村裡打聽打聽。」

「怎麼可能?!」姚大志夫妻異口同聲道，眼中滿是錯愕。

姚三春繼續添柴加火，雙眼閃著光。「當然是真的，這事全村都知道。爹跟娘既然這麼關心我，不如來點實際的，送點米糧給我跟你們女婿飽飽肚子吧？」

范氏一雙利眼在姚三春瑩潤的臉頰梭巡。「三春，妳比剛出嫁那時可胖了不少，咋看也不像沒飯吃的樣子。倒是我跟妳爹還有妳弟弟，吃了上頓沒下頓的，妳也忍心啊？」說著，拿衣袖擦起淚來。

姚三春被戳穿也不見慌張，抱著手臂，毫不猶豫地道：「忍心啊，怎麼不忍心？你們自己又懶又饞的，啥活兒都不願意幹，你們不挨餓誰挨餓？你們自找的，我能說啥？我只能說，活該啊！」

范氏被堵得無話反駁，氣得乾癟的臉皮直抽動。

范氏被打趴下，姚大志又捲土重來，張嘴要說話，只是這回姚三春沒給他機會。估摸著這個時間已足夠姚小蓮從後窗溜走了，姚三春毫不猶豫地打開門，然後趁姚大志夫妻沒反應過來前，「砰」地關上院門，插上門閂。

被隔絕在外頭的姚大志夫妻愣了一瞬，回過神後仍心有不甘，拳頭跟雨點似地砸在門板上，本就破舊的門板眼看著離散架不遠了。

姚大志在外頭嚷嚷個沒完。「臭丫頭！妳眼裡還有沒有爹娘？我話還沒說完哪，快開門！」

姚三春站在院子中央，雖說姚大志夫妻不是她的親生父母，可她還是被這對糾纏不休的極品夫妻氣得心口直突突。要不是她還有那麼一點顧忌，真是恨不得破口大罵他們一通。

「我掉河裡差點死了時你們在哪兒？我分家吃不上飯時你們又在哪兒？現在跟我擺爹娘的譜？我可去你們的吧！麻煩滾開點！」

姚大志眼看銀子是騙不成了，這才終於想起他們此行的目的，立即又在院外嚷嚷道：「妳這個死丫頭，嫁人了脾氣還是這麼衝，我看妳就是欠教訓！這些我先不跟妳計較，妳把小蓮交出來，我找到小蓮自然會走！」

姚三春的眼睛瞪著門板，恨不得將門外的人燒出個窟窿來。

「小蓮怎麼會在我這兒？」姚三春猛地打開門，臉色緊張中還帶著狐疑，然後丟出質問三連發。「你們又作什麼妖了？小蓮怎麼了？你們是不是又想賣女兒？你們到底有沒有人性啊！」姚三春表面板著個臉，心裡冷哂。不過就是演戲嘛，當誰不會一樣？

姚大志見姚三春打開門，立即跟條泥鰍似地鑽進院子，然後不顧姚三春的拉扯，自顧自地找起人來。

姚三春緊跟著不放，咬牙切齒地問：「你幹麼？你先把小蓮的事情說清楚！你們是不是要賣了她？」

范氏跟著過來，插著腰在一旁罵道：「妳放屁！誰要賣她？她年紀到了，長得又不咋地，找個願意娶她的，家裡能吃口飯的人家不就行了？難道妳還想我把她留到妳這個年紀？」

有姚三春這個活生生的例子在前，這回姚大志夫妻倆學聰明了，即使捨不得勞動力，他們也要把適齡的女兒嫁出去，這樣才能多撈點彩禮錢，不然到後頭可就是虧本的買賣了。

姚三春氣得跳腳。「那小蓮為啥跑了？肯定是你們找的人家不咋地！」

范氏不耐煩地揮手。「她長得比妳還醜，有人要就不錯了，輪得到她挑三揀四嗎？妳們姊妹倆都一個樣，就是不知好歹！」

接下來不管姚三春怎麼罵、怎麼阻攔，姚大志夫妻都不再理會她，而是一心搜找姚小蓮的身影，不過夫妻倆搜遍姚三春家的各個角落，哪裡有姚小蓮的影子？

最後三人站在院子裡，姚三春雙眼泛紅，指著姚大志夫妻嚷嚷道：「我說了沒見到小蓮！你們還在這裡浪費時間，要是小蓮有個三長兩短，我跟你們沒完！」

姚三春原身是個潑婦，跟所有人都能掐起來，然而她獨獨跟姚小蓮這個親妹妹關係好，所以此刻姚三春必須表現出她的憤怒。

可也正因為姚小蓮和姚三春關係好，所以姚大志夫妻才揪著姚三春不放，心頭始終存著幾分疑惑。

姚大志夫妻本質上就是無賴，雖說連姚小蓮的影子都沒找到，但是兩人也不急，乾脆一屁股坐在姚三春家的院子裡，不走了！

姚大志蹺起二郎腿，從杜鵑花樹上拽下兩片葉子，咂吧咂吧嘴，厚顏無恥地道：「小蓮沒地方去，就算她現在不在，早晚也會來這邊的，所以我們乾脆在妳家等著算了。三春啊，晚飯多煮一點，我跟妳娘中午沒吃，再多搞兩個菜哈！」

「……」我能一刀宰了這個不要臉的中年油膩男嗎？

不管姚三春怎麼威逼利誘，姚大志夫妻就是巍然不動，姚三春也是頭一回遇上無賴，嚴重低估對方的無賴程度，她又沒有對付無賴的經驗，因此便有些束手無策了。

姚三春正一個頭兩個大的時候，突然又有人來了。

孫吉祥懷裡抱著一隻黑白相間的小狗，進了院子就看到姚大志二人跟無賴似地坐在那兒，而對面的姚三春則一臉怒容。

孫吉祥的眼睛轉了轉，臉上掛著吊兒郎當的笑。「老宋媳婦，老宋讓我給他捉的小狗送來了。」眼睛滴溜溜地看向姚大志二人。「這裡沒啥事吧？要我幫忙嗎？」

姚三春看到熟人，稍微鬆了口氣，指著姚大志夫妻道：「如果你能把這兩位扔出去，我感激不盡！」她今天真是被這兩個無賴折騰得沒脾氣了。

姚大志坐直了身體，眼睛瞪圓。「你敢！」

姚三春不甘示弱地瞪回去，隨即轉頭說道：「吉祥，你不用客氣，我姚三春沒有這樣的爹娘！他們再待下去，我跟平生的口糧都要被他們吃光了！」

孫吉祥一聽有人要占他兄弟便宜，哪裡還能坐視不理？忙放下小土狗，拍了拍手後便氣勢洶洶地衝上前去。他一身的匪氣，加上臉上的疤痕，一看就不好惹。

姚大志夫妻從來都以無賴服人，可是孫吉祥只相信拳頭硬的是老大，根本就不聽姚大志說廢話，一把就將姚大志拎起，然後不管不顧地往院外拖。

姚大志因為身體瘦弱，又不經常勞動，哪裡是身體健壯的孫吉祥的對手？掙扎了半天，沒有一點用。

范氏本想上前攔住孫吉祥，然而孫吉祥一記凌厲的眼刀甩過來，范氏的臉色頓時一僵，到底是塑膠夫妻情，頓住後就不敢再上前了。

孫吉祥順利地將姚大志扔出去。

姚大志正欲施展無賴功夫反擊，就聽見孫吉祥兩隻手捏得哢哢響。

孫吉祥獰笑道：「大叔，要打架嗎？別怕，我也就比老宋厲害一點點！」

作為一個有思想、有深度的無賴，姚大志深知留得青山在，不怕沒柴燒的道理，所以他縮了縮肩膀，慫了。

姚三春斜睨范氏。「還不走？我可不會讓平生他兄弟手下留情！」

范氏氣得拍大腿。「妳這臭丫頭……算了，要是看到小蓮千萬要告訴我，不然過了這個村就沒那個店，想再給她找個好人家就難了！」

姚三春不點頭也不搖頭，就冷冷地看著她。「離開我家院子！」

孫吉祥滿含威脅的眼神掃過來，范氏心頭一跳，忙不迭地溜出院子。

孫吉祥在院外站了一會兒，確認姚大志夫妻真的走了，他就站在外頭朝裡頭說道：「老宋他媳婦，狗子我給妳送過來了，我得走了！」

姚三春知道他是要避嫌，便爽快道：「好。剛才的事情謝謝了，等這陣子忙完，我跟平生請你吃飯。」

孫吉祥一聽有飯吃，心中十分滿意，樂呵呵地離開了。

姚三春又等了一會兒，而後回屋裡打開後窗叫喚兩聲，然而她只聽見姚小蓮應了一聲，卻沒見到人在哪裡，直到屋後的草堆晃了晃，她才看見姚小蓮單薄的身軀從草堆裡爬了出來，一身的稻草，頭髮亂得跟鳥窩一樣。

姚小蓮蹦了兩下，使勁拍打衣裳後，便跟隻猴子似的，靈活地爬進屋，眼睛骨碌碌地看向院子，心有餘悸地道：「爹跟娘真走啦？」

姚三春無力地點一下頭，臉色不見好轉。「爹娘認定妳會來找我，所以肯定還會再來，這陣子妳都不能露面。」

姚小蓮驀地變成苦瓜臉。「爹娘平常看起來也沒那麼聰明啊，咋這時候腦子這麼靈光？」

姚三春和姚小蓮同時嘆氣。

今天一天發生了太多的事情，可惜姚三春還沒來得及品嘗賺錢的喜悅，姚家那對極品夫妻就來了一頓猛如虎的操作，氣得她頭暈腦脹。

最後，姚三春只能用捋狗來安慰自己受傷的心。

孫吉祥送來的是一隻黑白色的小土狗，肉肉的身軀還沒筷子長，四隻爪子小小軟軟的，爪子和鼻子粉粉的，當牠用兩隻濕漉漉的眼睛看著姚三春時，她的心都軟了。

傍晚時分，宋平生終於從鎮上回來，還帶回滿滿一板車的東西，他不僅買了農藥材料，還買了製作農藥的工具、半籃子的雞蛋、好幾種粗糧、半籃子的李子和桃子、一小罐梅醬，以及兩人各一套夏衫和鞋子。

姚三春和姚小蓮一起幫忙搬東西，一邊說道：「我說你怎麼回來得這麼晚，原來是去買了這麼多東西。」

宋平生等姚小蓮拿東西進屋了，才道：「咱們要養好身體，肉蛋奶、水果蔬菜、粗糧都不能少。今天去鎮上的時間不夠，等忙完了咱們買一隻產奶的母羊吧，豆漿妳也不愛喝……」

今天才拿到一筆錢，姚三春還沒來得及考慮要買些什麼，宋平生卻已經買回一堆東西來，並且做了計劃，姚三春不禁感嘆宋平生的思慮周全。

將所有東西搬下板車後，姚三春裝了一些桃李，讓宋平生連同板車一起給孫鐵柱家送過去。

桃李正當時，宋平生回到家中，便見姚三春洗淨了幾個桃放在桌上，水嫩清甜的模樣，看著都喜人。

姚小蓮有了吃的就忘了姊，拿了一個桃就興高采烈地去廚房燒飯了。

姚三春手裡拿著桃把玩半天後，冷不防地說道：「下午姚大志夫妻倆來過。」

宋平生長眉一皺，拿到手的桃又放回去，道：「我出去的真不是時候。不過妳怎麼將他們打發的？」眸色越發幽深。「這對夫妻可不好對付。」

姚三春擺擺手。「你想多了，我自問不是他們的對手，最後還是吉祥出面，才硬把他們打發走的。不過他們是人精，這幾天肯定還會再過來。」說罷，頭痛地抓了抓頭。「哎呀，這兩個人真的好討厭啊！我今天終於知道什麼叫煩得頭都禿了！」

宋平生走過去將坐著的姚三春摟靠在懷裡，緩聲道：「沒事，要是他們敢來撒潑，咱們就來個夫妻反目，二流子丈夫狠心休棄潑婦妻……」

姚三春凌厲的眼刀瞬間射了出去。「你說什麼？」

宋平生從容接道：「我們用宋茂山的那招，他們敢來找麻煩，咱們就將他們的女兒送回去，給他們添麻煩，看他們還敢不敢上門？」

姚三春眼睛一亮。「有道理！咱們極品夫妻再次重出江湖，就問他們怕不怕？」

夫妻倆有了對策，心頭都輕鬆不少。

不過宋平生的眉目仍未見舒展，聲音低沈地道：「不過，姚小蓮的事遲早要處理，躲得了一時，躲不了一世，我們不可能留姚小蓮一輩子。」

姚三春的眉頭再次皺了起來，復又鬆開。「當前最重要的是將農藥按時交貨，其他事情暫時擱置，之後再說。」

「只能這樣。」

晚上姚三春和姚小蓮睡床，宋平生則睡在由板凳合併而成的床上，就這樣將就一夜。

第二天早上，上工的人全都帶著板凳按時來到姚三春家。

姚三春家的院子本就不算大，一下子增加十來個人，這下子還真是擁擠了。

姚三春夫妻倆跟著一起忙活，姚三春給大家分發昨晚臨時趕製的口罩，宋平生則和幾個男人搬出原材料和工具。

一切準備工作就緒之後，宋平生率先磨製一份，讓大家按照他的要求來做。磨製藥石並不是技術活，倒也不難。

不過夫妻倆還是有些防備，農藥中用量最少的信石並沒有交給外人磨製，而是夫妻倆私下磨製。

姚三春家的院子裡一派繁忙景象，連姚三春夫妻都忙得沒時間喝水，可是姚小蓮卻只能待在裡屋，畢竟現在姚三春家人多口雜的。

就這樣一眨眼，到了第五天，劉青山訂下的八百斤農藥昨天已經製好，剩下的便算是備貨了。

其間姚大志夫妻又來過兩次，然而宋平生一直在家，看到他們就直接上扁擔，這對極品夫妻只能灰溜溜地來，又灰溜溜地離開。

今天上午羅氏也趕過來幫忙，只是她眼皮浮腫未消，雙眼無神，臉色差得很。

該交的貨已經配齊，姚三春暫時不用磨藥，便拉著羅氏進廚房說話。

「大嫂，妳的臉色不太好，要不回去休息吧？我這裡也沒那麼忙了。」

羅氏搖搖頭。「二狗子他爹讓我過來幫忙，我還是待一會兒吧。」

姚三春眼中有著探究。「妳……跟大哥吵架了？」

羅氏抬起眼睛跟姚三春對視。「你們知道娘被爹打的事情了是不是？所以二狗子他爹也知道了這事？」

姚三春頓了頓，點點頭。「我和平生確實告訴了大哥。」

羅氏的眼神落到別處，面露苦笑。「其實我在你們之前就發現娘的異樣了，可當我問娘時，娘的反應卻很大，甚至不惜以死相逼，讓我發誓不會告訴任何人，我實在沒辦法，只能閉嘴不談。」

姚三春的猜想得到印證，羅氏此前果然就已經知道這事了，只是被田氏逼得不能說出來而已。

羅氏繼續說道：「劉先生來我們村的那天，二狗子他爹從你們家回來後臉色就非常差，我問他怎麼了，他突然說娘被爹打的事情，我不想隱瞞他，便告訴他，其實我在他之前就已經知道了，只是娘讓我發誓不許說出來。」說著，羅氏垂下頭：「只是我沒想到二狗子他爹的反應會這麼大，他既怪自己沒能早日發現娘的異常，又怪我沒把這事告訴他，所以我們吵了一架……這回二狗子他爹大概真是把我給恨上了吧！」

姚三春忙安慰道：「大嫂，大哥現在正在氣頭上，等過陣子冷靜下來後，他會明白妳的苦衷的。」

羅氏眼中的苦澀未曾淡去，扯了扯唇。「希望吧。二狗子他爹說，等你們將農藥準時交貨後，他便去高老莊找大姊，到時候家中恐怕又是一番天翻地覆。」

姚三春的唇瓣抿了抿，道：「那也是沒辦法的事情。如果罪魁禍首能消停，咱們做子女的便用不著被牽連。」

羅氏深深一嘆。她又何嘗不知道？但是作為宋家長媳，她又不能怪罪公婆。

姚三春知道羅氏對宋平東很在意，這次他們夫妻倆吵架，羅氏心裡肯定很難受，姚三春安慰了一番，最後還是把羅氏勸回家了。

第二天清早，宋平生先去孫鐵柱家借來板車，再將板車掛在水牛背上，然後馬不停蹄地搬農藥。

八百斤的農藥，光靠人力拉到大豐縣是非常困難的事情，用牛車自然能省力許多。同時這次貨物貴重，宋平生怕出疏漏，便叫上孫吉祥和孫鐵柱兩人一同前去，並且還帶了鐵叉和菜刀之類的防禦工具。

一切東西都準備好後，宋平生卻不太放心家裡，他第六次叮囑姚三春晚上要關好門窗，還覥著臉拜託宋茂水多關照他媳婦，甚至拜託那隻毛都沒長齊的小花狗照顧好家裡，磨磨蹭蹭的好半天才終於離開家。

一旁的孫鐵柱和孫吉祥冷眼旁觀，心裡只有一個念頭——自己的兄弟真的越來越沒出息了，唉！

宋平生離開家後，家中又只剩下姚三春了，好在這回有姚小蓮陪伴，還有一條小花狗，晚上姚三春倒是能安心入睡。

第十章

隔日早上，姚三春從河邊洗完衣服回來，結果遠遠地就看到田埂上有兩道熟悉的身影向老槐樹村的方向走來，不是姚大志夫妻又是誰？

姚三春頓時身軀一震，一刻也不敢耽誤，腳底抹油地跑回家中，然後關門、拿釘耙，動作一氣呵成，毫不拖泥帶水。

正在餵雞的姚小蓮一臉懵，單眼皮的雙眼眨巴眨巴的。「姊，妳幹啥呢？」

「噓！」姚三春忙朝她做出噤聲的手勢，走過去極其小聲地道：「我看到爹跟娘又來了，妳趕快從後窗爬出去！」雖然她今天不準備開門，但是以防萬一，還是讓姚小蓮爬出去的好。

姚小蓮的臉色白了一瞬，立即轉身，腳步匆忙地進了裡屋。

姚三春站在院子裡晾曬衣裳，沒過一會兒，自家那扇破爛的院門便被人拍得「砰砰」響。

「三春，快給妳爹娘開門！」

姚三春將衣裳全部攤在竹竿上曬，收起木盆，搬來一條小木凳，老神在在地坐下，伸直兩條腿，然後朝門口的方向喊道：「不開不開，我不開！」

平生沒回來，誰來也不開！

院外安靜了一小會兒後，姚大志粗啞難聽的聲音再次傳來。

「臭丫頭！妳別以為能糊弄我！妳跟小蓮關係好，知道她跑了還能放著不管？我看妳這幾天都在家忙活，就沒主動出去找過小蓮，一點都不急，妳肯定知道小蓮在哪兒！快把她交出來！」

「妳藏得了一時，藏不了一世！我們是小蓮的爹娘，妳再不把人交出來，小心我們去官府告妳！」

院外姚大志跟范氏喊個沒完，院內姚三春內心卻穩如老狗，甚至還有點想笑。

「你們想告就去告呀，剛好，官府來人我就順便告發你們，說你們偷雞摸狗啥的，誰怕誰啊？」

姚三春原身本就是能掐架的潑婦，跟親生父母吵架那是常規操作，否則名聲不會那麼差，所以姚三春根本就不用跟這對極品夫妻客氣。

姚大志氣得眼歪鼻子斜，粗聲粗氣地吼道：「妳敢？妳這個狼心狗肺的東西，信不信我現在就把這扇破門砸了，再進去狠狠教訓妳一頓！」為了印證自己這句話的可信度，姚大志說著就往院門狠狠踹了兩腳。

姚三春起身，搬來一條長凳放在和宋茂水家相鄰的牆下，一步跨上去，隨後就朝隔壁嚷嚷道：「二叔二嬸、堂哥堂嫂，你們快來救救我這個可憐的孩子吧，我爹娘要打我啊！」

大早上的，宋茂水一家子都在家，宋平安聽到隔壁的動靜早就想去幫忙了，待此時得到宋茂水的首肯，宋平安跟媳婦張氏立刻就跑去隔壁。

宋平安夫妻氣勢洶洶地趕過來，手裡還拿著竹竿和鐵鍬，跟在後頭的宋茂水同樣沒個好臉色。此情此景，讓姚大志夫妻聚集的那股勇氣被戳了一個洞，很快就消失不見了。

宋茂水頂著和宋茂山同款的不苟言笑臉，沈聲道：「既然平生拜託我照看他媳婦，我就不能視而不見，你們要是再繼續糾纏不休，就別怪我不客氣！」

姚大志已經沒了鬥志，只能憤憤地瞪向宋茂水一家，又在門板狠踹兩下，然後不甘不願地離去。

確認姚大志夫妻離開後，姚小蓮再次從草堆中爬出來，她本人倒是沒在意太多，就是趴久了身上有些發癢。

姚三春讓姚小蓮先洗把臉，然後拉著姚小蓮進屋說話。

姚小蓮見姚三春臉色稍顯凝重，心下忐忑，眼神有些怯怯的。「姊，妳咋了這是？爹娘為難妳了？」

姚三春回過神，眼中冷意消散。「小蓮，不是他們，是我想問問妳有什麼打算？妳總不能一直躲著爹娘他們吧？」

姚小蓮目光迷惘，抓了抓頭髮，不好意思地道：「我也不知道該咋辦……姊，要不妳幫我想想唄！」

姚三春一頭黑線，語氣不由得重了些。「小蓮，這是妳自己的人生，我不能替妳的人生作決定，而且我也不知道妳到底想要什麼。」

姚小蓮慚愧地垂下頭，半晌後才甕聲甕氣地道：「我不想嫁到別人家當後娘，我不想每天吃不飽，我……我想留在姊家裡。」她猛地抬起頭，一手抓著姚三春的手，目光逐漸明亮，急切地道：「姊，妳買下我吧！我啥都會幹，還不要工錢，只要能吃飽肚子就行，好不好？我保證，我絕對不會偷懶，所有家務活我都包了！」

姚三春眉頭一皺。「什麼買不買的？」

姚小蓮的想法很直白。「姊，爹娘一心要將我嫁給那個老鰥夫，不就是為了錢？要是妳願意出錢把我買下來，爹娘肯定會答應的。」

姚三春陷入沈思，姚小蓮的提議簡單粗暴，而且問題一大堆，但倒也不是全然沒道理。只要她願意花錢，她當然能拉姚小蓮一把，只是姚大志夫妻貪婪又無賴，若是被他們知道她手裡有錢，他們豈不是會跟吸血蟲一樣地吸附上來，不吸乾她的血不甘休？

姚小蓮見姚三春久久沒有反應，肩膀垮下，神情更加頹喪。

姚三春拉回思緒，見姚小蓮情緒低落，安慰道：「妳別急，這事我得跟妳姊夫好好商量。」雖說她對姚小蓮還沒有那麼深厚的感情，但是姚小蓮可以說是原主最關心的那個人，那她便幫原主救一回妹妹吧！

姚小蓮見姚三春沒有拒絕，頓時覺得人生有望，連眼睛都亮了幾分。

姊妹倆說了一會兒話後，姚三春拿著鋤頭準備去地裡除草，落鎖後卻差點跟宋婉兒撞了個滿懷。

宋婉兒退開兩步，拍拍胸脯，抿了抿唇。「二嫂，妳差點把我嚇死了！」

姚三春面無表情。「妳無聲無息地出現在我背後，是我被妳嚇到才對。」

宋婉兒噘起嘴小聲地嘟囔了兩句，見姚三春伸耳朵過來，她立刻閉上嘴，水靈靈的杏仁眼眨了眨，道：「二嫂，爹有事要問妳，叫妳過去一趟。」

姚三春將鋤頭扛在肩頭，捋了一把頭髮絲，一口拒絕。「我忙著呢，沒空，不去！」

宋婉兒急了，跺著腳不滿地道：「爹叫妳，妳怎麼能不去？誰家兒媳婦像妳這樣啊？」

姚三春挑了挑眉。「平生離開前告訴我，只要他沒回來，就不允許我進老宅一步。都說女人出嫁從夫，我自然要聽自己男人的話。」

其實不用費心想，姚三春就已經猜到宋茂山找她的目的，左不過是想趁平生不在家，將她當作突破口，從她口中探知農藥的事情。

要她說，宋茂山長得是不咋地，但想得倒是挺美的！真當普天之下皆他兒子嗎？

宋婉兒見姚三春這樣不重視她爹，心中很不高興，臉便拉了下來。「都是藉口，妳就是不尊重爹。」

姚三春沒有反駁，反正等到田氏的事被爆出來的那一天，宋婉兒恐怕再也不能直視自己的親爹了，說不定比她還要更厭惡宋茂山呢！

姚三春不再理會宋婉兒，扛著鋤頭哼著曲兒漸漸走遠。

宋茂山得知姚三春的態度後，氣得將手中的碗都摔得稀巴爛！

翌日下午，姚三春家的院子裡。

小花狗肚皮貼在地上，四隻爪子攤開，狗尾巴慢悠悠地擺來擺去，突然間，小花狗的耳朵一動，隨即警覺地站起來，朝大門方向「汪汪」叫。

正在磨藥的姚三春從堂屋裡探出頭，剛好看到宋平生三人從牛車上跳下來。

孫鐵柱和孫吉祥朝院子裡頭的姚三春簡單打聲招呼後，院子都沒進便回各自的家去了，畢竟路途遙遠，他們一路風塵僕僕地趕回來，身體很疲乏。

宋平生將水牛繫在院外一棵樹上，進院的第一件事是先用冷水洗了一把臉，原本清潤的眼眸終於恢復了幾分神采。

姚三春幾日不見宋平生，哪裡還有心情磨藥？放下藥碾子的碾盤後，便跟在宋平生身後，左一句、右一句地跟宋平生搭話，左不過是問他有沒有吃好、休息好，路上順不順利這些。

宋平生分外享受姚三春此刻的關懷，眼神不禁柔軟了幾分。若是放在平時，姚三春很少有如此話癆的時刻。

兩口子進去裡屋後，宋平生掏出銀票放在姚三春手裡，聲音輕緩。「這是尾款的八十兩，妳收好。」

姚三春看一眼銀票，酒窩淺淺，彎唇道：「劉青山付款還算痛快。加上此前的四十兩訂金，咱們手裡總算有點錢了。」

宋平生抱著手臂半靠在門上，兩條長腿交疊，眼神深邃如海，勾著唇角道：「妳想怎麼花？」

姚三春將銀票放好，而後扳著手指頭，神情格外認真。「一，咱們家房子太破，下雨天就漏成太平洋，所以蓋新屋勢在必行；二，咱們跟劉青山是長久合作，為了以後送貨方便，所以得買馬車；」雖說宋家的水牛也有他們一份，但是這水牛畢竟是公用的，等到了忙時，他們不可能一次霸占水牛好幾天的時間。「三，收購農藥原材料，為秋茶做準備；四，咱們買一個風鼓車吧？」姚三春一瞬也不瞬地望向宋平生。「你覺得呢？」

宋平生忍俊不禁。「我本只想問妳想買幾件衣裳和鞋子，沒想到妳回答得這麼一本正經，弄得我都不太好意思說想買二胡了。」

姚三春呆了一瞬，然後表情就有幾分一言難盡了。「親愛的，你還沒放棄〈小白菜〉哪？」

姚三春直到現在都沒弄明白，世界上的樂器這麼多，宋平生為什麼偏偏學了二胡，而且他別的都不拉，最愛拉〈愁啊愁〉、〈小白菜〉這類摧人心肝的曲子。

姚三春曾經聽宋平生拉了半個小時的二胡，後果就是她差點當場去世，夢裡都是魔音迴圈：手裡呀捧著窩窩頭，菜裡沒有一滴油……

宋平生見姚三春一副驚恐的模樣，清潤的眼眸流露出幾分受傷的神色。「姚姚，不管妳信不信，我買二胡完全是為了妳。」

「蛤？」姚三春神色木然。

宋平生微微一笑。「以後我拉二胡伴奏，妳跳廣場舞，我們夫妻一起鍛鍊身體。」

姚三春幻想了一番那個場面，身軀一震，頓時感覺整個人都不好了……

依舊是晴朗好天氣的一天。

早飯後，宋平生拿著一百六十文錢給孫吉祥和孫鐵柱送過去，這是去大豐縣之前商量好的，一人一趟八十文錢，孫鐵柱和孫吉祥不客氣地收下了。

宋平生來到孫鐵柱家的時候，吳二妮的臉都快笑爛了，一會兒誇宋平生有大本事，天生不是凡人，一會兒又讚宋平生重義氣，人品貴重，還誇宋平生面相好，耳大有福……總之什麼好話都用上了。

孫鐵柱見自己媳婦熱情得有些過分，偷偷拿胳膊肘戳了她一下。

吳二妮笑容微收，心中卻有些洋洋得意。看吧，她跟宋平生一家處好關係果然是對的，這不就賺到好處了？

不過吳二妮深知討好別人不能光靠嘴說，所以宋平生臨走前還從孫鐵柱家帶走了一小罈的醃豆角和醬黃瓜。

宋平生一手一個小菜罈子回到自家院中，一踏進院子就跟四雙眼睛對上。

宋平東眼神沈鬱，鬍子拉碴的，神色很頹唐，嗓子都比平時粗啞許多。「平生，巧雲跟婉兒都來了，咱們進堂屋說正事吧！」

宋平生抿起唇，點了點頭，隨後便將菜罈子放進廚房裡。

宋巧雲和宋婉兒均是一臉茫然，同時有一絲忐忑，因為宋平東的神色實在沈肅難辨。

宋家兄弟姊妹四個加上姚三春往堂屋裡一坐，氣氛安靜了片刻，誰也沒有開口。

宋巧雲姊妹把目光投向宋平東。

宋巧雲撫平頭髮絲，率先開口。「大哥，你一大早就來我家喊我過來，一路上又不說話，到底是有啥事？我早上碗都沒來得及洗，耽誤久了，大姑她恐怕有話說。」

宋婉兒微抬下巴，咋咋呼呼地道：「是啊大哥，有啥話不能在家裡說，非要到二哥家說？」

至於宋平東沒喊宋平文，宋婉兒並不意外，反正宋平文不是去書院上課，就是在家中溫書，除此之外啥事都不管。

宋平東面上如罩寒霜，拳頭捏得發白，聲音陡然低沈。「是娘的事情……」

宋巧雲和宋婉兒的心往上一提，異口同聲道：「娘怎麼了？」

宋平東的嘴巴動了動，最終一字一句，語氣分外艱難地道：「娘她被爹打了……」語氣一頓，接著道：「而且很可能，打了很多次……」

宋巧雲的臉色一白，瞪著眼睛看宋平東，眼珠子半天都不動一下，顯然被這個消息震懵了。

宋婉兒先是臉色一白，隨後緊緊蹙眉，扯著尖利的嗓子，氣呼呼地道：「大哥，你胡說八道！爹雖然脾氣不太好，但是他從來沒打過我，又怎麼會打娘呢？這其中肯定有誤會！」

宋平生用餘光掃她一眼，回道：「我跟妳二嫂親眼見到娘身上有很多傷，不是爹打的，難道還是娘自己摔的不成？」

宋婉兒仍不相信，兩手捏住桌子，伸長脖子跟宋平生爭辯。「難道是娘親口跟你說的嗎？二哥，我知道你討厭爹，可是爹不是像你想的那樣！」

宋平生神色寡淡，語氣平平。「娘雖然沒有親口承認，但是她以死威脅我跟姚姚別說出去，這難道還不能證明？」

宋婉兒的呼吸一滯，到嘴的話全被噎了下去，然後臉色變得越來越難看，最後深深垂下頭。「……我不相信……我不相信！」

姚三春移開目光，轉向一旁的宋巧雲，卻發現宋巧雲不知何時悄悄紅了眼眶，正在抹眼淚。

宋巧雲見宋平生夫妻看她，不好意思地吸了吸鼻子，而後啞著嗓子道：「爹……爹他真的打了娘嗎？可是為什麼？娘這麼多年來做得還不夠好嗎？」

沈默許久的宋平東抬眼，眼中全是血絲，他道：「我也想知道。娘對他千依百順，從不忤逆他，爹為什麼還打娘？」說著，呼吸越發急促。「所以我今天把咱們兄弟姊妹幾個聚集過來，就是想咱們一起去找爹，為咱們娘討個公道！」

宋平生在宋平東泛紅的目光下，第一個表態。「我當然站在娘這邊。」

宋巧雲目露擔憂，苦笑地道：「可是以爹這個性子，他見我們一起忤逆他，肯定會大發雷霆，甚至把家都給掀了。」

在場所有人，大概只有宋平生和姚三春的情緒沒那麼激動，宋平生朝宋巧雲道：「不管爹會如何生氣，咱們總不能不管娘，大姊妳說對嗎？」

宋巧雲默然點頭。

最後，所有人的目光全都投向宋婉兒。

宋婉兒咬著上嘴唇，俏麗的小臉因激動而微微變形，眼中仍帶著一絲倔強。「我一定要親眼確認娘身上有傷口，否則我不信！」說完一拍桌子，激動地站起來。

宋平生的眼睛轉了轉，便道：「那妳待會兒就去找娘，找個機會驗證。不過我事先說好，咱們要找爹的事情不許洩漏給娘知道，否則她不會讓我們出面的。」

宋婉兒甚至沒等宋平生說完，就氣沖沖地跑出了姚三春家。

堂屋裡陷入一片詭異的安靜，沒人再說話，都各自垂眸思索，不知在想什麼。

姚三春受不了堂屋內壓抑的氣氛，便去廚房用新汲的井水調和梅醬，給每人倒了一杯。

約莫過了一刻多鐘，宋婉兒再次出現在院子裡，只是她的眼淚早就忍不住了，蹲在地上抱著膝蓋就開始猛掉淚，並且有一發不可收拾之勢。

宋婉兒小小年紀，從未想過自己的父母會是這樣的關係。在她眼裡，宋茂山雖然不苟言笑，但是對自己還是心軟的；田氏話不多，可卻是天底下最溫柔、最好的母親，所以她覺得自己父母的感情定然深厚，父母一起為她撐起了一片天。

可是有一天，她突然被告知，自己的親爹就是一個禽獸不如的東西，她的半邊天開始崩塌了，這於一個少女來說不啻毀天滅地的打擊。

宋平東今天顯然不是合格的大哥，他沒心情勸停宋婉兒的眼淚，只道：「咱們現在就去找爹！」

宋平東兄弟姊妹四個加上姚三春，五個人一同進了宋家院子。

羅氏剛舀了麩皮泡泔水，攪和後倒進豬食盆裡，聽到門口的動靜立刻回頭，隨後便緊抿了嘴唇，神色有些惶然。

宋平東什麼都沒放在心上，直接闊步踏進堂屋，宋婉兒甚至要小跑才能追上。

堂屋裡，宋茂山正坐在方桌旁，手中捧著宋平文寫的字帖，不住地點著頭，長年不苟言笑的臉上難得露出一絲笑意，可見十分滿意。

宋茂山欣賞小兒子的大字被宋平東打斷，又看到宋平生和宋巧雲臉色不善，臉上的那點笑意瞬間煙消雲散，臉色恢復了往常的陰沈，不悅地道：「一大早的，一個個的幹啥都拉長著臉？不知道的還當你們死了爹呢，真是晦氣！」

宋巧雲他們幾個同時將目光投向宋平東。

就在這時候，田氏聽到動靜，也從廚房出來，她見自己四個子女在堂屋中的架勢，心中突然生出不好的預感，臉色有些白。

宋平東深深呼出一口氣，似是做好了準備，而後才昂首跟宋茂山對視。

「爹，我們兄弟姊妹四個都知道了，希望你今天給娘還有我們一個交代——」

宋茂山不耐地打斷他。「知道什麼？老大，你在說什麼胡話？」

宋平東努力壓抑著自己越發激動的情緒，兩隻拳頭捏得發白，垂下脖頸，聲音裡藏著緊繃的情緒。「知道你打了娘……」瞬間抬起頭，眼中彷彿有火焰在燃燒。「婉兒剛才看到娘身上的傷了！」

堂屋裡剎那間陷入死寂一般。

田氏彷彿被人抽去脊梁骨，身子一軟，差點癱倒在地。

最外側的羅氏忙過去扶住她，卻見田氏那雙滄桑的眼眸彷彿被寒冰封固了，沒有一點生氣，羅氏看著都覺得難過。

與田氏的驚慌失措相對比，宋茂山的反應卻意外的淡定，他不陰不陽地睨著宋平東，語氣平淡，可卻讓人感到一股無形的壓力。「平東，飯可以亂吃，話不能亂說。你哪隻眼睛見我打過你娘了？我宋茂山不敢說自己品行至善，但最起碼的底線還是有的。我活到這把年紀，沒被外面的人說不是，卻被自己的親兒子指著鼻子罵，你們簡直就是往你們親爹心上戳刀子啊！」宋茂山說著，垂下頭，一拍大腿，神色難掩受傷。

宋茂山向來都是強勢霸道的，何曾露出這般類似受傷的神色？又何曾跟子女說過這種軟話？這下子不僅是宋平東，就連羅氏都徹底怔住了，均是不敢相信自己的耳朵。

宋婉兒的情緒最是激動，直接抱住宋巧雲的胳膊嚷嚷道：「嗚嗚嗚……我就知道爹肯定沒打過娘，大哥肯定是弄錯了！」

宋平生和姚三春對視一眼，夫妻倆眉頭緊鎖，想不明白宋茂山為何如此淡定？

宋平東對宋茂山仍懷有父子情，可是他又想起田氏剛才的反應，兩腮的肉隨著咬牙的動作起伏，眸色更沈了一分。「爹你說沒打娘，那娘身上的傷是怎麼來的？」

宋茂山的餘光掃向田氏時眼中劃過一抹暗色，表面卻露出一副無奈的表情，搖了搖頭道：「原來你們已經知道了？你們娘身上確實有傷，不過可不是我打的。我跟你們娘前陣子去鎮上接平文時，她不小心從牛車上摔下來，剛好撞到一堆石塊上，所以才摔了一身的傷。」宋茂山說著，又深深嘆口氣。「你娘怕你們擔心，而且大夫說了並不嚴重，所以才會瞞著你們四個，沒想到竟然會引起這種誤會，唉！」

宋茂山說得情真意切，宋巧雲她們都迷惑了，難道真的誤會爹了？

宋平東不免動搖，側過頭跟宋平生面面相覷，不過心裡明白他爹城府深，說的話不能完全當真。

宋茂山看到宋平東的反應，眼神暗了暗，隨後視線落在田氏身上。「孩子他娘，妳還不說兩句？難道任由別人在我頭上扣屎盆子？」

田氏從羅氏懷中掙開，幾個呼吸之間，她就將表情恢復到正常，語氣輕緩地說道：「確實是你們爹說的那樣，我身上的傷是掉下牛車摔的，不是你們爹打的。」又朝宋平東擠出一抹笑。「你們這些孩子，整天亂想啥呢？真是的！」

宋平東沈默不語，他垂下的視線剛好落在田氏顫抖的手上，這是她娘極度害怕時才會有的反應。所以，他該怎麼才能說服自己，他娘不是因為害怕才說自己是摔傷的？

宋茂山自然不知宋平東此刻的想法，他為了讓宋平生他們信服，甚至讓宋婉兒把宋平文給叫過來作證。

宋平文正在溫書，突然被叫過來略有些不耐，語氣都不算溫和。「爹，你又把我叫過來幹啥？先生給我佈置的作業，我還沒做完呢！」

宋茂山並不見生氣，偷偷朝他使眼色，神色溫和地說：「平文，前陣子我跟你娘去鎮上接你，你娘不小心從牛車上摔下來，摔到一堆石塊地上這事，你還記不記得？」

宋平文臉上的愣怔之色轉瞬即逝，目光飛快地掃過堂屋內的眾人，面上作思索之色，眼底精光閃過，很快就回道：「是啊，娘不是不讓告訴大哥他們嗎？」

宋平文這番話，無疑是一個極有力的證據，佐證了宋茂山的那番說辭。

姚三春夫妻面上如罩寒霜，他們倒是沒想到，宋平文竟然還有這種急智和反應速度，能將宋茂山給他的任務超額完成。

宋平東一方的情況急轉直下——被打的當事人田氏不承認被打，施暴的宋茂山有理有據地開脫，還有宋平文作偽證。怎麼看都是宋平東一方在無理取鬧、血口噴人。

宋茂山的眉頭不著痕跡地鬆了些，放鬆肩膀往後靠了靠，板著臉沈聲道：「平東，你娘和你兄弟都這樣說了，你是不是該向你爹跪下道個歉？」

宋平文不關心他們說什麼，見事情快接近尾聲，直接就道：「爹，我想回屋溫書去了。」

宋茂山很欣慰自己的兒子對待學習的態度，便一揮手。「回去吧，我讓你娘煮了綠豆湯，渴了記得喝。」

宋平文聽完，頭也不回地回屋去了。

宋婉兒臉上露出久違的笑，跑過去摟住宋茂山的胳膊，道：「爹，我就知道你不會這樣對待娘的！」

宋平東倒吸一口涼氣，他突然覺得自己的心被戳了一個口子，帶著冰碴的冬風「呼呼」地往心裡颳，冷得他忍不住一個激靈。

這就是他的三弟，他親生的手足！對待他這個大哥以及親生母親，態度竟然冷血至此！

這一刻，宋平東整個人突然被擊垮，不是因為他爹打他娘，而是他最親的人一同給自己致命一擊。

他爹的強勢暴戾，他娘的軟弱妥協，他兄弟的冷血無情，他妹妹的愚蠢天真……

宋平東的氣勢眨眼間萎靡下去，雙肩垮下，眼中不復方才的生氣。

宋茂山將一切盡收眼底，微瞇著眼，嘴角的笑轉瞬即逝。

宋平生在心裡默默嘆了口氣，從宋茂山開口的那刻起，主動權便被宋茂山牢牢握在手中了，他們所有人的思緒都被宋茂山引導著。

眼見宋平東再沒了戰鬥力，宋平生只能自己站出來，聲音輕緩地道：「爹，按照你所說，娘這次的傷是前不久從牛車摔下所致，那娘此前的傷又是從何而來？」

宋茂山僵硬的神色轉瞬即逝，隨後用眼神警告他道：「你娘之前何時受過傷，我怎麼不知道？」

宋平生的目光轉向羅氏。「大嫂，妳來說。」

羅氏頂著宋茂山的目光，硬著頭皮說道：「去年的大年初一，我看到娘臉色不太好，所以就讓她回屋休息，後來我給娘送水過去時，意外發現娘的後頸青紫一片，我怕娘是得了啥病，所以就壯著膽子掀開衣服看了一眼，結果看到娘身上青青紫紫，沒有一塊好的……」

宋平生的眼眸閃爍著凌厲的光。「還有呢？」

羅氏感受到宋平東投過來的視線，下定決心般，又道：「後來娘醒了，她哭著讓我別告訴二狗子他爹，我問是不是爹打的，娘沒有否認，只是一個勁兒地求我保守秘密，甚至不惜以自己的性命威脅。」

田氏的嘴唇抖了抖。

宋茂山瞥向田氏。「孩子他娘，妳過年時還受過傷？我咋都不知道？而且平東媳婦話裡話外，說的是妳承認我打妳了？」隨後深深嘆了口氣。「孩子他娘，你我夫妻同甘共苦二十多年，難道我竟然是這種狼心狗肺的人嗎？」

田氏再次成為全場的焦點，說到底，田氏才是左右這場戰爭的唯一關鍵，只要她說一句是，宋平東等一干人便會立刻揭竿而起，為田氏聲討！可若她始終否認，那宋平東他們做再多的努力也是白費。

田氏強撐著身體，深深垂下頭，抖著嗓子道：「沒有，你們爹沒打過我，過年那次是我不小心滾進山溝裡了，連你們爹都不知道，而且我沒跟平東媳婦說我被打過，她、她肯定是想岔了……」

田氏這番話如同一記巴掌，狠狠抽在宋平東一干人的臉上，彷彿在嘲笑他們有多麼的可笑可憐。

宋茂山再沒了顧忌，情緒陡然輕鬆許多，不過他這次一反常態的沒有痛罵宋平生一干人，而是第一次展示他的慈父面孔，道：「我知道，其實你們只是關心你們的娘，這點我很欣慰，你們兄弟姊妹幾個都很孝順。」

他這副作派落在姚三春等人眼裡，簡直就是假惺惺到噁心！

宋平東的情緒接近崩潰的邊緣，他拍桌而起，神色憤怒又難過，脖子青筋爆起。「娘！妳為什麼死都不承認呢？為啥非要忍著委屈不說呢？為啥？這是為啥？」

田氏保持垂著頭的姿勢，一言不發。

宋平生過去拍拍宋平東，讓他坐下來冷靜一下。宋平生自己倒是沒有過度的失落，因為來之前他已經做好最壞的打算。他分外平靜地道：「爹不承認也沒關係，我跟大哥大姊他們今天過來，本就沒想過拿爹怎麼樣，誰讓你是我們老子呢？不過我還想說一句，人前留一線，日後好相見。爹你也會有老的一天，你以後還不是要靠咱們四個子女？除非你敢保證宋平文一定能高中，保證平文有能力且願意養你後半輩子，保證以後沒有需要咱們剩下的這四個子女養你的時候，否則，咱們娘受了多少苦，我們遲早都會討回來的。」最後，宋平生擲地有聲地道：「娘生了咱們五個兒女，難道還不配得到一個安穩的生活？當咱們這些子女是擺設嗎？只要娘願意，我現在就可以把她接過去養！我們的娘，用不著看任何人的臉色過活！」

姚三春默默看著宋平生，心臟隨著他的情緒變得高昂，甚至想為他鼓掌。

聽見宋平生這番話，宋平東彷彿找回了主心骨，一下子打起精神，果決道：「平生說的就是我想說的！咱們五個都長大了，如果連自己的母親都守護不了，有負生養之恩，那就是連畜生都不如的東西，還不如撞牆死了算了！我是長子，養活娘是理所應當的事情！」

從始至終都插不上話的宋巧雲鼓足勇氣，結結巴巴地道：「我不……不想看到娘被人欺負，雖然、雖然我沒有很多錢，但是只要有我一口飯吃，我就會養活娘一天！」

宋婉兒的腦子一團漿糊，絞盡腦汁都沒想明白事情怎麼朝著她看不明白的方向一去不復返？她只能跟著兄姊的話，說道：「那肯定的，誰都不能欺負我娘！」

四個子女一片拳拳的赤誠孝心，饒是田氏心中苦意漫天，這時候卻突然嘗到一嘴的甜。她再也忍不住了，捂住臉嚎啕大哭，絲毫不顧形象地往地上一坐，盡情的宣洩，彷彿在哭自己多舛坎坷的命運，又彷彿在哭自己何德何能有四個兒女陪伴守護……

宋茂山陰鷙的眼中正醞釀一場風暴，陰沈的臉上突然扯出一抹笑，就彷彿一條毒蛇在對人搖尾吐舌頭，那笑有幾分瘮人。

「小畜生，你在威脅我？這就是你對你老子的態度？」宋茂山桀桀怪笑，眼中閃過一抹暗紅，狠戾之色轉瞬即逝。「老子當年出來混的時候，你還沒出生呢！真當你三言兩語就能鬥得過我？」

若是說往常的宋茂山像山中獨霸的老虎，強勢霸道、張牙舞爪，那現在的宋茂山更像是一條藏在暗處蓄勢待發的毒蛇，朝你張嘴吐芯子，蛇牙還掛著肉屑，煞氣逼人。

包括宋平生在內，所有人都被宋茂山這一變化震了一瞬，甚至覺得遍體生寒。

這絕不是一個普通的鄉下老頭會有的眼神和氣勢，就好像他真的見過血一樣！

宋平生垂眸深思，眼底劃過幽光。

宋平生一時半刻猜不到宋茂山為何如此有恃無恐，不過他總不會坐以待斃。話音一轉，他慢悠悠地道：「你是我老子，所以我不能對你怎麼樣，不過平文可不是。他天資聰穎，是讀書的好苗子，若是因為爹你的一意孤行，導致宋家名聲盡毀，從而害平文無法考科舉……想必爹你也不願意看到這個情形吧？」

宋茂山陰沈的目光落在宋平生臉上，驀地怪笑一聲。「小畜生，你很狂啊？你是不是覺得只要有平文做威脅，你就拿捏住了我的命門，可以為所欲為？你啊，還是太年輕了，不知惜命……」這瞬間，宋茂山眼中流露的陰寒，簡直叫人不寒而慄。

宋茂山突然變得分外難以捉摸，宋平東他們的心隨之提了起來，搖搖欲墜，膽戰心驚。

田氏的情緒詭異地變得激動，她衝過去撥開人群，踉蹌著走到宋平生兄弟面前，一手緊抓一個，含著淚的眼中盡是哀求。「平生，你們別鬧了！我真的沒事，我好得很！你們不要再惹你們爹生氣了！」

田氏一瞬也不瞬地盯著宋平生，眼中那一抹光像極了風中殘燭，搖搖欲墜，忽明忽暗，彷彿只要輕輕吹一口氣，那抹光便會歸於無邊黑暗。

宋平東像是被人扼住喉嚨般，再也說不出話來。

宋平生的心慢慢往下沈，他當然還能再跟宋茂山唇槍舌戰三百回合，可到底大勢已去，這次他們根本沒有籌碼贏得這場爭鬥。

這一刻，時間變得分外漫長，不知過了多久，宋平生從田氏手中掙脫，轉身牽著姚三春往外走，從頭到尾，他一個字都沒再說過。

宋平東跟著抽回手，沒再看田氏一眼，逃跑似地奔出宋家院子。

身後那個髮中夾著銀絲的婦人望著兩個兒子離去的方向，眼神分外悲涼。

姚三春一路小跑，任由宋平生牽著她往前走，宋平生很快回過神，便立刻慢下腳步。

當他們接近家門的時候，宋平生看到隔壁宋茂水家的院門大開，宋茂水正坐在院子裡剖竹條編大花籃。

宋平生腳步一頓，轉個身走進去，喊道：「二叔，我想問你幾件事，有沒有時間？」

宋茂水起身將身上的木屑拍掉，還是板著一張嚴肅的臉，雙手後背，抬腳往堂屋裡走。

宋平生和姚三春後腳跟著進去。

宋茂水在上首坐下，目光掃過宋平生夫妻倆，一雙眼睛泛著幽深的光。「你想問啥？」

宋平生落坐，兩手交握放於桌上，開門見山地問道：「二叔，我想跟你打聽我娘的事情。從我記事以來，我從未見過娘的娘家人，也沒聽她提過娘家，這部分可謂一無所知，這顯然很不正常，所以便想來找你問問。」

宋茂水一聽是關於宋茂山夫妻的事，神色微有些不自在，思索片刻才回道：「我只記得你爹十四歲出去闖蕩，一去五年，回來時就帶回你娘了。你爹對你們祖父祖母說，你娘的家鄉在外省，父母親都已過世，也沒有其他親人，家中只剩下她一個人。」

宋平生和姚三春同時沈默，沒想到田氏竟然有這麼淒慘的身世。

宋平生想了想，又問道：「二叔，你知不知道我爹出去的那五年，是幹啥去了？又是怎麼認識我娘的？」

宋茂水目帶探究。「你爹連你們祖父祖母都沒說，我又如何得知？不過你們打聽這些幹啥？」

宋平生目光微閃，心裡做了一番計較後，道：「二叔，我跟你說一件事，但是希望你不要對外說出去。」

宋茂水眉峰皺成川字，不過還是點頭。「你說。」

宋平生看著宋茂水。「我爹私下會打我娘，我娘被打得一身的傷……」既然宋茂山敢做，那他也沒必要為宋茂山遮掩，而且宋茂水不是嘴碎的人，不該說的從不會說出去。

饒是宋茂水活到這把年紀，還是成功地被自己那個禽獸兄長的行為給噁心到了，他滿目震驚，好一會兒才回過神來。「這……是真的？」

「是。剛才我們兄弟姊妹幾個就是找他討要說法去的，可是他滿嘴謊話，拒不承認，而我娘她更像是有難言之隱般，不敢反抗我爹。我做兒子的，怎麼能看著親娘受苦卻視而不見？」宋平生目光切切地看著宋茂水。「所以二叔，麻煩你仔細回想一下，我爹和娘有沒有曾經發生過什麼特別的事？」

宋茂水表面沒說啥，實際上對宋平生的一片孝心很滿意，雖說他非常不想摻和進他那位兄長的家事，但是今天便破例管上一管吧！遇世上不平之事，是人都可以管！

奈何宋茂水苦思冥想半天，還是沒回想起有什麼特別的事情，最後他只能道：「這事恐怕還得問你們二嬸，你們娘剛嫁過來那一會兒，她們妯娌關係還算可以，總之知道的肯定比我多。」

郭氏被宋茂水叫了過來，本來她還不樂意搭理姚三春夫妻的，不過當她一聽完來龍去脈，臉色就沈了下來，甚至插著腰，毫不客氣地謾罵起來。「我早就知道這個老貨不是個東西！哼！當年分家，硬是逼著爹娘把家產都留給他大房，咱們二房只分到了幾間屋子，其他什麼都是他宋茂山的！他帶回來多少銀子，我們二房不圖他的，可是我家老頭子跟他都是爹娘的兒子，憑什麼東西都被他占了？甚至後來咱們二房差點餓死，他竟然看都不看一眼，天底下竟然有他這種狼心狗肺的東西，我真是長見識了！」說起往事，郭氏義憤填膺，唾沫橫飛，激動得臉都紅了。

姚三春和宋平生還是第一次聽聞上一輩的恩怨，不過這事倒確實像是宋茂山會幹的事情，畢竟這個男人沒良心、沒底線，沒有什麼事是他做不出來的。

姚三春心裡想，也不怪郭氏平常對她和宋平生沒什麼好臉色了，要是換成她，態度只會更差。

宋茂水朝郭氏瞪了一眼，低聲呵斥道：「平生跟妳打聽他娘的事情，妳盡說這些有的沒的幹啥？還不快說正事！」

郭氏撇撇嘴，不過還是換了話題，朝宋平生說道：「你們娘啊，其實都不用我說，受到搓磨那是一眼就能看出來的事情。你們是不知道，你們娘才嫁過來的時候，長得跟天仙似的，是咱們老槐樹村最漂亮的媳婦！可是現在呢？四十歲不到，身上沒有二兩肉，白頭髮都有了，看起來還沒我這個老婆子精神呢！」郭氏伸長脖子，兩手一拍。「你們別怪我說話難聽，你們大房的日子過得這麼好，不缺吃不缺喝的，她咋就老得這麼快？那絕對是被搓磨的唄！」

宋茂水黑著臉。「讓妳說重點，妳這老婆子咋又扯遠了？」

郭氏回瞪過去。「我說話就這樣，你不愛聽別聽啊！我求你聽啦？」

宋茂水被懟得一臉憋屈，卻只敢小聲咕噥兩句。

姚三春朝郭氏笑了笑後問道：「二嬸，二叔說妳以前跟咱們娘關係不錯，那妳有沒有聽我們娘她提過家鄉，或者她跟爹是怎麼認識的？」

郭氏一撇唇。「時間這麼久了，我咋還記得這些芝麻綠豆的小事？」

宋平生夫妻微微有些失望，不過倒也不能怪人家。

突然，郭氏話音一轉。「不過有一件事我倒是記到現在，就在你們娘懷第一胎的時候，有一天她說想吃家鄉的梨，結果不知怎的竟惹得你們爹發了好大的火，你們娘嚇慘了，後來在床上躺了十來天才恢復過來呢！」

姚三春夫妻倆的臉色著實好看不起來，這個宋茂山到底是不是人啊？對懷有身孕的媳婦竟然還是這個態度？

除此之外，郭氏便想不起其他有幫助的線索了。

不過今天倒不是完全沒有收穫，最起碼他們跟宋茂山表明了自己的態度，宋茂山只要不是失心瘋，目前肯定不會再朝田氏動手的，更何況宋家還有宋平東一雙眼睛在盯著。

不過家暴這種事只有零次和無數次，他們遲早還是要把田氏解救出來才安心。

經過今天這事，姚三春夫妻倆的心情談不上好，不過家中一堆活兒，也容不得他們一直沈浸於憤怒中。

現在已經進入小暑時節，早稻成熟，鄉下直接進入一年中最忙碌的時期——雙搶。然後農家人要早趕慢趕，在一個月的時間內完成收割、耕田，還要再把稻種種下。

姚三春家沒有早稻還好，老槐樹村其他人家幾乎全都待在田裡，就連村中老槐樹下都沒了村民的影子。

不過這不代表姚三春家就沒事了，因為這個時節，地裡種的棉花開始生出棉蚜蟲，這東西用全槐殺蟲液、韭菜殺蟲液、苦艾殺蟲液之類的都可以滅掉，不過效果都比不上五加皮殺蟲劑。

時不我待，姚三春夫妻自然不能錯過這個機會，夫妻倆還得好好謀劃一下，怎麼能將自家的殺蟲劑推銷出去。

再者天氣轉熱，水稻正處於拔節成熟期，所需要的水分增多，每過幾天就得用龍骨水車往稻田裡灌水，還要時不時地關注有沒有稗子、有沒有害蟲，簡直離不開人。

姚三春夫妻在地裡忙活一天，回到家中姚小蓮已經準備好飯菜，倒也算懂事。晚飯後，眼見天快暗了，深藍色的天幕上嵌著幾顆星星。

宋平生將八隻小雞仔一隻一隻提溜進大花籃裡，然後在頂上蓋上圓篩子，最後還拿一個小凳子壓在篩子上，以防止夜裡有誰家的野貓跑進來禍害小雞仔。

最後宋平生將大花籃搬進堂屋，回身卻見小花狗咬著他的褲腿不放，「嗚嗚」地叫喚著，似乎是跟他的褲腿較上勁了。

宋平生失笑，彎下腰來圈住小花狗的小狗腰，正想說牠兩句，院外卻突然傳來姚小蓮的尖叫和嘶喊聲——

「姊！姊夫！快救救我！」

姚三春和宋平生聽到動靜，忙跑出院子，循著聲音來到草堆後頭的小破茅廁。

范氏聽到腳步聲，急急忙忙將姚小蓮的腰帶隨便一繫，然後任由姚大志將姚小蓮扛在肩頭，扭頭就跑。

也是姚小蓮倒楣，只敢天黑才出來上茅廁，結果還是被姚大志夫妻給逮住了。

因為天色黑，姚三春夫妻看不太清周圍的景色，這時候疾跑的腳步聲愈加清晰，而且還有姚小蓮的哭喊聲作指引，夫妻倆拔腿就往前方追過去。

誰知夫妻倆跑了一小段，突然被范氏黏了上來。

范氏不是兩個人的對手，但是拖延時間還是夠的，反正她就這麼一副瘦弱的身子，別人踹她一腳之前還要掂量掂量，所以她乾脆坐在地上死死抱著兩個人的小腿，將整個人的重量都掛在兩人身上，嘴裡還罵罵咧咧。

「好妳個臭丫頭，我就知道妳肯定藏著壞，居然偷偷藏了小蓮這丫頭這麼多天，害我跟妳爹好找！」

別看范氏身體瘦弱，力氣竟然還不小，宋平生也沒能立刻掙脫出來。

姚三春動作粗魯地作勢掰開范氏的手，語氣凶狠地道：「我不會讓你們賣小蓮的！妳給我放開，不然我真動手了！」

但是范氏根本無動於衷，一副死豬不怕開水燙的模樣。「三春，反正妳娘就這身板，妳想動手就動手吧！」

宋平生夫妻被拖住的這段時間，姚大志已經越跑越遠，姚小蓮哭喊的聲音也越來越小，眼見是追不上了。

姚三春的臉色很不好看，堪稱疾言厲色地道：「妳這個惡毒的女人！虎毒還不食子，小蓮可是妳親生女兒，妳居然一點惻隱之心都沒有，要將一個十幾歲的姑娘嫁給一個三十多的老鰥夫！」

范氏的動作一頓，隨後又尖聲罵道：「臭丫頭，妳懂什麼？小蓮長得不好看，根本沒人願意娶她，嫁給老鰥夫怎麼了？最起碼有人願意要她，我這是為她好！」

姚三春和宋平生乘機從范氏手中掙脫，後退拉開距離，道：「不顧小蓮的反對，硬是將她賣給有四個孩子、甚至能當她爹的老鰥夫，這叫為她好？妳莫不是對好有什麼誤解？」

范氏拍拍屁股站起來，竟然嘆了口氣，語氣難得沒那麼刻薄難聽。「那我有啥法子？咱家就這樣子，別人家看到咱家這條件，誰還願意娶小蓮啊？現在這個男人年紀大是大了些，家裡是窮了點，但我特意去大狗村打聽過，都說是個疼媳婦的，將來絕對不會虧待小蓮！」

這下子輪到姚三春和宋平生驚訝了，她范氏竟然還特意去大狗村打聽過？怎麼感覺突然開始魔幻了起來？

姚三春皺著眉頭，話中含著嘲弄。「妳會幹這種事？我不相信！」

黑暗中，兩人目光相對。

「老娘啥時候騙妳？就連妳嫁到宋家去這事，我之前也是打聽過的。那時候我聽說宋茂山個性很強勢，但是田氏跟大房媳婦都是好的，他宋平生混是混，但是宋家有錢啊，妳嫁過去就吃穿不愁，比在家裡好了不知道多少倍，所以我才點頭的！我畢竟是妳娘，真能害妳嗎？妳這臭丫頭，腦子蠢還多疑——」范氏話說到一半，突然聽見宋平生冷冷的聲音傳入耳中——

「姚姚是我宋平生的媳婦，注意妳的措辭。」

范氏翻的白眼簡直快要將周圍照亮了，宋平生的話她根本沒放在心上，繼續說道：「至於小蓮，那沒辦法，我上哪兒去再給她找一個宋家？現在有人願意娶她，她就該知足了吧！」范氏手背拍手心。「妳看看，老娘為妳們姊妹倆操碎了心，妳們倒還埋怨上了，不識好人心！」

姚三春呵呵兩聲。「妳說妳來打聽過，我不知道真假，但是妳收了宋家的錢，這卻是千真萬確跑不了的！」

范氏撇嘴。「誰家嫁女兒不收彩禮錢的？胳膊肘往外拐，老娘白養妳了！」

姚三春不耐地擺手。「我不想聽妳胡說八道！但是小蓮的事情，我不會坐視不管的！」

不等范氏有所反應，她拉著宋平生的手便氣沖沖地走了。

回到家中，宋平生關上大門，姚三春猛地轉過身，神色異常嚴肅。

「平生，本來準備明天再跟你商量小蓮的事，但是現在小蓮被抓回去，我們必須盡快商量出對策。萬一姚大志夫妻明天就把小蓮賣了，那就糟了！」現在已經不是她跟姚小蓮是不是真姊妹的事情，而是她作為一個人，總不能眼睜睜看著一個年輕小姑娘被毀了一生。

宋平生見姚三春的神色有些激動，摟過她的肩緩聲安慰著。「別激動，姚大志他們圖的不過就是一個錢字，只要願意出錢，姚小蓮就不會有事。」

姚三春抬眸和他相望。「前幾天小蓮跟我提過，希望我們能買下她。」

宋平生略一思索，便有了大概的想法，道：「范氏剛才提到大狗村，剛好吉祥相看的那戶黃姓人家也在大狗村，或許我們可以請黃家人幫個忙，多加一些錢，從大狗村的那個鰥夫手中買回姚小蓮。那鰥夫家境不太好，料想不會拒絕送上門的錢財，只是我們一定要提前和那個鰥夫協商好，讓他不能動姚小蓮。」

姚三春這時也冷靜下來了，稍微一想，也覺得這個方法可行。

夫妻倆囫圇休息一夜，第二天一大早便去了孫吉祥家，將還在床上呼呼大睡的孫吉祥給叫醒了。

宋平生三言兩語說明來意，孫吉祥打著哈欠聽了幾句，當他聽到姚三春夫妻倆想讓他陪同一起去大狗村時，瞬間精神抖擻，眼睛亮得驚人。

因為大狗村距離老槐樹村不算近，孫吉祥正愁沒機會跟黃玉鳳多見見，沒想到正瞌睡了剛好有人遞枕頭來，宋平生竟然讓他一起去大狗村找黃家人幫忙，他自然喜不自勝。

這下子孫吉祥彷彿被灌了一肚子甜水，連早飯都免了，回屋捯飭好一會兒，出來時連頭髮絲都散發出一股春天的味道。

孫吉祥見姚三春夫妻一眨也不眨地看著自己，自信心攀升，一甩頭道：「老子今天是不是格外的俊俏？」

姚三春和宋平生都無言了。「……」不，是格外的不要臉才是！

鑑於昨天在宋家鬧了一場，今天宋平生倒是不好去宋家牽牛，於是孫吉祥帶上昨天剛抓的兩隻兔子，最終三人就靠兩條腿去往大狗村。

三人趕到大狗村已經是兩個時辰後的事情，這時候剛好是中午，大狗村的村民一個個從田裡回來，也恰好方便他們打聽黃玉鳳家所在。

宋平生三人很快尋到了黃家大門外，一眼看到正坐在門檻上大口啃甜瓜的黃小六，只是黃小六臉頰黑紅，顯然在地裡曬了許久，所以啃起甜瓜跟餓死鬼投胎似的，根本沒注意到門口的三個人。

孫吉祥「嘿」了一聲，湊過去笑道：「小六，你家這瓜好像很甜啊，給我們仨也來一個？」

黃小六立刻站起來，努力吞下瓜肉，兩隻眼睛滴溜溜地轉起來，臉上笑意盎然，驚喜道：「吉祥哥！你怎麼來了？」沒等孫吉祥回話，黃小六一拍屁股，一派歡天喜地地跨進自家院子，扯著嗓子直嚷嚷。「爹、娘、姊！吉祥哥來了！」

孫吉祥摸著下巴。「看來我今天真是俊俏到沒邊了，看把小六高興的！」

宋平生一頭黑線。

姚三春沒忍住，道：「吉祥，我有句話不知當講不當講？」

孫吉祥想都沒想，直接拒絕三連發。「不當講！妳閉嘴！我不聽！」

姚三春。「……」

孫吉祥一臉得意地看著宋平生，看他的眼神，就差插著腰說一句「可把我厲害壞了」！

「吉祥哥，你們快進來坐，外頭曬……」一道輕柔的女聲突然響起。

於是姚三春夫妻倆親眼見證了方才不可一世的孫吉祥，瞬間換上第二副面孔，變得沈穩。

孫吉祥斂去笑，回首朝黃玉鳳點頭，而後闊步踏進院子。

如果他能不同手同腳的話，可能形象能更高大點。

不過孫吉祥從來就沈穩不到三秒，進院子將背簍一放，見到黃小六對著背簍裡兩隻極肥的野兔「豁」了一聲，孫吉祥就忍不住笑了。

「哈哈！小六，是不是很少見到這麼肥的兔子？」孫吉祥上前勾住黃小六的肩，眉飛色舞地說：「我也是運氣好，那天意外發現了一個兔子洞……」

孫吉祥口若懸河、滔滔不絕地說了一通，很快就跟黃小六混熟了，可是卻跟黃玉鳳沒聊上幾句，看樣子像是不太好意思。

姚三春這個想法只持續了一頓午飯的時間，午飯過後，姚三春小解回來，看見黃家院子裡就孫吉祥和黃玉鳳兩人，而孫吉祥正在跟黃玉鳳吹噓他打獵的經歷，惹得黃玉鳳好一陣驚呼。

姚三春在一旁站了好一會兒，那兩人硬是沒發現她，可見聊天聊得有多開心了。

這方孫吉祥跟黃玉鳳的感情一日千里，可他們此行的正事還得做。

姚三春和黃家人一提三十多歲的鰥夫，其他的都還沒說，黃家人馬上就知道是哪個了。

他們大狗村的人口不算多，三十多歲的鰥夫那就只有一個，是一個名叫黃耕田的人家，妻子因病去世，還留下四個孩子，家裡條件很差。

姚三春和黃家人說明來意後，黃家人爽快地應下幫忙。

於是，宋平生三人跟著黃勇父子來到一戶人家門口。這戶人家的院子只是一圈乾樹枝圍成的籬笆，土疙瘩房的牆面坑坑窪窪的，甚至有好幾道裂縫，屋頂上的稻草經過長時間的風吹雨淋，呈現一股腐朽灰沈的模樣。總之，這就是一處大型的危房啊！

甚至這個屋子比姚三春夫妻倆住的還不如，可見黃耕田家到底有多窮了。

現在這個時間，大狗村的村民都在家吃午飯，所以黃耕田也剛好在家。

因為是黃勇帶來的人，所以黃耕田看到人倒是挺客氣的，回屋把家中唯一坐得穩的凳子給搬進院子裡。

幾人坐下簡單寒暄幾句後，姚三春便直接對黃耕田說明了來意，並且答應再多出五百文買下姚小蓮的賣身契。

這是為了一勞永逸，省得她把姚小蓮買回去後，轉頭姚大志又把姚小蓮抓回去賣掉，那她這一番豈不是白做工？

既然是自己領來的客人，黃勇自然盡力為姚三春說話，所以也跟著說了幾句好話。

其實都不用黃勇勸他，黃耕田幾乎是馬上就想應下來。

黃耕田他缺媳婦嗎？當然缺，但是他更缺銀子啊！他只要多花幾個錢，把姚小蓮的賣身契弄到手，轉手五百文大錢就是他的了！這種天上掉餡餅的好事，傻子才不幹！

反正媳婦可以再娶，銀子可不是隨時都能掙的，五百文於他來說可真是要存很久。

姚三春看出來黃耕田很是意動，就是沒有立刻點頭，於是她再接再厲，說可以提前給他五百文訂金，待見到姚小蓮以及拿到賣身契後，她再付餘下的三兩銀子。

姚三春這番話恰好說到黃耕田的心坎裡，且還有黃勇作保，他便再沒了顧忌，當即點頭同意。

黃耕田家這麼窮，原本也沒準備要操辦婚禮，只等明天姚大志把姚小蓮送過來就成，所以姚三春他們明天還得再來大狗村一趟。

正事辦完，黃勇一家還要繼續下地割稻子，姚三春他們不好再耽誤人家的時間，因此說了兩句便離開了。

回去的路上，姚三春的心情陡然輕鬆不少。

但孫吉祥的心情卻比她更好，揹著黃家新摘的甜瓜，咧嘴笑了一路，嘴巴都快笑裂了。

姚三春和宋平生真有種想捂臉的衝動。嘖嘖，這位陷入愛河的傻子啊！

——未完，待續，請看文創風850《神農小倆口》2

2020年5月出版

二兩福妻

文創風 846～848

在這物資匱乏的災年，
她很感謝他能留一碗米湯給自己，
但……這碗也太大了吧?!
一頓得這麼多，他是吃什麼長大的？

蜜語甜言鬧人羞，細緻情意在日常／鳳棲梧桐

月寧從重傷中醒來，發現自己不但穿越了，
還以二兩銀子被賣給人當老婆了！
那個腿受傷、被迫分家的鏢師──季霆，如今就是她的夫。
本來，她見對方生得高大魁梧，心裡有些惶恐，
可他並未仗著身強體壯欺辱她，反倒細心照料。
在這災年中，滋補身子的藥品、雞絲粥不斷，
還包容她不似這時代人的壞脾氣，總樂呵呵的任她發洩。
就是在現代，也不一定能找到這般待她的人，
何況兩人的關係已是板上釘，既不排斥，她也就順其自然了。
儘管他才被迫分家，如今的生活條件也不好，
但她可不是無用的弱女子，原身的一手繡藝、她腦中的點子，
這些，全都是她奪不走的資本！
那些拍花子要是知道二兩銀就賣了搖錢樹，還不得心痛致死？

2020年5月出版

醫香情願

文創風 844~845

前世坎坷，她從賢妻良母被逼成下藥毒婦，
今生伊始，她便立志行醫只求能安身立命；
不嫁人，遠離渣夫，不出頭，識破婊女，
一報前仇恩怨，活出快意人生。

妙手繞情絲，心病為相思／南林

若不是外翁為江家小郎治病釀下大禍，
蘇荏不會家破人亡，嫁給渣夫，最終死於非命。
如今得以重活一世，她當然得把握良機逆轉命數，
先是為蘇家趨吉避凶，接著將前世仇人送作堆，
然後看盡互相傷害的戲碼，享受一把快意恩仇！
既報了前仇，也得活好現世，一輩子不嫁人是基本，
再有個行醫濟世的一技傍身，女人何愁不能自立自強？
孰料她聰明反被聰明誤，為了打擊渣夫一家的仕途，
醫治好江家小郎那病秧子，有心助他奪得科舉榜首，
妙手將如意算盤打得叮噹響，竟無意間為自己種下桃花？
眼見那江家小郎總以看病為由到藥堂訴相思，
從秀才一路考到探花郎還宣示了求娶之意，
不得不承認，他年輕有為、才貌兼備，樣樣都好，
可是……遠離情愛誰也不嫁，才是她的本命初衷啊！

國家圖書館出版品預行編目資料

神農小倆口 / 安小橘著. --
初版. -- 臺北市 : 狗屋, 2020.05
冊 ; 公分. --（文創風）
ISBN 978-986-509-106-4（第1冊：平裝）. --

857.7　　　　109004255

著作者	安小橘
編輯	黃淑珍
校對	黃薇霓
發行所	狗屋出版社有限公司
地址	台北市104中山區龍江路71巷15號1樓
電話	02-2776-5889～0
發行字號	局版台業字845號
法律顧問	蕭雄淋律師
總經銷	知遠文化事業有限公司
電話	02-2664-8800
初版	2020年05月
國際書碼	ISBN-13　978-986-509-106-4

本著作物由北京晉江原創網絡科技有限公司授權出版

定價250元

狗屋劃撥帳號：19001626

網址：love.doghouse.com.tw　E-mail：love@doghouse.com.tw